SIEMPRE JUNTAS EN MYSTIC

LISE GOLD

Traducido por
ROCÍO T. FERNÁNDEZ

Lise Gold Books

Las casas antiguas, pensé, nunca pertenecen a las personas, no realmente. Las personas les pertenecen a ellas.

GLADYS TABER

UNO

RILEY

Bienvenidos al Histórico Mystic. Establecido en 1654. El letrero redondo de madera con la inscripción tallada en las afueras del centro de Mystic prometía encanto y comunidad, pero Riley estaba poco emocionada. Era una mujer de ciudad, dejar atrás a su amada Nueva York era doloroso y no le hacía sentir bien. La idea era empezar de nuevo, con un ritmo de vida nuevo y más lento, que sería mejor para su salud y mantendría su corazón latiendo a un ritmo constante. Conduciendo por esta tranquila ciudad, no podía imaginarse construir una vida aquí.

Hasta el momento, solo le habían pasado un puñado de coches y todo estaba cerrado. Todavía era temprano, supuso, y esta no era la gran ciudad, donde algunas tiendas estaban abiertas las 24 horas. Riley era madrugadora y había insistido en recoger las llaves de su nueva casa a primera hora del sábado, pero el viaje desde Manhattan solo le había llevado dos horas y ahora tendría que esperar hasta que la agente inmobiliaria abriera. *Rebaja el ritmo.* Las palabras de su médico resonaron en su mente. *Da un paso atrás y relájate.*

¿Por qué había querido llegar tan temprano? ¿Para comprobar si sus cosas habían llegado a la casa que compró la semana pasada? ¿Para sacar las cosas de las cajas y limpiar el lugar? Lo más probable era que su asistente lo hubiera hecho ya. ¿Y entonces, qué? Era un pensamiento aterrador porque Riley no tenía idea de qué hacer con su vida si no trabajaba las veinticuatro horas del día, siete días a la semana.

Su navegador indicó que estaba cerca de la oficina de la agente inmobiliaria, pero en vez de aparcar delante, continuó conduciendo por la ciudad para matar el tiempo. Pasó por bonitas casas de estilo costero de Nueva Inglaterra, con porches y jardines grandes, restaurantes pequeños y cafeterías independientes, y una gasolinera donde los habitantes del pueblo se congregaban al aire libre tomando café. Había un par de iglesias y un encantador puerto pequeño con un muelle largo de madera bordeado de barcos de pesca. Un puente levadizo sobre el río Mystic dividía el pueblo en dos y, al cruzarlo, vio barcos que se acercaban por ambos lados. El río reflejaba las encantadoras casas a lo largo del paseo marítimo, la mayoría pintadas de rojo o blanco, con muelles privados y coloridos barcos. Sí, era un pueblo bonito, algunos incluso lo llamarían pintoresco, pero Mystic era un lugar para escapar, un lugar para pasar un fin de semana o quizás para tenerlo como segundo hogar.

Riley no sabía en qué lado del río estaba su nueva casa. Podía mirar los documentos que estaban sobre el asiento del acompañante y averiguarlo, pero la verdad era que no le importaba mucho, podía esperar hasta que le dieran las llaves. Ni siquiera había sido ella quien había elegido Mystic. Su asistente se lo había recomendado porque era bonito, tranquilo y rural, no muy lejos de Nueva York y cerca de un buen hospital. Después de eso, Riley buscó en la página de internet de la agente inmobiliaria del pueblo y simplemente eligió una casa. Con solo tres propiedades cerca del centro, si se le podía llamar así, no había mucho donde elegir, así que se decidió por la más grande. Se pusieron de acuerdo por un precio excelente porque llevaba mucho tiempo en el mercado.

Para algunos, podría parecer que era una forma ridícula de empezar de nuevo, pero después de haber estado a punto de morir trabajando y luego vender su empresa, no le importaba en absoluto dónde estaba. Simplemente necesitaba un lugar para descansar e idear un plan sobre cómo seguir adelante, y Mystic era un lugar tan bueno como cualquier otro para hacerlo. Por lo menos el nombre sonaba bien, sonaba algo espiritual.

El pueblo era más tranquilo al otro lado del río y, después de pasar por un museo de arte y una biblioteca pequeña, no había mucho más que ver. Más casas bonitas, dos granjas y la entrada a un parque se alineaban a lo largo de la carretera, que estaba dividida por varias rotondas que servían como puntos importantes para las estatuas de lo que ella suponía eran figuras históricas relevantes de la ciudad. Antes de darse cuenta, había salido del pueblo y se estaba acercando a Groton, el pueblo vecino.

"Esto es ridículo," murmuró, girando el coche en el camino de entrada de una iglesia. ¿Qué iba a hacer aquí todo el día, todos los días? Era muy inteligente, con una gran motivación, y todo lo que tocaba prácticamente se convertía en oro. Y sin embargo, ahora tendría que tomárselo todo con calma durante el resto de su vida. Y solo tenía cuarenta años. Acostumbrada a trabajar entre catorce y dieciséis horas al día, Riley se preguntaba qué hacían con sus vidas las personas con demasiado tiempo libre, porque no podía pensar en nada que le gustara más que tener éxito. Sin su compañía de relaciones públicas en la que centrarse, ¿quién era ella?

Al darse cuenta de que la oficina de la agente inmobiliaria ya estaría abierta, condujo de regreso hacia el puente levadizo y maldijo cuando las luces se pusieron rojas. Su primera reacción fue golpear la bocina con la mano, pero dudaba de que alguien sujetara el puente solo porque ella necesitaba estar en algún lugar. *Tómatelo con calma*, se dijo una vez más. *Respira profundamente*. Llamó a la agente. Una voz de mujer sonó por los altavoces.

"Mystic Estates, le habla Lindsey. ¿En qué puedo ayudarle?"

"Hola, soy Riley Moore. Tenía que reunirme con usted a las nueve y media para recoger las llaves de la Casa Aster, pero el puente está levantado y está tardando una eternidad, así que solo quería avisarle de que llegaré tarde."

"No hay problema, sucede con bastante regularidad," dijo la mujer en tono alegre. "Tengo las llaves aquí. Su asistente las dejó anoche. ¿Tiene prisa?"

Riley vaciló un momento y suspiró. "No, no hay prisa," dijo, preguntándose si alguna vez antes había pronunciado esas palabras.

"Genial. Quédese donde está y yo me acercaré en cuanto baje el puente. La Casa Aster está en el lado de Groton. No está lejos, pero es un poco difícil de encontrar. Había pensado acompañarla hasta allí de todas formas."

"Gracias, muy amable. Hasta luego."

Riley apagó el motor, empujó el asiento hacia atrás y respiró hondo un par de veces. Apenas estaba empezando a asimilarlo. Había llegado y esto es lo que había ahora. Su nueva vida, sin un rumbo determinado ni una pizca de excitación. Peor aún, viviría en la zona tranquila del río. No es que el otro lado tuviera mucho más que ofrecer, pero por lo menos había tiendas. Y ahora tendría que esperar cada vez que se levantara el puente.

DOS
QUINN

Quinn salió de su camioneta y se dirigió a la heladería en la base del puente levadizo. Tomarse un café mientras el puente estaba levantado era un descanso bienvenido en su mañana, ya que se había levantado pronto y llevaba un buen rato haciendo trabajos de renovación en una de las casas en el puerto. Prefería tener los fines de semana libres, pero con la fecha límite para la finalización de los trabajos tan cercana, había decidido levantarse temprano y adelantarse a lo previsto para la próxima semana. Al pasar la cola de coches delante del puente, vio a su amiga Lindsey y golpeó el techo de su coche, saludándola con la mano.

Lindsey sonrió y bajó la ventanilla. "¡Hola! Buenos días. ¿Vas a por café?"

"Sí, acaban de abrir. ¿Quieres uno?"

"Por favor." Lindsey le dio un billete. "Café con leche, sin azúcar. Muchas gracias."

"No hay problema." Quinn pidió un café con leche para Lindsey, un café solo para ella y un trozo de pastel de zanahoria para compartir. No le importaba esperar a que bajara el puente, a nadie en Mystic le importaba. La mayoría de los habitantes se conocía y era una excusa estupenda para charlar y ponerse al día.

Lindsey se protegió los ojos del sol mientras se tomaba el café. "¿A dónde ibas?"

"A Wholesalers en Groton," dijo Quinn. "Necesito más madera para terminar las escaleras de la Casa Dalton."

"Ah. ¿Está casi acabado?" preguntó Lindsey. "He oído que ya se ve espectacular y me la van a dar para que la venda. No puedo esperar para verla."

"Sí. Casi terminada." Sonrió Quinn. "Y bien por ti por conseguir la casa."

"Gracias. Las cosas están mejorando por fin después del invierno." Lindsey le dio un sorbo a su café, con el brazo fuera de la ventanilla y agarrándose al techo del coche. "He vendido la Casa Aster. ¿Lo sabías?"

A Quinn le dio un vuelco el estómago y tuvo que apoyarse sobre el coche de Lindsey. "¿Qué?" preguntó, mirándola fijamente. "Creí que dijiste que era demasiado cara y que no se vendería ni en un millón de años."

"Sí, pero los dueños estaban desesperados y bajaron el precio. Y entonces una mujer de Nueva York mostró interés y la compró sin ni siquiera verla. Así, sin más. Dos coma nueve millones, como si fuera nada."

"Así que ya está, perdida para siempre..."

"Sí." Lindsey le dirigió una sonrisa cariñosa. "Eh, así es la vida. Sé que te encanta esa casa, pero seamos realistas. Te llevaría otros cinco a diez años reunir el dinero para el pago inicial de esa hipoteca," dijo encogiéndose de hombros. "De todos modos, puede que no se quede mucho tiempo por aquí, así que ¿quién sabe? Tal vez vuelva a salir a la venta dentro de unos años y para entonces, puede que hayas ganado la lotería."

Quinn asintió y logró soltar una risa entre dientes.

Lindsey tenía razón, no era realista por su parte pensar que esa casa sería suya en un corto plazo de tiempo pero, aún así, le dolía porque la sentía como suya. "¿Y es de Nueva York, has dicho?"

"Ajá. Nueva York. Se llama Riley Moore, es todo lo que sé de ella. No estuvo muy habladora al teléfono. Me voy a encontrar con ella al otro lado del puente." Lindsey arrancó el coche cuando el puente bajó y le guiñó un ojo. "Te avisaré si está buena. Si es de la ciudad, puede haber una pequeña posibilidad de que juegue en tu equipo."

"Cierra el pico." Quinn puso los ojos en blanco y se rió. Arrojó la bolsa de papel con el pastel de zanahoria por la ventanilla y golpeó el techo del coche nuevamente antes de regresar a su camioneta.

"¡Oye! ¿Esto es para mí? Siempre lo compartimos," le gritó Lindsey.

"Para ti," gritó también con otro gesto de despedida. La Casa Aster se le había vuelto a escapar de entre los dedos y ya no tenía hambre. Aunque no podía pagar la casa en este momento, y tal vez nunca podría, le había gustado que hubiera estado vacía desde que los dueños anteriores la pusieran a la venta y se mudaran hacia dos años. Por extraño que sonara, parecía como si la casa hubiera estado esperando su regreso. Parecía un lugar tan triste, que la hacía detenerse cada vez que pasaba por allí, sus grandes candados cerrados como párpados y la enorme puerta de entrada como una boca abierta, llamándola. *Vuelve.* Quería abrir esas contraventanas, despertar la casa de su hibernación y restaurarla a su antiguo esplendor, y pasear por las habitaciones de las que guardaba hermosos recuerdos de su infancia. Colmaría de amor el jardín abandonado, para que las ásteres pudieran volver a florecer y llenar el césped de risas. Si fuera de ella, todo el mundo sería bienvenido y las puertas estarían siempre abiertas de par en par. ¿Apreciaría la nueva propietaria la casa por lo que representaba? Probablemente no. Había habido varios propietarios durante los últimos treinta años y ninguno de ellos se había quedado el tiempo suficiente para enamorarse de ella. Todos habían dicho que se sentían perdidos allí, que era demasiado grande para vivir en ella, y algunos incluso afirmaron que estaba embrujado.

Quinn no creía en fantasmas. Creía en la historia, y con la historia, venía cierta energía palpable, pero era una buena energía. La podía sentir incluso desde fuera de esas puertas. La Casa Aster respiraba. Respiraciones largas y lentas. Una bella durmiente.

Algunos motores rugieron y alguien hizo sonar una bocina detrás de ella, sacándola de sus pensamientos. No tenía mucho sentido sentirse perdida por algo que nunca fue suyo, pero tendría su oportunidad. Quizás en cinco años, quizás en diez. Nunca nadie se quedó en la Casa Aster.

TRES
RILEY

"Aquí estamos. Bienvenida a la Casa Aster." Lindsey abrió las pesadas cancelas para que Riley pudiera pasar con el coche. Estaba mucho más descuidado de lo que aparecía en las fotografías, pero supuso que los anteriores dueños habían dejado de cuidar el jardín después de mudarse. Siguiendo el largo camino hasta la gran casa blanca, se sorprendió al ver lo grandioso que era todo. Los árboles eran viejos y enormes, el jardín se extendía a lo largo y ancho con varias fuentes esparcidas por todos lados y solo la casa en sí era al menos diez veces más grande que su ático de Nueva York. ¿Qué diablos le había hecho pensar que era una buena idea comprar una casa como esta? No necesitaba tanto espacio, era intimidante a primera vista.

"Es preciosa, ¿verdad?" dijo Lindsey en cuanto ambas bajaron de sus coches. "Necesita un poco de amor y cuidado, pero eso es lo divertido, ¿verdad? ¿Hacerlo tuyo?"

Riley tragó saliva mientras miraba su nuevo hogar. No era supersticiosa, pero algo le decía que esta noche tendría problemas para conciliar el sueño. El amplio porche con columnas se extendía a lo largo de toda la casa y unas escaleras de piedra conducían a una enorme puerta de entrada. Dos plantas y una buhardilla reconvertida, seis dormitorios, seis cuartos de baño, un despacho, una cocina, una sala de estar y un salón comedor, un cuarto de lavado y más espacio del que podía llenar con sus cosas.

"Sí, es bonita," dijo, ya nerviosa por la idea de entrar.

"Estas son tuyas. Te dejo con tus cosas." Lindsey le entregó las llaves y le estrechó la mano. "Estoy segura de que serás muy, muy feliz aquí."

"Gracias." Riley logró esbozar una sonrisa y esperó a que Lindsey se fuera para subir las escaleras. Buscó entre las llaves hasta que encontró una que decía "puerta de entrada."

El pasillo era grandioso, con una amplia escalera de madera que conducía al segundo piso. Probó el interruptor de la luz y suspiró de alivio cuando la lámpara se encendió. Su asistente Wendy había organizado la mudanza y, aunque nunca la dejaría mudarse sin electricidad ni wi-fi, ahora estaba sola y tendría que resolver las cosas por sí misma.

Con puertas dobles a derecha e izquierda, probó primero las de la derecha, que la condujeron a la cocina. Las abrió completamente y las aseguró. Echó un vistazo a la cocina antigua de estilo rústico que, como era de esperar, necesitaba algo de trabajo. Sin embargo, tenía cierto encanto, con una encimera de mármol y un gran fregadero de cerámica debajo del medio de las tres ventanas, mucho más espacio de trabajo, dos hornos, un fogón doble, frigoríficos empotrados y una alacena en la pared opuesta. El color melocotón de los muebles estaba anticuado, pero se notaba que alguna vez le encantó a alguien. En la isla de la cocina había un jarrón con un gran ramo de flores de varios colores. Sonrió con tristeza mientras abría el sobre que estaba apoyado en él.

Querida Riley,

Gracias por todo lo que has hecho por mí. He disfrutado mucho trabajando contigo, de verdad, pero no voy a negar que espero con ansias unas largas vacaciones. Espero que seas muy feliz en tu nuevo hogar (¡es preciosa!) y que te tomes las cosas con calma, como se supone que debes hacer. Hay un archivador en la mesa del salón con toda la información que necesitarás y también he agregado algunos folletos de locales de comida para llevar en la parte de atrás, junto con los teléfonos de varios comercios locales, ya que estoy segura de que querrás actualizar la decoración. La empresa de mudanzas solo organizó dos dormitorios porque no había suficientes muebles para el resto, pero ambas camas están hechas, así que elige. Cuídate. Me encantaría saber cómo te estás adaptando a Mystic.

Un gran abrazo, Wendy.

Riley se emocionó al leerlo por segunda vez. Había estado unida a Wendy, mucho más de lo que le gustaba admitir. Siendo alguien que no encontraba tiempo para tener amigos cercanos, Wendy y su equipo en Nueva York habían sido su familia. Estar aquí, de pie, en una cocina extraña que no parecía suya, en una ciudad que nunca había visitado antes, de repente la hizo sentirse muy, muy sola.

Regresó al pasillo y atravesó las puertas de la izquierda, donde estaba la sala de estar. Lo había visto todo en fotografías, por supuesto, pero, aún así, su grandiosidad la sorprendió. Sus muebles modernos parecían fuera de lugar al lado de la vieja chimenea, como si hubieran sido arrojados al pasado y no supieran cómo adaptarse. No tenía muchos accesorios. Su antiguo apartamento era elegante, minimalista y libre de cacharros, pero ahora le vendrían bien. La alfombra estaba gastada y tendría que quitar el papel a las paredes y pintarlas. También necesitaría estanterías para llenar los huecos, aunque no tuviera libros que colocar. *¿Qué he hecho?* Riley sintió un profundo arrepentimiento. ¿Por qué no había comprado una villa junto a la playa en Hawái o un condo elegante en Florida? Podría haberse ido a cualquier sitio pero había insistido en estar cerca de Nueva York. Eso era inútil, ahora lo veía. ¿Qué le quedaba allí, aparte de sus antiguos compañeros, que ahora estaban trabajando duro para otra persona?

Día a día. Tendría que afrontarlo día a día. Por lo menos decorar le daría algo que hacer y no había prisa, porque dudaba de que fuera a recibir muchas visitas. ¿Su padre? ¿Su hermana y su sobrina tal vez? Hacía años que no veía a Jane, desde el funeral de su madre, y apenas habían hablado después de eso. Entonces se dio cuenta de que había descuidado a todas las personas cercanas a ella. Wendy era la persona asignada como pariente más cercana y fue ella quien recibió las llamadas las dos veces que la ingresaron en el hospital.

Las contraventanas que daban al jardín trasero estaban abiertas y tuvo que admitir que la vista sobre el río Mystic era espectacular. Podía ver la ciudad y el puerto al otro lado e imaginó que la luz del atardecer sería preciosa en verano. Aún con todo eso, estaría aquí completamente sola. Un pequeño punto anónimo en un enorme terreno a orillas del río.

Riley pasó la mano por el grueso papel tapiz de rayas granates de la pared y notó un clavo debajo de una costura despegada. Se desprendió fácilmente cuando tiró de él y gimió cuando vio otro patrón de flores debajo. Esto iba a llevar tiempo, pero ella tenía tiempo. Mucho tiempo.

CUATRO
QUINN

Nadie hacía el risotto como su cuñada y Quinn se sirvió más del delicioso y espeso plato de arroz, generosamente completado con gambas y mejillones. Siempre era divertido venir aquí los fines de semana, cuando los niños ya habían vuelto del colegio y la cocina era ruidosa y caótica.

"Esto está muy bueno, Mary. Gracias."

"De nada. Por lo menos alguien lo agradece," contestó Mary, lanzando una mirada de advertencia a sus hijos.

Su sobrina de cinco años, Lila, y su sobrino de siete, Tommy, estaban menos entusiasmados con la comida y se quejaban de que les habían prometido pizza.

"Yo nunca os prometí pizza," dijo Mary. "En ningún momento dije que íbamos a comer pizza esta noche. Os lo estáis inventando."

Lila hizo un puchero. "Pero siempre comemos pizza los sábados. Es una tradición."

Quinn, Mary y el hermano de Quinn, Rob, no pudieron evitar reírse.

"Una tradición, ¿eh?" Quinn se dirigió a su sobrina arqueando una ceja. "¿Pero tú sabes lo que significa eso?"

"Es cuando tienes que comer pizza el fin de semana," contestó Lila toda seria. Cogió un mejillón de su risotto y lo escondió en su servilleta.

Quinn se echó a reír. "¿Qué os parece si os invito mañana a comer pizza? Iremos al puerto, solo nosotros tres, y podéis elegir la pizza que queráis." Miró a Mary y Rob, con los ojos abiertos como platos y asintiendo totalmente emocionados.

"¡Sí!" Tommy sonreía de oreja a oreja. "¿Podemos ir a ver los barcos primero?"

"Desde luego que sí."

"¿Y podemos ir a la juguetería?" preguntó Lila.

"Oye, no presiones tanto." Le dijo a su sobrina, revolviéndole el pelo. "Además, mañana es domingo y estará cerrada." Era una mentirijilla, pero era la única excusa que Lila aceptaría. "Y ahora termínate tu comida o no iremos a comer pizza. Tienes dos minutos. ¡Adelante!"

Esa fue la señal para que Lila y Tommy comenzaran a poner cucharadas grandes de risotto en sus bocas, con Lila haciendo una mueca cuando se comió un mejillón por accidente.

"¿Puedes venir a cenar más a menudo?" bromeó Rob. "Tienes un don con ellos."

"Se llama soborno." Quinn le guiñó un ojo. "Siempre funciona."

"Soborno," repitió Lila.

"Ahí lo tienes. Otra palabra bonita." Mary sonrió cuando los niños le mostraron sus cuencos vacíos. "Bien hecho. Ahora podéis ir a jugar."

Quinn los observó divertida mientras salían corriendo de la cocina, haciendo carrera para conseguir el mando a distancia del televisor. Volvió a prestar atención a su plato de comida. "De verdad tienes que enseñarme a hacer esto," dijo, señalando su plato. "¿O es una receta familiar italiana secreta?"

"Aquí no hay secretos. Ven un poco más temprano la próxima vez y lo haremos juntas." Mary les sirvió más vino y se recostó en su silla, haciendo girar el Malbec en su copa. "¿Qué tal te ha ido el día?"

"Trabajé esta mañana," dijo Quinn. "Y vi a Lindsey junto al puente. Me dijo que ha vendido la Casa Aster."

"Oh. Llevaba un tiempo a la venta ¿no?"

"Sí. Y yo esperaba que siguiera así." Dijo Quinn encogiéndose de hombros. "Pero es lo que es."

Rob la miró fijamente. "¿Quieres dejar de obsesionarte con esa casa? Ya no es de nuestra familia y hace veintiocho años que no vives allí. Y lo más importante, nunca podrás comprarla, así que no actúes como si tuvieras derecho a reclamarla."

"No lo entiendes. Eras demasiado pequeño para recordarla."

"No importa. Es el pasado. Déjalo ir." Rob dejó escapar un suspiro de frustración. "Tienes que dejar esa embarcación diminuta y encontrar un lugar decente donde vivir. No tiene sentido seguir esperando hasta que puedas comprar la Casa Aster. Tienes treinta y ocho años. ¿No quieres una casa propia? No es posible que lleves mujeres donde vives ahora."

"Claro que puedo." Quinn le sonrió con picardía. "Y lo hago. De hecho, las mujeres lo encuentran encantador."

"Yo sí entiendo eso." Mary se levantó, cogió los cuencos y los metió en el lavavajillas. "Creo que tiene algo de interesante vivir en un barco. Es bohemio."

"Ahí lo tienes. ¿Lo ves?" dijo Quinn señalando a Mary mientras se volvía hacia su hermano. "No hay ningún problema con mi barco."

"¿Pero no quieres sentar cabeza?" preguntó Rob. "¿Conocer a una buena mujer y tal vez incluso tener hijos?"

"Ya tengo a los tuyos para pasar el rato, ¿no? Todo es diversión y cero responsabilidades. Y en cuanto a las mujeres, no es que haya muchas opciones aquí." Quinn recogió los manteles individuales y los cubiertos. "No tengo prisa y, desde luego, no me siento sola."

"Otro punto a favor," reconoció Mary, cerrando de golpe la puerta del lavavajillas. "Bueno, ¿qué tal si abro otra botella de vino? ¿Queréis jugar a algo? ¿Un poco de locura salvaje el sábado por la noche?" bromeó. "No más hablar de la Casa Aster y de la vida amorosa de Quinn. No quiero que os peleéis otra vez. Es aburrido."

Quinn se rió. "¿Qué tal Jenga?" Amaba a Mary, siempre estaba de su lado. Habían estado muy unidas en el instituto, e incluso después de que empezara a salir con el hermano pequeño de Quinn, siguieron siendo grandes amigas. Y ahora Mary era parte de su familia y la sentía realmente como una hermana.

"Jenga." Mary asomó la cabeza por la puerta del salón y gritó "¡Lila, Tommy! ¡Vamos a jugar a Jenga!"

CINCO
RILEY

Hambrienta, de mal humor y sin ganas de cocinar en su nueva cocina, Riley condujo hasta la ciudad con la esperanza de encontrar un restaurante decente. Las posibilidades de encontrar un buen bar de sushi, o cualquier bar de sushi, eran nulas en Mystic, así que bajó sus expectativas y se conformaba con cualquier cosa menos comida frita. Esperó durante diez minutos delante del puente y se recordó que el tiempo ya no era sinónimo de dinero. El tiempo había adquirido un concepto completamente diferente. En vez de ser valioso, era su peor enemigo y tuvo que esforzarse mucho para controlar su ansiedad. Tanto tiempo entre sus manos le había dado más oportunidades para pensar más de lo que debía, y ya en su segundo día en Mystic, se sentía triste por las conclusiones a las que había llegado. Había sido egoísta. Había estado demasiado implicada en el trabajo como para pensar en otra cosa que no fuera su empresa. Había descuidado a su familia y a sus viejos amigos y no tenía otras conexiones cercanas. Lo que sí tenía era una cuenta bancaria saneada y una jodida mansión grande que detestaba, en un pueblo donde se sentía completamente desconectada de sí misma.

Riley no había dormido mucho la noche anterior. Preocupada por cómo los nuevos propietarios de su empresa arruinarían todo por lo que ella había trabajado tanto, había estado dándole vueltas en la cabeza en la cama durante horas. Sus pensamientos no tenían sentido. Había recibido un pago generoso y ya no era su problema, pero era difícil aceptar que ya no le quedaba nada en lo que centrar su atención. Dejando a un lado su frágil estado mental, la casa daba miedo por la noche. Se había levantado cinco veces para comprobar si las puertas delantera y trasera estaban cerradas, porque no dejaba de escuchar ruidos sospechosos.

Nueva York parecía un refugio seguro comparado con la Casa Aster, incluso con las sirenas de la policía sonando en las calles debajo de su ático. Su nuevo hogar era tranquilo y ruidoso al mismo tiempo. El inquietante silencio fuera la asustaba después de vivir tanto tiempo en una gran ciudad y la casa crujía y silbaba por la noche.

Mirando por los restaurantes que había a lo largo del puerto, Riley redujo la velocidad y aparcó su Mercedes. No le importaba si la comida era mediocre, al menos había mucha gente, y eso era exactamente lo que necesitaba ahora. Mucha gente.

Eran solo las cinco de la tarde, pero el sol ya estaba bajo sobre el río Mystic mientras ella desafiaba el muelle de madera con sus tacones altos, maldiciéndose por su elección de calzado. Siguió quedándose atrapada entre las tablas, por lo que decidió entrar en el primer restaurante que vio, solo por salvarse de un accidente.

"Hola. Bienvenida a Mystic Pizza," la recibió una amable anfitriona. "¿Tiene reserva?"

"No. Solo pasaba por aquí." Contestó Riley sonriendo. "¿Tiene mesa para uno?"

La anfitriona le devolvió la sonrisa, claramente confundida. En Nueva York, no era extraño comer sola, ella había cenado sola la mayoría de las noches, en restaurantes elegantes o en lugares más pequeños cerca de su apartamento, pero quizás no recibían muchos comensales solitarios aquí. Mystic era definitivamente un lugar donde la gente se reunía. Había grupos grandes, familias y parejas, pero no vio a nadie solo.

"¿Viene sola?" La anfitriona miró a su alrededor. "Esta noche estamos completos, pero estoy segura de que podemos acomodarla en algún lugar si no le importa una mesa pequeña."

"Gracias, eso sería genial." Riley no recordaba la última vez que había comido pizza, pero olía de maravilla y le rugía el estómago. Esperó mientras la anfitriona pedía a uno de los camareros que limpiara una mesa junto a un pilar que contenía menús y servilletas. En poco tiempo, lo habían dispuesto con un mantel a cuadros, un mantel individual, cubiertos, una vela y un cactus artificial en una maceta de terracota que no pegaba en un restaurante italiano.

"¿Qué le traigo para beber?" le preguntó una camarera una vez estuvo sentada y le ofreció el menú. Riley le hizo un gesto con la mano.

"Un vino tinto, por favor, y una botella de agua con gas. Y una pizza margarita con aceite de chile como acompañamiento si tiene, una ensalada pequeña de verduras y un platito de aceitunas." Estaba acostumbrada a pedir rápido, comer rápido, hacer todo lo más eficiente posible para ahorrar tiempo. Seguía olvidando que ya no tenía sentido hacer eso. "Lo siento. No tengo prisa. Es solo que tengo hambre y sé lo que quiero."

"No se preocupe, está bien." La camarera la miró fijamente un momento antes de continuar. "¿Alguna preferencia con el vino?"

Riley se recostó en su silla e intentó mostrarse relajada. "El mejor que tenga."

"Muy bien. Deme un minuto y vuelvo con un vino excelente y su agua." Se fue rápido y algo nerviosa, dejando a Riley preguntándose si estaba emitiendo malas vibraciones. Definitivamente no encajaba aquí. Todo el mundo iba vestido de manera informal y ella todavía llevaba traje pantalón y tacones, como si hubiera venido directamente de la oficina. Su vestuario era lo primero que tendría que cambiar, porque no tenía mucho más que ropa formal y dudaba que hubiera una tintorería en Mystic. Sin embargo, lo que más la hacía destacar era el hecho de que estaba sola, lo que la hizo sentirse cohibida mientras miraba a su alrededor.

A Riley nunca le había importado lo que los demás pensaran de ella, pero ahora parecía que todos los ojos estaban puestos en ella, preguntándose curiosos qué estaba haciendo aquí. Una mujer con dos niños pequeños en una mesa vecina no dejaba de mirarla, Riley estaba segura de ello, pero fingió no darse cuenta. Un cabello castaño, desaliñado y corto le caía alrededor de su rostro, enmarcando unas cejas afiladas y unos ojos grandes color avellana. *Pueblerinos curiosos.* Esperaba que Mystic fuera una comunidad de mente abierta al estar muy cerca de Nueva York y ser un lugar turístico, pero quizás era como tantos otros pueblos pequeños norteamericanos, recelosos con los extraños y protectores de su espacio. La mujer miró su teléfono y se rió entre dientes, luego volvió su atención a sus hijos, quienes gritaron de emoción cuando llegó su pizza enorme.

"Aquí tiene." La camarera dejó una copa de vino y el agua sobre la mesa.

"Gracias." Riley inhaló por encima de la copa, que estaba demasiado llena, y tomó un sorbo. "¿Qué vino es?" Estaba acostumbrada a catar su vino antes de aceptarlo, pero estaba claro que eso no existía aquí.

"Creo que es un pinot noir, pero no estoy segura. Tengo que consultarlo con el bar," dice la camarera, nerviosa.

Riley negó con la cabeza y forzó otra sonrisa. "No es necesario, está bien. Gracias." Tenía la sensación de que este no era lugar para armar un escándalo.

SEIS

QUINN

"Bueno, ¿qué habéis hecho hoy?" preguntó Quinn, dando unos golpecitos en la mesa y mirando a sus sobrinos. Se rió cuando los dos respondieron al mismo tiempo.

"Fui a la casa de Christina," dijo Lila. "Nos disfrazamos y fuimos a la ciudad con nuestros disfraces de hadas. Su mamá dijo que nos los podíamos dejar puestos mientras comíamos helado." Dibujó una gran sonrisa, dejando al descubierto las dos paletas que le faltaban.

"Yo fui a entrenar al béisbol," gritó Tommy, asegurándose de que su voz fuera más fuerte que la de su hermana. "Y perdimos, pero el entrenador dijo que no pasaba nada y que deberíamos concentrarnos en mañana."

Quinn se rió. "Eso es. Sigue entrenando y concéntrate en mañana." Se volvió hacia Lila. "Y bien por ti, cariño. Tomarte un helado disfrazada de hada suena muy divertido." Un camarero trajo dos Coca-Colas grandes para los niños y una cerveza para Quinn y mientras le daba las gracias, vio a una mujer sentada en la mesa pequeña junto al pilar. Estaba sola y parecía fuera de lugar con su traje negro y su cabello oscuro, secado con secador y peinado perfectamente. Observó que pedía su comida a la velocidad de la luz, confundiendo a la camarera. Era atractiva, pero Quinn ya tenía una idea de quién podría ser y no tenía intención de acercarse y darle la bienvenida a Mystic. *Qué infantil.* Sí, estaba siendo infantil, pero esta llamativa neoyorquina acababa de comprar la Casa Aster y estaba bastante segura de que arrancaría todas sus hermosas imperfecciones hasta que no quedara nada más que un cadáver blanco y sin carácter.

"¿Podemos tomar helado?" preguntó Lila.

"Creí que ya habías tomado helado hoy."

"Yo no," intervino Tommy. "Así que yo me tomaré dos y Lila puede tomarse uno, así ya estaremos empatados."

"¡No! No es justo." Lila sacó la lengua y estuvo a punto de tener una pataleta, pero Quinn lo interceptó.

"Si podéis terminaros esa pizza enorme que acabo de pedir, los dos os podéis tomar todo el helado que queráis, ¿de acuerdo?" Quinn no estaba haciendo falsas promesas. Ninguno de los dos podría terminar la pizza más grande del menú y pronto tendrían sueño y estarían listos para volver a casa a dormir. Su hermano y Mary habían salido esa noche y ella les había prometido acostar a los niños y quedarse allí hasta que ellos regresaran a casa.

La mujer la miró y sus ojos se encontraron por un momento. Su mirada era un poco acusadora, como si Quinn estuviera invadiendo su privacidad, y se preguntó qué estaría pensando. Aunque estaba bastante segura de que se trataba de Riley Moore, no había forma de que Riley Moore supiera quién era *ella*.

Le entró en mensaje al teléfono y lo cogió para mirarlo.

"¿Es mamá?" preguntó Lila.

"No, cariño, no es mamá." Riley se rió entre dientes cuando leyó el mensaje de Lindsey.

¡Lo siento! ¡¡He estado tan ocupada que se me olvidó por completo contarte los detalles!! Sí, está muy buena (la señorita Casa Aster), incluso para mi media heterosexual. Pero muy de negocios. Probablemente no sea tu tipo y, de todos modos, dudo que se mueva en tu equipo.

El mensaje terminaba con un emoji de guiño y muchos corazones. Quinn alejó el teléfono de Lila, que estaba mirando la pantalla con curiosidad.

"¿Quién es?"

"Es Lindsey, de la agencia inmobiliaria. ¿Recuerdas a mi amiga Lindsey? La has visto varias veces en mi barco. Hicimos tartas juntas."

Lila asintió y volvió a sonreír. "Me gusta Lindsey. Papá dice que a ti también te gusta."

"Ah, ¿sí?" Quinn arqueó una ceja hacia su sobrina. "Por supuesto que me gusta Lindsey. Es una buena amiga. A ti te gustan tus amigas, ¿no?" Quinn no pudo evitar preguntarse qué tipo de conversaciones tenían lugar en la casa de su hermano. Solo porque tuviera una amiga cercana que fuera una mujer, no quería decir que hubiera algún romance entre ellas, pero Rob no podía evitarlo.

Estoy de acuerdo: Está buena. Está sentada justo aquí, si es quien creo que es (en Mystic Pizza con mis sobrinos). Y sí, no es que yo esté interesada, pero dudo que juegue en mi equipo. ¿Unas copas mañana?

Una vez más, la mujer la miró, pero entonces llegó su enorme pizza y los niños chillaron de emoción, distrayendo a Quinn de la hermosa e inoportuna extraña.

"¡Es más grande que la luna!" dijo Tommy, atacando su lado.

"¡Es más grande que papá!" Lila se echó a reír y cogió la botella de kétchup que había en la mesa.

"¿Más grande que papá? ¿Estás segura?" Quinn la

ayudó con el kétchup y le dio la botella a Tommy, que insistió en hacerlo él solo.

"Sí." Lila se metió un pedazo enorme de pizza en la boca y masticó mientras miraba a la extraña solitaria. "Tía Quinn," dijo con la boca llena. "Esa mujer está sola. ¿Puedo preguntarle si quiere sentarse con nosotros?"

"Shh...Está bien, Lila. A algunas personas les gusta comer solas." Quinn mantuvo la voz baja, pero la mujer las había oído, así que no tuvo más remedio que sonreírle. "Lo siento," dijo. "Los niños..."

"Está bien, no se preocupe." La mujer se volvió hacia Lila. "No me siento sola, cariño. Es solo que tengo hambre, así que vine a comer pizza." Se rió de las mejillas llenas de Lila y de su barbilla cubierta de kétchup. "Parece que tú también tienes hambre."

"Nos vamos a comer esta pizza entera y luego tomaré helado," murmuró Lila. "¿Quieres un poco de pizza?" Quinn le dio una palmada en la pierna debajo de la mesa, pero Lila no entendió la indirecta. "Te puedes sentar con nosotros."

Dulce, dulce Lila. Siempre mirando por los demás. Quinn amaba su gran corazón, pero esta noche deseaba que su sobrina se concentrara en la comida y no en la mujer que estaba tratando de evitar.

"Eso es muy dulce de tu parte, pero mi comida va a llegar pronto." La mujer dio un sorbo a su copa y se volvió hacia Quinn. "Soy Riley. Soy nueva en Mystic. Acabo de mudarme."

Quinn forzó una sonrisa. Después de todo, no había razón para ser grosera. "Quinn. Encantada de conocerte. Y estos pequeños traviesos son Lila y Tommy."

"Tienes unos hijos maravillosos."

"Oh, no son míos. Soy su tía. Solo los estoy cuidando

mientras sus padres tienen una cita esta noche." Quinn los rodeó con los brazos. "Pero nos gusta pasar el rato juntos, ¿verdad, chicos?" Lila y Tommy murmuraron con la boca llena de pizza. La mujer seguía mirándolos y Quinn sintió que tenía que mantener la conversación. "¿Qué te parece Mystic?"

"Es muy agradable," dijo Riley, pero Quinn estaba segura de haber detectado una mueca. "Precioso."

"Sí, es un lugar fantástico para vivir y la comunidad es muy amistosa." La pizza de Riley llegó y Quinn agradeció la oportunidad de terminar la conversación. "Bueno, disfruta tu pizza. Estoy segura de que nos veremos por aquí."

Riley arrancó otra tira de papel de la pared antes de detenerse a tomar un café. Una de las paredes del salón parecía haber sido atacada por un tigre y no había conseguido mucho desde que había empezado temprano esta mañana. En algunos lugares, el papel se despegó fácilmente, pero en otros, parecía que estaba pegado con superglue. Necesitaba un quita papeles extra fuerte y espátulas, que debería haber comprado a primera hora, y también le vendría bien una escalera. Había sido más que eficiente como consultora de relaciones públicas, pero el bricolaje era nuevo para ella y no tenía idea de por dónde empezar. Podría contratar a alguien para que hiciera todo el trabajo de renovación, por supuesto, pero entonces ¿qué haría *ella*? ¿Quedarse ahí, viéndolos trabajar todo el día?

Mirando el desastre de pared, Riley odiaba la casa aún más. Se negaba a dejar ir sus capas, aferrándose desesperadamente al pasado. Por la noche la mantenía despierta porque la asustaba, y durante el día la abrumaba tanto que le costaba pensar con claridad. No había un punto intermedio.

Necesitaba un poco de aire fresco, así que salió y se sentó en los escalones de la entrada mientras buscaba un almacén de ferretería cercana. Encontró uno en un parque comercial, a pocos kilómetros de Mystic. Nunca antes había estado en un parque comercial, pero iba a haber muchas primeras veces en el futuro si finalmente se establecía aquí y, además, sería agradable estar entre gente porque la casa era muy silenciosa. Pensó en Quinn, la mujer tan amistosa que había conocido en el restaurante la noche anterior, y lamentó no haber extendido la conversación. Hacer amigos era un concepto extraño para ella. No había hecho ninguno desde la universidad pero, si iba a empezar de nuevo, ya era hora de que se esforzara y estableciera conexiones reales. Si no lo hacía, podría marchitarse aquí y nadie se daría cuenta.

El jardín pedía atención y cuidado, y estar allí sentada, contemplando el enorme césped cubierto de maleza, resultaba intimidante. Definitivamente, eso era un trabajo para un profesional, no había manera de que ella pudiera hacerlo sola. Por los débiles patrones en la hierba alta, podía ver que había una red de caminos entre las fuentes, actualmente sin funcionar, pero sería un trabajo enorme arreglarlo para devolverlo a su estado original. Los setos estaban creciendo demasiado, bloqueando la luz del sol en algunos lugares. Un trozo de cuerda colgaba de la rama de un árbol, un triste recordatorio del columpio que alguna vez estuvo allí. En realidad, todo era un poco triste, por dentro y por fuera. La Casa Aster nunca la haría feliz, ni siquiera remotamente relajada, a menos que pareciera una casa habitada. El jardín de atrás estaba aún peor, pero suponía que una vez que los setos y los árboles hubieran sido podados, sería precioso y le daría una vista sin obstáculos del río.

Después de veinte minutos contemplando lo que necesitaba para el salón, la lista de compras que había creado en su teléfono era larga e incluía decapante, pinturas, brochas, rodillos, herramientas, cubos, una escalera, bolsas de basura y algunas otras cosas como ropa barata, que no le importara mancharse de pintura, zapatillas de deporte, vaqueros y algunos suéteres. Aunque el sol calentaba en marzo, las noches aún eran frías y su gabardina y sus trajes de diseño la hacían destacar demasiado cuando iba a la ciudad. Había notado las miradas la noche anterior. El personal del restaurante parecía intimidado por ella y no quería sentirse fuera de lugar.

Una vez más, su mente volvió a Quinn. No había hecho preguntas indiscretas o entrometidas, algo que había esperado de la gente del pueblo. ¿No tenían curiosidad? ¿No estaban deseosos de pasarse información, para así tener tema de conversación en un lugar donde nunca pasaba nada?

Los pensamientos de Riley fueron interrumpidos por el sonido de su teléfono, lo cual había sido poco común en los últimos días. Hasta el última día en que estuvo trabajando, había estado sonando sin parar y, aunque a menudo le molestaba, había echado de menos el sonido.

"Riley Moore."

"Hola Riley. Soy Lindsey, de Mystic Realtors."

"Hola." Riley hizo una pausa, confundida sobre por qué la llamaría una agente inmobiliaria. Solían mantenerse alejados de los compradores después de la compra por si tenían algo de qué quejarse. Y entonces, la asaltó un pensamiento que la llenó de esperanza. Quizás los dueños anteriores habían cambiado de idea y querían comprárselo de nuevo. Tal vez echaban de menos la casa y estaban dispuestos a pagar lo que ella había pagado, o más. Sería una bendición. "¿Qué puedo hacer por ti?"

"Mañana hay una reunión en el ayuntamiento. El

departamento de Parques y Espacios de Recreo va a presentar sus planes para la temporada de verano. Todo el mundo es bienvenido y después habrá una sesión de preguntas y respuestas y otra de nuevas ideas. Las invitaciones se enviaron antes de que te mudaras a la Casa Aster y pensé que, como soy la única que tengo tu número, tenía que llamarte para que lo supieras."

"Gracias, muy amable," dijo Riley, tratando de esconder su decepción.

"No hay problema. Podría ser una buena oportunidad para que conozcas a gente." Lindsey vaciló. "¿Cómo te estás adaptando?"

Y ahí estaba. Había hecho la pregunta. Francamente, era algo raro y Riley apenas podía creer lo que estaba escuchando. ¿Por qué era tan amable con ella? "Necesita mucho trabajo," dijo con una risa entre dientes. "Pero justo ahora voy a la tienda de bricolaje para ponerme manos a la obra."

"Ese es el espíritu. Bueno, buena suerte y hasta mañana, si nos vemos."

"Allí estaré. Oh, por cierto, ¿conoces por casualidad a alguien que trabaje en jardinería y que sea bueno?"

"No me sorprende que lo preguntes. Noté que estaba bastante crecido." Lindsey se rió. "De hecho, sí que conozco a alguien. Mi sobrino Gareth trabaja en jardines. Es muy joven y acaba de empezar, pero ya tiene varios clientes y están muy contentos con él. Te enviaré su número, pero si prefieres una empresa profesional, también puedo recomendarte algunas."

"Gareth suena genial. Lo llamaré hoy." Riley sonrió. "Gracias, Lindsey. Has sido muy amable."

"Ni lo menciones. Así es como funcionan las cosas aquí."

OCHO
QUINN

Mientras salía de Groton Retail Park con su camioneta llena de pizarra, Quinn entrecerró los ojos cuando vio a una mujer intentando meter una escalera en su Mercedes. Sobresalía demasiado del maletero para que fuera seguro mientras conducía, a pesar de que lo había asegurado con correas de trinquete.

Redujo la velocidad y pensó en abrir la ventanilla para advertir a la mujer y vio que se trataba de Riley, la nueva dueña de Casa Aster. *Joder.* Siguió conduciendo, mirándola por el espejo retrovisor. Riley rodeó su coche, aparentemente evaluando la situación, y tiró de la escalera. No parecía lo suficientemente segura y su conciencia le dijo que se diera la vuelta y regresara. No podría vivir consigo misma si le ocurriera algo y, además, no había forma de evitarla en una comunidad pequeña como Mystic. Esto haría la vida terriblemente complicada. Aparcó su camioneta junto al coche y bajó.

"Hola." Riley le dirigió una sonrisa. "Quinn, ¿verdad?"

"Sí. Encantada de verte de nuevo." Quinn le devolvió la

sonrisa y señaló la escalera. "No puedes conducir así. No es seguro."

"No podían llevármela esta semana y necesito una escalera o no podré hacer nada. Es un trayecto corto y la he asegurado para que no pueda deslizarse por la parte de atrás. Tendré cuidado."

"Pero podría atravesar el parabrisas o, peor aún, darte en la cabeza si otro coche te golpea por un costado."

"Oh." Riley suspiró. "Supongo que tienes razón. No lo había pensado." Parecía decepcionada mientras estaba allí de pie, con una falda ajustada y una camisa blanca, haciendo equilibrios sobre sus tacones ridículamente altos.

La mirada de Quinn bajó a sus pantorrillas, y cuando se dio cuenta de que estaba mirando, levantó la vista y se encontró con los ojos de Riley. Eso tampoco ayudó, la mujer era despampanante. Sus ojos marrones tenían una intensidad que Quinn rara vez había visto. O quizás estaba muy estresada, era difícil decirlo. "Lo llevaré en mi camioneta. Me dirijo en esa dirección de todos modos."

"¿En serio?" Riley dejó escapar un suspiro de alivio. "Gracias. Eres muy amable." Le mantuvo la mirada. "¿Sois todos así de amables en Mystic?"

"No todos." Respondió Quinn con una sonrisa. "Pero, en general, sí. Son mucho más amistosos que en Nueva York, eso seguro."

"¿Cómo sabes que soy de Nueva York?"

Ups. La había pillado. "La gente es amable, pero también habla. Soy amiga íntima de Lindsey, la agente inmobiliaria. Me dijo que habías comprado la Casa Aster," admitió mientras quitaba las correas a la escalera y la sacaba del coche. "Así que sé adónde vamos."

"Oh, vale..." Riley la ayudó a subir la escalera a la parte trasera de la camioneta. "Lindsey parece encantadora. Me invitó a la reunión de mañana en el ayuntamiento. Fue muy considerado de su parte."

"Sí, es una perita en dulce. Perdón por los chismes, pero es mejor que te acostumbres. Rara vez es con malicia."

Riley movió la cabeza mientras se limpiaba las manos en la falda. "No me importa. Para ser honesta, me lo esperaba de un pueblo pequeño." Señaló la camioneta. "¿Necesitas las correas?"

"No, así va bien." Quinn le guiñó un ojo y se subió a su camioneta. "Te seguiré para que puedas abrirme la cancela." Empezó a tener dudas cuando arrancó el motor. Estaría otra vez dentro de esas puertas y eso le causaba una gran emoción, pero sabía que era solo una forma morbosa de torturarse, como oler un pastel delicioso que no podía comer o como enamorarse de una mujer hetero.

La carretera estaba tranquila y el trayecto era corto, así que no le dio mucho tiempo para prepararse para la nostalgia que la invadió cuando entró en el camino de entrada. Las contraventanas del salón estaban abiertas, pero el resto de las ventanas seguían cerradas y vio que la pintura de la puerta principal se estaba descascarillando mientras cerraba de golpe la puerta de su camioneta y miraba hacia arriba. Toda la fachada necesitaba una nueva mano de pintura y un poco de cuidado y cariño pero, aparte de eso, se mantenía tan robusta y orgullosa como siempre.

"Es tan grande," dijo Riley con un suspiro mientras levantaba la escalera de la camioneta y la apoyaba contra uno de los pilares del porche.

"¿Demasiado grande para ti?"

"Honestamente, sí. Pero es culpa mía. Debería haberla visto antes de comprarla." Explicó Riley encogiéndose de hombros. "Bueno, esto es lo que hay y haré que funcione. No es que tenga nada mejor que hacer que arreglarla."

"¿No trabajas?" preguntó Quinn.

"No. Ya no." Riley no dio más detalles y Quinn tampoco preguntó más. Por la expresión de su rostro, era un tema delicado.

"¿Necesitas ayuda con esas otras cosas en tu coche?" preguntó, viendo que había bolsas apiladas en el asiento de atrás.

"Me ocuparé de ello más tarde, no hay prisa." Los labios de Riley se curvaron en una sonrisa. "¿Te apetece un café?"

"¿Un café?" Quinn la miró como si nunca antes hubiera oído esa palabra. No esperaba esa pregunta, no de una neoyorquina. *No te tortures.* "Claro," se oyó decir. "Deja que te lleve esto." Cogió la escalera mientras Riley abría la puerta, respirando profundamente antes de entrar.

El pasillo grande no había cambiado mucho. La escalera todavía tenía su riel rojo original y la lámpara de araña de cristal de su abuela, que había sido demasiado grande para quitarla, brillaba en lo alto. Sin embargo, parecía vacío y hueco por la falta de muebles básicos. Solía haber percheros junto a la puerta, un aparador con un gran espejo dorado contra la pared izquierda y un banco antiguo junto a una estatua grande de un tigre en el lado derecho. Dejó la escalera allí y siguió a Riley a la cocina. Aquí las cosas también eran más o menos iguales.

"Necesita una renovación," dijo Riley mientras encendía su cafetera Nespresso, que llamaba la atención contra los azulejos originales. "Pero me gusta la disposición y me encanta el horno antiguo, así que tal vez lo deje así." Preparó un café para Quinn y puso leche y azúcar sobre la isla.

"¿Piensas cambiar mucho?" preguntó Quinn.

"Tanto como pueda. Contrataré profesionales para hacer los trabajos grandes, como renovar la cocina y los cuartos de baño y actualizar el sistema de calefacción, pero quiero hacer todo lo demás yo misma, con la ayuda de YouTube y un sinfín de ensayos y errores."

"Eso es muy valiente."

"Necesito tener algo que hacer." Riley se volvió hacia la cafetera mientras esperaba que se llenara su taza. "¿Vamos al salón? Todavía no tengo muebles aquí."

NUEVE
RILEY

Quinn era una mujer curiosa, eso estaba claro. Observó cada rincón de la casa con intenso interés, e incluso ahora, que estaban sentadas en el sofá hablando, estudiaba el papel de la pared donde Riley había comenzado a quitarlo. Riley pensaba que era atractiva, más bien guapa. Tenía un aire andrógino que le iba bien. Su cabello castaño y desordenado era más largo en la parte de delante y le caía sobre un lado de la frente. Tenía el rostro esculpido, con pómulos altos y una mandíbula afilada. Su figura alta y delgada se veía impresionante con sus vaqueros ajustados, su camiseta gris y la camisa vaquera que llevaba abierta.

"¿A qué te dedicas, Quinn?" preguntó.

"Soy contratista." Quinn sonrió mientras tomaba un sorbo de café, pero no parecía del todo cómoda. Quizás la casa grande la intimidaba tanto como a ella. "Mi empresa hace renovaciones, principalmente en la zona. Estoy acabando una casa junto al río. Para eso es la pizarra de mi camioneta."

"Ah." Las cejas de Riley se dispararon hacia arriba. "¿Estarías interesada en trabajar aquí?"

Quinn vaciló, pero negó con la cabeza. "No." Hizo una mueca. "Quiero decir, estamos ocupados hasta el otoño, así que me temo que no tengo tiempo. Por lo que me has dicho, va a ser un trabajo grande, así que necesitarás a alguien con disponibilidad a largo plazo. Puedo recomendarte algunas otras empresas, si quieres."

"Claro, eso sería genial." Cuando Riley se recostó en su asiento y cruzó las piernas, pudo sentir los ojos de Quinn sobre ellas. ¿La estaba mirando? No estaba acostumbrada a que las mujeres la miraran así. ¿Era gay? Riley sospechaba que sí, desde luego eso era lo que le transmitía.

"¿Vives aquí sola?" preguntó Quinn.

"Sí. Solo estoy yo." Riley señaló la pared. "Y como puedes comprobar, soy nueva en esto de renovar casas, así que cualquier consejo es bienvenido."

Quinn se rió entre dientes. "Sí, me lo imaginaba. ¿Tienes pensado quitar el papel de todas las paredes?"

"Creo que sí. No me gusta el papel en las paredes. Al menos no este papel, ni el que está debajo. Es horrible."

"Ya."

¿Ya? ¿Qué quería decir con eso? Por la forma en que lo dijo, sonó como si no estuviera de acuerdo con ella y la sonrisa había desaparecido de su rostro.

"¿Crees que la pintura sería una mala elección para las paredes?" preguntó Riley, que no sabía por qué ese cambio de humor en Quinn tan de repente.

"No, en absoluto." Quinn levantó una mano. "Lo siento, me fui por un momento." Se terminó el café y se levantó. "¿Qué tal si cogemos las cosas de tu coche? Supongo que has comprado algún producto para quitar el papel." Continuó cuando Riley asintió. "Te enseñaré cómo hacerlo correctamente. Te ahorrará mucho tiempo."

"Oh, no te preocupes por eso. Ya has hecho suficiente por mí y..."

"No tomará mucho tiempo," insistió Quinn. "Duele solo con ver ese trabajo que has hecho. No puedo dejar que sigas así." Bajó la mirada a sus pies. "Y quizás quieras ponerte algo diferente a esos tacones si vas a subir y bajar una escalera."

"AHÍ TIENES. Así es como se hace." Veinte minutos más tarde, Quinn aplaudió mientras Riley bajaba la escalera con un enorme trozo de papel en la mano. "¿Ves? Es mucho más fácil así."

"Gracias." Riley se movía nerviosa mientras miraba a Quinn. Se sentía baja e impotente sin los tacones, pero las zapatillas que había comprado eran increíblemente cómodas y una sensación completamente nueva para sus pies. "No tienes idea de cuánto me has ayudado hoy."

"No es nada," dijo Quinn. "Tendrás esta habitación sin papel en nada de tiempo." Se miró el reloj. "Debería irme. Tengo que volver al trabajo. Buena suerte con todo."

"Gracias," dijo Riley de nuevo. Se aclaró la garganta cuando Quinn se iba. "Espera... ¿Puedo invitarte a cenar en algún momento para agradecerte tu ayuda?"

Quinn enterró las manos en los bolsillos y se encogió de hombros. "Ya te lo he dicho, no es nada, pero nunca digo no a la comida."

"Genial." Riley dejó escapar el aire que había estado conteniendo. ¿Por qué daba tanto miedo hacer nuevos amigos? Tampoco sabía cocinar, así que ¿cómo se le había ocurrido esa idea? "¿Estás ocupada esta semana?"

"Estoy trabajando jornadas largas mientras concluimos

nuestra última semana de trabajo, pero estoy libre el jueves por la noche."

"Vale. ¿Te veo el jueves entonces? ¿A las siete?" A Riley le rechinó el tono desesperado de su voz.

"Perfecto. Hasta el jueves." Quinn le dedicó una sonrisa y un saludo y se subió a su camioneta. Tocó la bocina dos veces antes de irse.

Riley la vio desaparecer detrás del seto alto y se sintió más esperanzada ahora que sabía lo que estaba haciendo con las paredes. *Que mujer tan agradable.* Sintió una extraña atracción hacia Quinn, un deseo de hacerse su amiga. Quizás simplemente se estaba aferrando a la primera persona con la que había interactuado. Alguien era mejor que nadie.

DIEZ

QUINN

"Terminemos por hoy, chicos." Quinn le dio una palmada en el hombro a Ahbed, su electricista. "Todo está fantástico. Gran trabajo."

El baño principal de la casa de cinco dormitorios era la última habitación para renovar y su equipo había trabajado sin parar durante la tarde para colocar el suelo de pizarra. Quedaba algo de trabajo en el mosaico de la ducha y había que instalar el lavabo nuevo, pero estaban en el buen camino para terminar el trabajo a tiempo. La casa estaba preciosa y Quinn estaba orgullosa de su equipo. Su empresa era una de las pocas en la zona que ofrecía un equipo completo de carpinteros y techadores, así como fontaneros y electricistas, lo que le permitía ahorrar tiempo.

Danny, el carpintero, se volvió hacia ella y estiró la espalda. "Nunca pensé que diría esto pero, en realidad, no me importaría continuar un poco más. Si vuelvo a casa ahora, mi esposa querrá que la acompañe a esa reunión en el ayuntamiento." Suspiró y movió la cabeza. "Me aburren como una ostra esas reuniones. Son como sentarse en una misa de Navidad de tres horas."

"Yo también," dijo Ahbed. "Haría cualquier cosa por evitarlas."

Quinn estalló en carcajadas. Ella también había pensado lo mismo otras veces y había usado el trabajo como excusa para escapar de las largas presentaciones, seguidas de horas de discusiones sobre asuntos sin importancia, como la ubicación de un columpio en un parque infantil nuevo o la hora exacta de un concierto de verano. "Bueno, ¿qué os parece entonces una cerveza al sol?" Señaló a través de la ventana del jardín trasero a la orilla del río. "Tengo unas cuantas en la nevera en mi camioneta. Deberían estar frías todavía."

"Por supuesto. Me apunto." Danny guardó sus herramientas.

Ahbed asintió. "Suena genial, jefa. Si traes las cervezas, nosotros limpiamos esto."

Quinn se dirigió a su camioneta y cogió la nevera. Aunque rara vez bebía entre semana, siempre llevaba algunas cervezas y mucha agua fría. Era la tarde perfecta para una cerveza, con el sol bajo y las flores de la primavera en plena floración a lo largo de la orilla del río. Se sentó en el césped y se reclinó sobre los codos frente al río Mystic con la Casa Aster al otro lado. Todas las contraventanas estaban abiertas ahora y se imaginó a Riley dentro, arrancando el papel de las paredes que su abuela había elegido. Sí, estaba anticuado, pero eso no hacía menos doloroso verlo desaparecer.

Danny y Ahbed se sirvieron una cerveza y se unieron a ella.

"He oído que una señora de Nueva York se mudó aquí la semana pasada," dijo Ahbed. "Parece ser que ha comprado ese lugar." Señaló la Casa Aster. "¿La has visto?"

"Sí, la he conocido," dijo Quinn. "Ayer estaba tratando

de meter una escalera de tamaño industrial en su Mercedes." Se rió entre dientes. "Me preocupaba que pudiera
causar un accidente, así que se la llevé a su casa en la
camioneta."

"¿Y qué está haciendo con una escalera?"

"Planea hacer ella misma gran parte del trabajo en la
casa." Dijo Quinn encogiéndose de hombros. "Por lo que he
visto, no tiene idea de lo que está haciendo."

"Le diste tu tarjeta, ¿no?" le preguntó Danny. "Seguro
que necesitará ayuda."

"Le dije que podía llamarme," mintió Quinn. No quería
que los hombres supieran que había rechazado un trabajo.
"De todas formas, estamos bastante ocupados para los
próximos meses, así que dudo que tuviéramos tiempo."

"Siempre puedo sacar tiempo para trabajar más," dijo
Danny. "He oído que es despampanante." Miró a Quinn y
arqueó una ceja. "¿Lo es?"

"Sí, es atractiva." Quinn le dio un codazo mientras
sonreía. "No pienses nada. Es hetero."

"Eso es lo que piensan todas hasta que te conocen,"
bromeó Ahbed. "¿Por qué crees que nunca te he presentado
a mi esposa?"

"No tiene gracia." Dijo Quinn poniendo los ojos en
blanco. "Eso solo ocurrió, literalmente, una vez y fue hace
años. No entiendo por qué sigue siendo una broma recurrente." Los hombres se estaban refiriendo a Rebecca, la
esposa del panadero del pueblo. Ella y Quinn habían tenido
una breve aventura y Quinn se arrepentía de haberse involucrado con ella porque había roto su matrimonio. Las
pillaron y su aventura fracasó, pero Rebecca no tuvo
ninguna intención de volver jamás con los hombres después
de eso. Se divorció de su marido, conoció a una mujer en
internet y se mudó a Nueva Orleans para estar con ella,

dejando a Martin, el panadero, con el corazón roto y a Quinn sin pan recién hecho para el resto de su vida. Aunque se había disculpado con él muchas veces y volvieron a tener una relación educada, todavía seguía evitando su panadería porque a ninguno de los dos les gustaba recordar lo que había sucedido.

"Me temo que seguirá siendo una broma recurrente hasta que encontremos otra cosa de la que bromear." Danny tomó un trago largo de su cerveza. "Bueno, ¿cómo es el marido?"

"Creo que está soltera," dijo Quinn. "Vive allí sola y no mencionó ninguna pareja."

"Ah. Eso es poco usual, ¿no crees?" Ahbed frunció el ceño. "¿Por qué querría nadie vivir allí solo?"

"¿Por qué no? Es una casa preciosa." Aunque sabía que Ahbed tenía razón, Quinn siempre se ponía a la defensiva cuando se trataba de la Casa Aster. "No me digas que crees en esas historias de fantasmas."

"No. Es solo que parece una casa demasiado grande para una sola persona."

"Yo sí creo en esas historias. No dormiría allí solo," intervino Danny. "De ninguna manera." Entrecerró los ojos mirando a Quinn. "¿No vivieron tus abuelos allí?"

"Sí." Ese era el problema de vivir en una comunidad pequeña. Todo el mundo sabía todo sobre todo el mundo. "Pero eso fue hace mucho tiempo." Quinn no quiso dar más detalles sobre cómo su familia había perdido la casa, no era algo de lo que le gustara hablar. "Dudo que la neoyorquina se quede mucho tiempo. Nadie lo hace."

"Has venido," dijo Lindsey, uniéndose a Riley en la parte de atrás del ayuntamiento cuando por fin hicieron una pausa para tomar café.

"Por supuesto." Riley sonrió. "Ha sido una presentación intensa." Era lo mejor que se le ocurrió decir, porque la presentación de diapositivas de dos horas casi la había hecho dormirse dos veces, y tenía la espalda rígida por la incómoda silla plegable.

"A la gente aquí le gusta saber exactamente qué está pasando." Lindsey le guiñó un ojo y bajó la voz. "Espera a que empiecen a discutir sobre a quién deberían dedicarle el banco nuevo junto al puente. Esa es la parte entretenida y la única razón por la que estoy aquí."

Riley se rió mientras se servía un café. "En ese caso, me quedaré para la segunda parte."

"Son sobre todo los que están en la primera fila los que tienen opiniones para todo," dijo Lindsey. "A Sarah, la bibliotecaria, le gusta pensar que es la voz de la ciudad pero, a la hora de la verdad, la gente rara vez está de acuerdo con ella."

"Política de pueblo pequeño, ¿eh?"

"Exactamente. Será mejor que te acostumbres." Lindsey cogió una galleta con trocitos de chocolate, la partió por la mitad y le ofreció a Riley la otra mitad. Parecía algo extraño de hacer, pero como no quería parecer maleducada, la aceptó. "Perdona. Siempre comparto los dulces. Es mi manera de reducir el consumo de azúcar. Normalmente lo comparto con mi amiga Quinn, pero no está aquí esta noche."

"La he visto hoy. Me dijo que estaba ocupada con el trabajo," dijo Riley.

"Eso es una excusa. Odia este tipo de cosas. Entonces, ¿has hablado con ella?"

"Sí. Tuvo la amabilidad de ayudarme a llevar una escalera desde el almacén de ferretería a casa. La he invitado a cenar el jueves. Eres bienvenida si quieres venir." Riley se rió entre dientes. "No puedo prometer que la comida sea buena. En general, no sé cocinar, pero como no hay muchos lugares de comida a domicilio aquí, pensé que necesito practicar mis pocas habilidades. Tu marido también es bienvenido, por supuesto, y tus hijos, si los tienes."

"Qué amable de tu parte." Lindsey parecía gratamente sorprendida por la invitación pero negó con la cabeza. "Estoy soltera, no tengo hijos y lo siento, pero estoy ocupada el jueves. Pero deberíamos quedar otro día." Entrecerró los ojos mientras estudiaba a Riley. "¿Y tú? ¿Tienes a alguien en Nueva York?"

"No. Estuve casada hace mucho tiempo y, después de mi divorcio, estaba casada con mi trabajo."

"A veces me siento así también," dijo Lindsey encogiéndose de hombros. "Pero bueno, me encanta mi trabajo, así que todo bien y, de todos modos, tampoco hay muchos hombres donde elegir en Mystic. Los buenos ya están pillados y los solteros siguen así por alguna razón."

"Tener citas en Nueva York tampoco es mucho mejor," dijo Riley. "Allí cada uno se preocupa de sí mismo." Dudó un momento. "¿Y Quinn? ¿Está soltera?"

"¿Quinn?" Los ojos de Lindsey se abrieron como platos. "¿Te gusta?" le preguntó en un susurro. "Si te gusta, me lo puedes decir. Prometo que quedará entre nosotras."

Los ojos de Riley se abrieron mucho también y negó con la cabeza. "No, no me..." dudó de nuevo. "¿Quinn es...?"

"Lo siento mucho." Lindsey se llevó una mano a la boca y se rió. "Sí, es gay. Pensé que tú también lo eras al preguntar sobre ella."

"No, no lo soy. Solo tenía curiosidad, eso es todo."

Lindsey hizo una mueca. "Lo siento, yo..."

"Oye, no pasa nada. Ni te preocupes." No le sorprendió saber que Quinn era gay. Las mujeres normalmente no le miraban las piernas como lo hizo ella. "Estuve casada con un hombre. Nos conocimos en la universidad y nos casamos demasiado jóvenes. Al final, no funcionó porque éramos demasiado diferentes. Él quería una familia y yo quería construir una carrera."

Lindsey asintió. "¿Puedo hacerte una pregunta personal?"

"Claro."

"¿Cómo termina una neoyorquina con carrera en Mystic? ¿Tienes algún vínculo con esta ciudad? ¿Familia?"

"No. La elegí al azar." Riley hizo una pausa. Había esperado la pregunta y era consciente de que su respuesta sonaba ridícula. "En realidad, fue mi asistente quien eligió Mystic. Tuve que dejar de trabajar por motivos de salud. El médico me dijo que me mudara a algún lugar con un ritmo de vida más lento y esto estaba cerca de Nueva York.

Además, hay un hospital cerca con un excelente departamento de cardiología."

"¿Es tu corazón? Siento mucho oír eso." Lindsey le acarició el brazo. "¿Vas a estar bien? ¿Es seguro vivir sola?"

"Si me lo tomo con calma, totalmente." Dijo Riley con una sonrisa. "Puedo hacer cosas físicas e incluso hacer ejercicio, siempre y cuando evite el estrés."

"Bueno, tu asistente eligió un buen lugar. Aquí nos cuidamos unos a otros y, con esa casa, tendrás las manos ocupadas, y con suerte, sin demasiado estrés."

"Solía trabajar dieciséis horas al día, así que un poco de trabajo en la casa no será nada," comentó Riley con cara de valiente. La verdad era que la casa la deprimía muchísimo pero, si la abandonaba ahora y la vendía antes de terminar de arreglarla, corría el riesgo de perder mucho dinero. Tenía una cuenta bancaria saneada, pero ahora que ya no trabajaba, las propiedades eran su seguridad. Estaría atrapada en Mystic durante al menos un año antes de que pudiera venderla y aprovechar el tiempo al máximo era su única opción.

"Ay." Lindsey hizo una mueca. "Y yo que pensaba que era adicta al trabajo." Saludó a varias personas que se dirigían a la mesa del café. "Bueno, menos trabajar y más socializar. Deja que te presente a algunos amigos."

DOCE
QUINN

Con una botella de vino tinto bajo el brazo, una caja de bombones en una mano y un ramo de flores en la otra, Quinn subió las escaleras hasta la puerta principal de la Casa Aster. Tal vez las flores eran demasiado, pero pensó que le podían dar un poco de color al lugar y no eran rosas rojas. El ramo de lirios arcoíris era de la gasolinera por la que había pasado de camino aquí y no eran románticas para nada.

"Adelante," dijo Riley abriendo la puerta de par en par. "Oh, flores. No tenías que hacer eso."

"Todo el mundo necesita flores." Quinn se las dio junto con el vino, la siguió hasta la cocina y puso los bombones sobre la isla. "Tienes mesa de comedor." Quedó desconcertada al ver cómo se había transformado la cocina. La mesa de madera nueva estaba dispuesta con un mantel y velas, y ya había un ramo de rosas junto a uno de lirios sobre la encimera. Un cuadro enorme abstracto ocupaba la mayor parte de la pared del fondo y había cortinas de color azul marino en las ventanas. Con las luces tenues, la música sonando de fondo y un delicioso olor que venía del horno, se podía decir que había una sensación hogareña.

"Sí. Llegó esta mañana. Espero que las sillas sean seguras para sentarse porque las he montado yo." Riley se rió entre dientes mientras ponía las flores en un jarrón. "Pensé que podíamos comer aquí porque es el único sitio en la casa donde no hace eco y ya estoy harta del sonido de mi voz."

"Me gusta lo que has hecho aquí." Quinn la miró. "Tú también pareces diferente. ¿Qué ha pasado con tus trajes?"

"Sí...los trajes." Riley se rió mientras miraba sus vaqueros y sus zapatillas de deporte. "Aquí no eran muy prácticos, así que he invertido en un nuevo vestuario."

"Estás guapa. Te sienta bien." Quinn bajó los ojos hasta la camisa blanca, desabrochada lo suficiente como para enseñar el borde del sujetador de encaje negro de Riley. Su pelo oscuro estaba recogido en un moño desaliñado, con algunos mechones rebeldes sueltos detrás de sus orejas. Estaba claro que había intentado cambiar su estilo, aunque mantenía su elegancia con un collar fino de plata y unos pendientes de diamantes. "No es que los tacones y la falda no te quedaran bien," continuó torpemente. "Eso también estaba genial. O sea...no importa." Movió la cabeza y se rió. "Dios mío, estoy desvariando, discúlpame."

"Está bien, no pasa nada. Gracias." Riley le devolvió la mirada y sonrió. "Tú también estás guapa."

"Gracias." Quinn se sonrojó cuando sus ojos se encontraron. Rara vez se encontraba en compañía de mujeres tan guapas como Riley y no podía evitar quedarse mirándola. La mirada de Riley era de curiosidad, como si estuviera intentando entenderla.

Quinn se había cambiado dos veces antes de venir y eso era una locura. Normalmente no le importaba mucho su apariencia pero, aparentemente, le importaba lo que esta mujer pensara de ella. Llevaba vaqueros y zapatillas de deporte también, se había cambiado la camisa blanca por una sudadera gris porque no quería parecer demasiado formal. Ahora se alegraba de haberlo hecho o habrían parecido gemelas. "¿Necesitas ayuda con la comida?" preguntó, llenando el silencio que se estaba volviendo algo incómodo.

"Creo que lo tengo bajo control." Riley abrió el horno para comprobar el plato. "Casi listo. No tengo idea de cómo sabrá, así que compré un par de pizzas congeladas por si lo estropeaba."

"Huele bien."

"Canelones con ricotta y espinacas y salsa de tomate no casera. Pensé que rellenar pasta era una opción segura para empezar." Riley se mordió el labio y sonrió. "Eso y que Lindsey me dijo que te gusta la comida italiana. También soy consciente de que mi estrategia puede que no sea una ventaja, porque es posible que hayas comido una versión mucho mejor de este plato antes."

"Lo he comido antes, sí, pero estoy segura de que estará delicioso." Quinn se sentó cuando Riley le señaló la mesa. "Bueno ¿tú y Lindsey sois mejores amigas ahora?"

"Me gusta. La vi anoche en la reunión del ayuntamiento." Riley abrió el frigorífico y cogió un cuenco de ensalada, lo roció con un poco de limón y aceite de oliva y lo mezcló todo. "La invité para que viniera esta noche, pero dijo que estaba ocupada."

"Ajá." A Quinn le resultaba difícil de creer que Lindsey estuviera ocupada porque, normalmente, se acurrucaba con su gato y un libro por las noches, pero se lo guardó para ella. "¿Y cómo fue la reunión?"

Riley puso la ensalada en la mesa y se unió a ella con una expresión divertida en su rostro. "La primera parte fue terriblemente aburrida," dijo. "Y la segunda parte fue tremendamente divertida."

"¿La parte de preguntas y respuestas?" preguntó Quinn.

"Exactamente. Guau, había muchas opiniones sobre cosas que realmente no creía que fueran importantes. Y me refiero a muchas opiniones. Sobre todo había muchos desacuerdos aunque, en esencia, todos decían lo mismo. Se podría haber resuelto fácilmente con un pequeño compromiso, pero decidí mantenerme al margen porque soy nueva aquí y no quería que pensaran que soy una neoyorquina presuntuosa que ha venido para enseñarles cómo tomar decisiones rápidas y democráticas."

"Ah, ¿sí? ¿Eres buena en eso? Quizás deberías probar suerte en la política."

"Me han dicho que me aleje de liderar nada o de situaciones estresantes, así que mejor no," dijo Riley. Quinn se dio cuenta de que se estaba haciendo la valiente porque el brillo humorístico de sus ojos había desaparecido. Pero seguía sonriendo, una gran sonrisa preciosa que enseñaba sus perfectos dientes blancos.

"¿Tu corazón?"

"Has hablado con Lindsey..." Riley abrió la botella de vino y sirvió a ambas.

"Sí. Me lo contó. Hablamos casi todos los días. Como ya te dije, no hay maldad en los cotilleos, pero no voy a estar aquí sin decir nada y fingir que no lo sé." Quinn decidió que era mejor ser honesta. Contra todo pronóstico, le gustaba Riley, y era agradable tener alguien nuevo con quien hablar.

"Te lo agradezco." Riley ladeó la cabeza, se cruzó de brazos y la miró. "Pero, ¿quiere eso decir que llamarás a Lindsey mañana para contarle todo lo que hemos hablado esta noche?"

"No," dijo Quinn con rotundidad. "Lindsey cotillea, yo no. Puede que le diga que pasamos una velada encantadora, pero nunca le contaría nada personal de ti."

"¿Estás segura?"

"Te lo prometo. Como única mujer abiertamente gay de la ciudad, he sido el centro de chismes demasiadas veces como para participar en ellos, así que no." Se inclinó y bajó la voz. "Y ya sabes que soy gay porque le preguntaste a Lindsey sobre mi vida amorosa."

"Oh." Riley hizo una mueca. "Me has pillado."

Quinn notó que Riley parecía avergonzada, así que le dirigió una sonrisa amable. "No pasa nada, Riley. Todo el mundo lo hace, no es gran cosa."

TRECE
RILEY

Su primera comida hecha en casa en dos décadas. Riley estaba orgullosa del plato mediocre que había preparado. No era la mejor comida que había probado, pero tampoco la peor, y a Quinn pareció gustarle, visto cómo limpiaba su plato por segunda vez. Estaba disfrutando de la compañía y del nuevo y extraño concepto de cocinar para alguien en su casa. Por primera vez desde que se había mudado, no odiaba tanto la casa. Bueno, por lo menos la cocina.

Habían hablado de Mystic y de sus inexistentes vidas amorosas. Quinn le había contado de su trabajo y había evitado preguntas personales hasta el momento, lo que Riley agradecía, porque hizo que la noche fuera aún más agradable.

"Bueno, ¿y de dónde viene tu amor por la comida italiana?" quiso saber Riley.

"Mi cuñada, Mary, es italiana. Ceno con ella, con mi hermano Rob y sus hijos al menos dos veces a la semana. Mary me ha enseñado un par de cosas sobre la cocina italiana."

"Entonces espero que mi humilde plato haya estado a la altura de tu gusto."

"Estaba delicioso. Gracias." Quinn cogió los platos y los cubiertos de ambas, los puso en el fregadero y comenzó a enjuagarlos.

"No tienes que hacer eso. Yo lo haré más tarde," dijo Riley. Quinn se sentía como en casa en su cocina, lo cual era agradable pero también un poco extraño.

"Lo siento, no fue mi intención..." Quinn se encogió de hombros. "Solo intentaba ayudar."

"Y te lo agradezco, pero, de verdad, no tengo mucho que hacer, así que yo me ocuparé de ello." Riley levantó la botella. "Vamos a terminarnos esto. ¿Te apetece otra copa para acompañar los bombones que has traído? El chocolate y el vino tinto son una combinación perfecta."

Quinn volvió a la mesa y se rió entre dientes. "Gracias, pero todavía tengo que volver a casa en coche, así que no debería."

"Te puedes quedar aquí si quieres. Mi asistente arregló dos dormitorios antes de que yo me mudara, así que hay otra cama esperando arriba." Riley entrecerró los ojos mientras intentaba recordar. "Creo que es la primera habitación a la izquierda." Agitó una mano cuando se dio cuenta de que podría estar sobrepasando los límites. "O no lo hagas. No me conoces y ha sido una proposición extraña. Discúlpame."

"No te disculpes. Te disculpas mucho."

"No sé cómo funciona todo esto de socializar," admitió Riley.

"¿Qué? ¿No tenías amigos en Nueva York?"

Riley negó con la cabeza con pena. Llevaba aquí casi una semana y no había hablado con ninguno de los miembros de su equipo. "No," admitió finalmente. "Supongo que no tenía amigos de verdad. Estaba unida a mi limpiadora y a mi asistente, pero en lo que se refiere a relaciones de amistad reales, no creo que tuviera amigos cercanos." Sintió una puñalada cuando vio una expresión de lástima en el rostro de Quinn. "No es que necesitara amigos," añadió rápidamente. "Era una adicta al trabajo, lo cual estoy segura de que ya sabes porque Lindsey te informó de todo."

"Sí, lo sé." Quinn sonrió. "Por cierto, lo estás haciendo bien con esa cosa de socializar, como tú lo llamas. He pasado una noche fantástica." Miró por la cocina y luego al techo. "¿Te importa si echo un vistazo por aquí?"

"En absoluto. ¿Quieres que te haga el recorrido?" Riley se llenó la copa de vino y se la llevó con ella hasta el pasillo. "Ya has visto esto," dijo, abriendo la puerta de la sala de estar y del comedor. "Y también has visto esto."

"Has quitado la mayor parte." Quinn pasó una mano por la pared, tocando los trozos de papel que quedaban como si fueran pinturas preciosas.

"Me he mantenido ocupada." Riley ignoró el resto del espacio habitable, no le gustaba estar ahí. "Vamos arriba."

Volvieron al pasillo y subieron por la amplia escalera. "Aquí arriba, todo está todavía en su estado original," dijo, un poco avergonzada por las habitaciones llenas de polvo. "Como te dije antes, hay hechas dos camas, pero eso es todo."

"Es precioso." Quinn miró alrededor del rellano cuadrado, donde había tres puertas delante de ellas y una a cada lado.

"Yo no lo llamaría precioso. Es todo un desastre y está anticuado, pero lo arreglaré." Riley abrió la primera puerta, la de su dormitorio, que era la más grande. Como la cocina, no parecía tan deprimente como el resto de la casa. El tocador antiguo tenía su maquillaje y sus accesorios, y su ropa nueva estaba apilada sobre una silla al lado del ropero. Wendy había colgado las cortinas de su salón de Nueva York, lo que le daba una sensación de seguridad, pero la tela gris desentonaba con el papel de flores de la pared y la cama antigua con dosel que los antiguos propietarios habían dejado atrás. "Este es mi dormitorio," dijo, sintiéndose como una extraña ahí. "No hace falta decir que todo necesita una buena renovación."

"¿Por qué? Es bonito." Quinn se volvió hacia ella. "Respira historia. ¿No te gusta eso?"

"No es mi historia." Dijo Riley arqueando una ceja. "Si me preguntas, tienen suerte de que no los haya demandado. Hay un montón de cacharros que los dueños anteriores deberían haber tirado. La única razón por la que no me he quejado es porque necesito esas cosas. Lo hace todo menos inquietante y amortigua el ruido. Por la noche tengo miedo." Miró la pintura amarilla que estaba pegada a los marcos de las puertas y a cualquier superficie de madera que se veía. "Y mi siguiente paso es pintar todo de blanco. Ese color es horrible. Parece que hubieran vivido aquí unos fumadores empedernidos."

"Así que vas a cambiarlo todo, ¿no?" La voz aguda de Quinn resonó en las paredes de su dormitorio. "Lo sabía. No aprecias en absoluto esta casa." Clavó sus ojos en los de Riley y había ira en ellos.

"No...No he dicho eso." Riley la miró fijamente. "¿Por qué te apasiona tanto esta casa? Lo siento, pero creo que estás exagerando." Sorprendida de que una mujer que parecía totalmente tranquila hacía unos minutos, de repente se hubiera enfadado por su elección de pintura, no tenía idea de qué pensar de la situación. "Es mi casa. Puedo hacer lo que quiera con ella."

"Tienes razón. Es tu casa." Quinn salió de la habitación

y suspiró mientras negaba con la cabeza. "Te pido disculpas, no quería ser grosera. Será mejor que me vaya."

"Sí." Todavía confundida, Riley asintió. Había algo extraño en esta mujer y no le gustaba el giro tan incómodo que había tomado la noche. "Te acompañaré a la salida."

CATORCE
QUINN

Quinn se sentía profundamente avergonzada de cómo le había hablado a Riley y se maldijo a sí misma mientras subía a su barcaza. Había ido a la Casa Aster con la intención de pasar una velada agradable con una amiga nueva pero, en lugar de eso, se había quedado estancada en el pasado.

Mientras comían y charlaban, podía imaginarse perfectamente a su abuela cocinando en la cocina y a su abuelo sentado a la cabeza de la mesa, leyendo el periódico. La casa olía igual que antes, sobre todo en el pasillo, y el candelabro de cristal todavía hacía el mismo precioso sonido cuando se abría la puerta principal, con el viento golpeando los cristales. Todo había vuelto esa noche, lo bueno y lo malo. Los veranos en que ella y Rob vivieron aquí mientras sus padres trabajaban largas jornadas en el restaurante. Felices recuerdos de barbacoas y juegos en el jardín. La forma en que el bastón de su abuelo golpeaba el suelo de madera cuando salía del dormitorio por la mañana, anunciando un nuevo día. Su abuela tarareando sus canciones favoritas mientras hacía punto frente a la chimenea. Los regalos que el abuelo traía de sus viajes de negocios a Nevada y su gran sonrisa tierna mientras los veía desenvolverlos.

Y entonces, un verano, su abuelo dejó de sonreír. Nadie entendió por qué, hasta que los alguaciles aparecieron en su puerta. Había adquirido un hábito secreto en las apuestas cuando estaba fuera por negocios y había acumulado una deuda tan enorme que nadie podría salvarlo de perder su amada Casa Aster, la casa que su padre había construido. Su abuela no tenía idea de lo que había estado haciendo en Nevada, y aunque su matrimonio sobrevivió, él nunca se perdonó y empezó a beber. Dos años después, murió de un infarto en su apartamento de una habitación.

La abuela de Quinn estaba ahora en una residencia y padecía Alzheimer. Quinn la visitaba una vez a la semana y, a veces, cuando su abuela volvía al pasado, su cara se iluminaba cuando hablaba de la Casa Aster y esos veranos.

El comentario de Riley sobre los cacharros le había dolido. Parte de esos cacharros era de sus abuelos y, para ella, los pocos muebles que habían dejado atrás eran especiales y pertenecían a la casa que su bisabuelo había construido. Quinn solía encerrarse en el ropero del dormitorio de Riley cuando jugaba al escondite de niña, y su abuela había barnizado la cama con dosel en la que dormía Riley. Su hermano tenía razón, debería dejar de obsesionarse con eso, pero él era siete años menor y apenas recordaba lo perfecta que solía ser la Casa Aster.

Quinn encendió la luz tenue del techo, puso la tetera en el fuego y se sentó en el sofá al lado de la cocina mientras esperaba que hirviera el agua. La barcaza era pequeña y había poco espacio para guardar cosas, pero le gustaba despertarse con la vista del río Mystic y el sonido de la gente en el muelle. Con los años, había aprendido a vivir con poco y a utilizar su espacio de forma inteligente. Un cofre antiguo donde estaban sus libros hacía las veces de mesa de café y su ropa estaba guardada en los cajones debajo de la cama. Sus zapatos estaban en cubículos debajo del suelo, e incluso las sartenes tenían asas extraíbles para poder guardarlas en el armario pequeño de la cocina.

"¿Quinn?"

Quinn levantó la vista y encontró a Lindsey delante de la ventana. "Hola. ¿Qué estás haciendo aquí?" Frunció el ceño mientras le abría la puerta.

"Estaba cruzando el puente y vi que la luz estaba encendida, así que he venido para ver cómo fue tu cita." Lindsey se puso de pie, se sacudió los vaqueros y entró.

"No era una cita. Lo sabes muy bien."

"Fue una especie de cita, ¿no? Dijo que iba a cocinar para ti." Como siempre, Lindsey actuó como si estuviera en su casa. Cogió dos tazas y añadió bolsitas de té y agua caliente, luego echó una cantidad generosa de azúcar a la suya. "¿Y?" Se giró hacia Quinn y le desapareció la sonrisa cuando vio su expresión. "Oye, ¿estás bien?"

"La verdad es que no. Lo jodí."

"Oh." Lindsey frunció los labios mientras se la quedaba mirando fijamente. "¿Qué hiciste? No te volviste toda sentimental sobre la casa, ¿verdad?" Suspiró cuando Quinn no respondió. "Vale. En serio, Quinn. Tienes que superarlo, es su casa."

"Lo sé. Me disculparé."

"Tengo su número, si lo quieres. Podrías enviarle un mensaje."

Quinn negó con la cabeza. "Prefiero hacerlo en persona." Se cubrió la cara con las manos y gimió. "Dios, qué estúpida. Lo estábamos pasando muy bien, pero luego me enseñó la casa y no me gustó cómo habló de las cosas de mis abuelos. Estallé y le dije que no apreciaba la historia de la casa."

"¿Y no le dijiste que viviste allí?"

"No."

"Mira, voy a ser muy franca contigo. La Casa Aster es solo una casa, pero has dedicado tu vida a recuperarla. No es sano. ¿Quién dice que devolver la casa a tu familia va a hacer que tu vida sea completa?" Miró por el pequeño habitáculo de Quinn y luego por la ventana. "¿Te das cuenta de que la única razón por la que vives en esta barcaza es para poder ver esa jodida casa las veinticuatro horas del día, todos los días?"

"Esa no es la razón," protestó Quinn. "Me gusta mi barco y estar en el agua."

"Venga ya, Quinn. Hay un montón de sitios donde amarrar el barco en Mystic pero tú eliges el espacio más caro del muelle, que resulta que está justo frente a la Casa Aster. ¿Coincidencia? No me lo creo."

Quinn no tenía energía para discutir con ella, así que ignoró el comentario. "Me disculparé con ella mañana."

"Deberías. Riley es súper agradable. Estoy segura de que lo entenderá." Lindsey abrió el armario de la cocina, se puso de puntillas y miró dentro.

"Me temo que no hay nada dulce ahí," dijo Quinn, porque sospechaba que estaba buscando galletas.

"¿Nada? ¿Cómo es posible que no tengas galletas?"

"No dijiste que vendrías precisamente, monstruo de las galletas."

"Está bien." Lindsey se apoyó contra la encimera, sopló su té y tomó un sorbo con cuidado. "Llévale galletas. Normalmente son la solución a todos los problemas." Soltó una risita. "Y ya que estás en la tienda, tráeme a mí también."

"Claro." Dijo Quinn poniendo los ojos en blanco. "Por cierto, ¿por qué no viniste? Riley me dijo que te había invitado también."

"Por la razón obvia. Quería daros privacidad."

"¿Por qué? Riley ni siquiera es gay."

"Eso es verdad. Pero te atrae, ¿no? Y todos sabemos que tienes talento para convertir a mujeres heteros. Quizás tengas una oportunidad."

"Otra vez con eso no. Ojalá todo el mundo se olvidara de Rebecca."

"No es solo Rebecca, Quinn. Hubo una turista que alquiló una de las casas del río hace unos años, y esa señora rica que amarra su barco aquí todos los veranos," dijo Lindsey en tono de broma. "Venga, admítelo. Te gustan las mujeres heteros y te mueres por los huesos de la neoyorquina."

"No es verdad. Solo estaba siendo amable y pensé que le vendría bien una amiga," le respondió Quinn. "Parece sola."

"A mí me parece que está bien. Fue muy sociable en la reunión municipal. Estoy segura de que hará amigos en poco tiempo."

"Hmm..." Quinn lo dejó pasar porque aunque a ella le parecía que se sentía sola, Lindsey tenía razón con sus comentarios de burla. En el fondo, no estaba buscando una amistad. Se sentía atraída por Riley y eso solo podía generarle problemas.

QUINCE

RILEY

La casa crujía y aullaba y Riley volvió a tener problemas para dormir. No era solo el ruido lo que la mantenía despierta, había repasado su último encuentro con Quinn una y otra vez, y no podía entender por qué se había enfadado tanto, sobre todo, después de una noche tan divertida. No era que Riley fuera a echar la casa abajo, ni siquiera tenía pensado cambiar el diseño, y cualquiera podía ver que la propiedad estaba anticuada y que necesitaba una renovación.

Lamentaba no haberle pedido que se quedara y hablaran de ello. Quinn era una de las pocas personas que había hecho que se sintiera más cómoda en Mystic y había esperado que pudieran hacerse amigas. ¿Habría alguien más en Mystic que tuviera problemas con sus renovaciones? ¿Se convertiría ahora en la persona más odiada de este pueblecito?

Un golpe la hizo saltar en la cama y se tapó la boca con una mano para evitar gritar. Sospechaba que era un portazo causado por la corriente de aire de una ventana que había dejado abierta. Era lo más probable, ya que había estado ventilando la casa desde que se mudó, pero, aún así, le temblaban las piernas mientras salía sigilosamente de su habitación. De pie, congelada en el rellano, contuvo la respiración mientras esperaba el siguiente golpe. Estaba oscuro y hacía frío, pero estaba demasiado asustada como para encender las luces. ¿Y si era un ladrón? ¿La verían? ¿Estaba siendo vigilada?

Una de las puertas de otro dormitorio se abrió de golpe y se cerró con fuerza. El corazón le latía salvaje cuando entró y encendió la luz. Aliviada de que sus sospechas fueran ciertas, corrió hacia la ventana abierta y la cerró antes de que le diera otro susto, dejó escapar la respiración que había estado conteniendo y se apoyó contra la pared. *No hay nadie aquí y los fantasmas no existen.* Necesitando distracción y tiempo para recuperarse, se fijó en la habitación.

Era uno de los dormitorios más pequeños, al que apenas había echado un vistazo porque había decidido concentrarse en un espacio a la vez, para que el proyecto de renovación fuera más manejable para ella. Pero pequeño no era la mejor manera de describirlo, seguía siendo más grande que su antiguo dormitorio en Nueva York. Hizo una mueca cuando vio por segunda vez el papel de la pared oscuro con flores desde que se había mudado. Estaba desteñido por el tiempo y podía ver un patrón más oscuro donde había estado la cama. Aquí no había muebles, y en vez de la alfombra fea que pensaba quitar de todas las habitaciones, esta tenía el suelo de madera, que crujía bajo sus pies. Tal vez los antiguos propietarios no habían usado este espacio. Desde luego Riley no sabía qué hacer con él. ¿Un gimnasio? No sería mala idea empezar a hacer ejercicio, ahora que tenía tiempo, pero prefería salir a correr a lo largo del río.

¿Un vestidor? No tenía suficiente ropa ni zapatos para llenar ni la mitad. No. Tal vez sería mejor conservarlo como dormitorio, de lo contrario, el cuarto de baño en-suite sería un espacio desaprovechado.

Riley se preguntó si la Casa Aster había sido utilizada alguna vez como casa de huéspedes, porque era perfecta para ese propósito. Todas las habitaciones tenían sus cuartos de baño, la sala de estar tenía un gran comedor y el jardín era enorme, con mucho espacio para aparcar. El hecho de que estuviera en el río era otra ventaja, la gente podía llegar tanto en barco como en coche y el río incluso podía ser apto para nadar. Contempló esa idea y trató de imaginar la habitación decorada según los estándares de un hotel, con una cama cómoda king-size, armarios colgantes y un rincón para sentarse junto a la ventana. Quedaría fantástico con cortinas pesadas, una hermosa alfombra y algo de arte en las paredes.

Esa idea la distrajo de su miedo, así que se concentró en ella. Mystic era popular entre los turistas y solo había un hotel en la ciudad. Siempre podría alquilar habitaciones en verano, sería agradable tener otras personas en la casa, sobre todo por la noche. Riley no podía imaginarse trabajando en hostelería, pero quizás merecía la pena intentarlo. Le daría la concentración que tanto necesitaba, además de un ingreso de dinero. Sus ahorros no iban a durar siempre y, en algún momento, tenía que pensar en su futro y en encontrar una manera de generar ingresos. Tenía que ser algo que no requiriera demasiado de su tiempo y energía y, lo más importante, que no le causara estrés. Una cosa estaba clara: su situación actual no era saludable, porque el miedo y la ansiedad que sentía después del atardecer, estaba alcanzando niveles alarmantes y eso era malo para su corazón.

Con la mente consumida por ideas, inspeccionó la

puerta que no entraba en la cerradura. Tendría que arreglarlo mañana o sin duda habría más golpes. Al pasar la mano por el marco, sintió unos huequecitos y se inclinó para ver qué eran. Alguien había tallado el marco a diferentes alturas, y aunque capas de pintura los habían rellenado, todavía podía distinguir las fechas junto a ellos. Se dio cuenta de que había sido una habitación de niños y los huequecitos y las fechas indicaban la altura de ellos en diferentes años, aunque no podía leerlo por la pintura que los cubría.

Aunque era bastante probable que muchos niños hubieran vivido en la Casa Aster, le recorrió un escalofrío por la espalda. Riley no tenía problemas con los niños; de hecho, le gustaba mucho tenerlos cerca y le encantaba su energía y espontaneidad. Sin embargo, ahora que vivía en una casa grande, casi esperaba escuchar la risa de un niño o ver una figura pequeña con un camisón blanco aparecer en uno de los muchos rincones oscuros.

Hubo un extraño crujido cerca que hizo que se le erizaran los vellos de los brazos. Corrió de vuelta a su habitación, cerró la puerta y encendió todas las luces. Se metió bajo las sábanas, se las subió hasta la barbilla y se quedó quieta. Tenía los ojos muy abiertos, recorriendo la habitación mientras un sudor frío se filtraba por sus poros. Atormentada por pensamientos irracionales, nunca había echado de menos tanto Nueva York como esta noche y haría cualquier cosa por oír el sonido de las sirenas o la música de un club. El crujido continuó, como si la Casa Aster la estuviera castigando a propósito por quitarlo todo y renovarla. No era su amiga y nunca lo sería.

Pasaron los minutos, y sabiendo que no dormiría, Riley encendió el televisor en el aparador que había a los pies de la cama y se acercó a la puerta para comprobar que la había cerrado correctamente. Navegando por los canales, encontró una vieja comedia de los años noventa e hizo todo lo posible por concentrarse en la trama mediocre. Tenía que encontrar la manera de pasar las noches o no habría forma de quedarse aquí.

DIECISÉIS
QUINN

"Hola." Quinn se quedó en el umbral de la puerta, deseando haberse preparado algo porque no sabía qué decir. Riley pareció sorprendida al verla y había abierto la puerta con un destornillador en la mano. Llevaba pantalones cortos y una camiseta sin mangas, sus piernas desnudas la distraían mucho. Quinn luchó por mantener la vista fija por encima de los hombros. "¿Me vas a apuñalar con eso?" bromeó, señalando el destornillador. "Porque me lo merezco."

Riley se rió entre dientes y lo bajó. "No. Solo estaba intentando arreglar una de las puertas de arriba. La cerradura no encaja bien." Señaló las flores que llevaba Quinn. "¿Esas son para mí? Porque me las merezco," le respondió.

"Sí, sí que te las mereces. He venido a disculparme por lo de anoche." Quinn hizo una mueca. "Lo siento mucho. Nunca me enfado y no era nada personal. Bueno, sí era personal," se corrigió. "Personal para mí. ¿Puedes dejar que me explique, por favor?"

Riley dudó por un momento, asintió y abrió más la puerta. "¿Te apetece un café?"

"Me encantaría un café, si no te interrumpo. Podría reparar la puerta por ti."

Riley sonrió. "¿Por qué no me enseñas? Necesito mejorar en estas cosas y, hasta ahora, YouTube no ha servido de nada." Cambió el destornillador por las flores y las llevó a la cocina. "Gracias. Son preciosas." A falta de otro jarrón, usó una jarra y las puso junto a los otros dos ramos en la mesa del comedor. "¿Café primero?"

"Vamos a quitarnos esa puerta de en medio primero. Seguro que no tardamos mucho." Quinn se sintió aliviada de que Riley no pareciera enfadada. "¿Cuál?"

"Arriba." Subieron las escaleras, con Riley delante, lo que le brindaba una magnífica vista de su trasero. Era imposible no mirar, Riley tenía una figura fantástica. Femenina, con curvas donde tenían que estar. A Quinn le encantaba un buen trasero y podría haber subido diez tramos de escaleras detrás de ella felizmente. "Es esta."

"Vale." Quinn tragó saliva al observar la puerta abierta de su antiguo dormitorio, respiró profundamente y se dijo que no se pusiera sentimental. Comprobó el picaporte y tocó la cerradura. "El pestillo no cae en el agujero."

"Ya me he dado cuenta de eso," dijo en tono de humor.

Quinn arqueó una ceja cuando se giró para mirarla. "Ahora no te pongas chulita conmigo. Mira y aprende."

"Claro, jefa. Tienes toda mi atención." Los ojos de Riley se detuvieron en los de ella durante un largo momento antes de desviar la mirada con un leve estremecimiento. ¿Estaba equivocada o Riley estaba coqueteando con ella?

"Eso es lo que me gusta oír," dijo, sacudiéndose esa idea. De ninguna manera estaba Riley coqueteando con ella, no tenía sentido. Abrió y cerró la puerta varias veces. "El pestillo está demasiado bajo. ¿Ves que no cae en medio de la placa, sino un poco por debajo?" Contuvo la respiración cuando Riley se inclinó tan cerca que sus mejillas casi se tocaron.

"Sí."

"Necesitamos recolocar la placa de cierre para que el pestillo quede en el medio. Las soluciones suelen ser sencillas. Se trata de analizar el problema."

Riley parecía un poco nerviosa mientras se ponía recta. "¿Eso significa que alguien hizo un trabajo pésimo cuando lo instaló?"

"Exactamente. No lo midieron bien." Quinn golpeó el picaporte. "¿Ves este sistema? Parece nuevo. Supongo que los dueños anteriores lo hicieron ellos mismos como una solución rápida antes de poner la casa en el mercado." Le dio a Riley el destornillador. "Si le quitas los tornillos al pestillo y mides cuánto hay que subirlo, voy a mi camión a por el destornillador eléctrico y lo volvemos a colocar."

Cuando Quinn regresó, Riley ya había hecho lo que le había pedido y había tallado una línea medio centímetro más arriba. "Perfecto. ¿Has usado alguna vez uno de estos?" preguntó levantando el pequeño destornillador inalámbrico.

"No. ¿Es peligroso?"

Quinn se echó a reír y negó con la cabeza. "Todo lo contrario. Yo sostengo el pestillo mientras tú lo atornillas. Solo colócalo en la cabeza del tornillo y aprieta el botón, eso es todo."

Riley no parecía muy segura mientras lo hacía. Era adorable verla tan aterrorizada por un destornillador tan fácil de usar que incluso un niño podría hacerlo. Cuando entró el tornillo, abrió los ojos de par en par, totalmente emocionada. "¡Funciona!"

"Por supuesto que funciona." Quinn dio un paso atrás. "Ahora puedes hacer tú misma el resto, siempre y cuando lo mantengas en la posición correcta."

"Me encanta esta cosa," dijo mientras fijaba el último tornillo. "Es muy rápido y muy fácil. Tengo que comprarme uno."

"Lo has hecho genial. Ahora intenta cerrar la puerta."

Riley levantó el puño en señal de victoria cuando el pestillo cayó perfectamente en la cerradura. Para sorpresa de Quinn, la abrazó. "¡Gracias! Ha sido divertido."

"¿Divertido?" el corazón de Quinn dio un saltito cuando sintió los pechos de Riley contra los suyos. Sí, había sido divertido, especialmente esta parte.

Riley abrió y cerró la puerta varias veces, observando el mecanismo tan básico pero que, para ella, era un milagro. Luego pasó la mano por el marco de la puerta, señalando las pequeñas hendiduras. "Ahora que estás aquí, podría aprovechar tu experiencia. ¿Puedo usar masilla para madera para esto?" preguntó. "¿O debería lijarlo y volver a pintarlo? No está muy mal, pero me gustan las cosas suaves."

Quinn sonrió con tristeza mientras acariciaba las hendiduras. *Feliz cumpleaños, Quinnie. Vamos a ver cuánto has crecido en un año.* La voz de su abuelo resonó en su mente. Era una tradición por su cumpleaños, porque siempre estaba con sus abuelos el uno de agosto. Lo había convertido en algo tan divertido que ni siquiera le importaba que sus padres casi nunca estuvieran allí en su día especial.

"¿Quinn? ¿Estás bien?"

La voz de Riley la sacó de sus recuerdos. "Sí." Suspiró y se agachó para quitar un poco de pintura con el destornillador. "No son muy profundas, así que lo mejor sería lijarlo." Y ahí estaba. Su nombre.

Riley siguió su mirada y se agachó para leerlo. "Quinn, uno de agosto, 1999." Miró a Quinn y al marco de la puerta. Volvió a mirar a Quinn y frunció el ceño. "¿Tú?" preguntó.

"Sí." Quinn señaló la hendidura superior. "Este fue mi último cumpleaños aquí. Tenía catorce años."

Se produjo un largo silencio mientras Riley la estudiaba con intensa curiosidad. Luego volvió a fruncir el ceño y se aclaró la garganta. "Creo que deberíamos tomarnos ese café ahora."

DIECISIETE
RILEY

"¿Tu bisabuelo construyó esta casa?" Riley se recostó en su silla y resopló. "Guau. No me extraña que estuvieras tan susceptible con las mejoras tan pobres que estoy haciendo a la casa."

"No. No tenía derecho a estar así. Es tu casa."

Riley asintió. "Aún así, debe ser difícil ver a alguien mudarse aquí."

"No eres la primera en mudarse a la Casa Aster desde que mi abuelo la perdió. Me acostumbré con los años. La única diferencia es que tú eres la primera nueva propietaria que me invita a entrar, así que todo volvió."

"¿Dónde estaban tus padres?" preguntó Riley mientras le servía su segundo café.

"Tenían un restaurante grande y muy popular en la ciudad. Estaban muy ocupados durante el verano y no tenían mucho tiempo para nosotros, así que Rob y yo nos mudamos con nuestros abuelos. Veíamos a mamá y a papá, por supuesto, pero nuestra vida estaba aquí desde principios de abril hasta finales de septiembre."

"¿Y siguen en el negocio de la hostelería?" Riley se

mordió el labio y movió una mano. "Dime si estoy siendo demasiado cotilla, por favor."

"No, está bien." Quinn hizo una pausa, preguntándose cuánto debía compartir. Pero ¿qué importaba? Era cosa del pasado. "El restaurante se llamaba The Harbor House. Sigue abierto, pero con otros dueños. Mi abuelo era propietario del edificio, así que cuando perdió la Casa Aster en su bancarrota, mis padres perdieron su restaurante también. Al final consiguieron un préstamo para abrir un restaurante nuevo, mucho más pequeño y ahora ya están jubilados. Pero fueron momentos difíciles durante un tiempo."

"¿Viven aquí, en Mystic?"

"Se mudaron a Groton porque allí el alquiler era más barato. Pero no están lejos y los veo con regularidad. Mi abuela está allí también, en una residencia."

"¿Y tu abuelo?"

"Fue cuesta abajo cuando la verdad sobre su adicción al juego salió a la luz. Bebía demasiado y se aisló, incluso de mi abuela, y murió de un infarto unos años después."

"Siento mucho oír eso. Por lo que me has contado, estabas muy unida a él." Riley se inclinó sobre la mesa y le apretó la mano. La historia de Quinn resultaba impactante y ahora, su reacción de anoche tenía mucho sentido. "Y entonces llega una extraña de Nueva York, compra la Casa Aster, y empieza a quejarse de lo horrible que parece."

"Algo así." Quinn miró por la cocina. "Pero tienes razón, necesita una actualización." Metió la mano en el bolsillo trasero y le entregó una tarjeta de visita. "Aquí tienes mi número. Llámame si necesitas ayuda o consejo, en cualquier momento. Ya sé que te dije que estaba ocupada, pero siempre podemos meter unos trabajos aquí y allá, y mi gente es excelente."

"Gracias, pero no te molestaré. Si te resulta difícil estar aquí, entonces..."

"Por favor. Lo digo en serio. El cambio es bueno, y cuanto más venga por aquí y vea cómo cambian las cosas, mejor." Al darse cuenta de que había estado aquí más tiempo del planeado, se levantó. "Necesito ir a trabajar, pero me encantaría cocinar para ti en mi humilde morada."

"Me encantaría."

"Genial. ¿Qué tal el domingo? Si no te molestan los espacios pequeños," añadió con un guiño.

"A no ser que vivas en un ataúd o en un ascensor, no sé por qué sería claustrofóbico ir a tu casa," dijo con una sonrisa mientras la seguía hasta la puerta. "Envíame un mensaje con la dirección y allí estaré." Cerró la puerta y suspiró mientras se apoyaba en ella, aliviada de que estuvieran bien otra vez. Por alguna razón, le importaba lo que Quinn pensara de ella. Le gustaba mucho y sentía un extraño tipo de atracción hacia ella que la dejaba casi tan conmocionada como la historia que le acababa de contar.

Era una sensación que no había sentido en años, un cosquilleo en la parte baja del vientre. ¿Era porque tenía demasiado tiempo libre para pensar? ¿Había estado en su mente su nueva amiga porque no había mucho más en su vida, o realmente había cierta atracción ahí? ¿Era porque había notado que Quinn la había mirado un par de veces y le gustaba la idea de ser deseada otra vez? Probablemente era una combinación de todo. Debía tener cuidado de no volver a mirarla fijamente, como había hecho hoy cuando estaban arreglando la puerta. Quinn era atractiva en todos los sentidos. Sus ojos eran fascinantes, y su pelo desordenado y la forma de comportarse transmitían un descuido encantador. Era amable, divertida, fuerte y eficiente, e imaginaba que tenía habilidad con las mujeres. Sus pensamientos se dirigieron a Quinn con un cinturón de herramientas y una camisa de franela a cuadros sobre esos vaqueros ajustados antes de que se la imaginara sin nada más que el cinturón.

Dios, ¿qué estoy haciendo? Nunca había sentido atracción por una mujer pero, sinceramente, tampoco había sido muy fuerte su atracción por los hombres. Después de años de citas mediocres y de sexo igualmente mediocre, se había rendido y había decidido que su vibrador y su trabajo eran suficientes para mantenerla satisfecha. Quizás era simplemente que no había encontrado al hombre adecuado. Quizás debería probar una de esas aplicaciones de citas en las que estaba todo el mundo. No le haría daño ver lo que la zona ofrecía y, en el peor de los casos, podría encontrar amigos nuevos.

Todavía no, se dijo. Lo primero es lo primero. No podría concentrarse en nada más hasta que esas paredes horribles de la sala de estar estuvieran blancas e impecables y estaba ansiosa por quitárselas de en medio. Dirigiéndose allí, abrió el bote grande de pintura blanca, vertió un poco en una bandeja y pasó el rodillo por ella. Odiaba la alfombra, así que no puso nada encima para protegerla. Arrancarla sería su próximo gran proyecto.

Con cuidado, pasó la pintura por la pared y se maravilló de la satisfacción que le producía ver que la pared marrón y con parches se volvía impecable. Continuó hasta que la parte blanca fue lo suficientemente grande como para darle una idea de cómo quedaría. Estaba disfrutando mucho. Quinn odiaría el blanco, pero esta no era su casa y la única manera de hacer soportable la vida aquí era borrando cualquier cosa que la asustara.

DIECIOCHO
QUINN

"Le conté todo." Quinn tomó la frágil mano de su abuela y la besó. "Bueno, no todo, por supuesto, pero la historia a grandes rasgos. La dueña nueva se llama Riley y es agradable. La he invitado a cenar a casa el domingo."

Su abuela le sonrió y, por un momento, estuvo convencida de que entendía lo que le estaba diciendo. "¿Cómo dices que se llama?"

"Riley," dijo Quinn, devolviéndole la sonrisa.

"No, no creo que se llame así." Su abuela se volvió hacia la ventana y entrecerró los ojos mientras rebuscaba en su memoria. "Se llamaba Dorothy. Ese era su nombre," dijo en tono de triunfo.

"No, abuela. Ese es *tu* nombre. Tú eres Dorothy." Quinn le acarició la mano. Era difícil cuando se hacía ilusiones, porque su abuela tenía momentos en los que reconocía a Quinn y recordaba cosas.

"Ah. Supongo que tienes razón." Por la forma en que su sonrisa se desvaneció, estaba claro que esta confusión le estaba causando estrés, así que Quinn trató de distraerla.

"¿Qué tal si salimos a tomar un poco de aire fresco?

Hace un día precioso. ¿Te gustaría?" Sin esperar respuesta, cogió una manta del sofá, se lo puso sobre las piernas y empujó la silla de ruedas hacia la salida. "¿Ves? La luz del sol. ¿No es bonito?" preguntó, llevándola por el sendero que atravesaba el jardín. Era una residencia decente, con mucho espacio exterior y una sala de estar comunitaria donde el personal organizaba noches de música, de películas y de juegos. Quinn se sentía cómoda con el lugar donde vivía su abuela. "Ya falta poco para el verano. No veo la hora de volver a nadar en el río."

"Sí, es un día precioso." Su abuela levantó la cara hacia el cielo y cerró los ojos. Cuando los volvió a abrir, Quinn supo que estaba perdida en el pasado. Reconocía esa mirada lejana, perdida, pero la mayoría de las veces eran buenos recuerdos los que la hacían retroceder varias décadas. "¿Dónde estamos?" preguntó. "Necesito volver a casa para preparar la cena. Mi marido llegará pronto. Ha estado fuera por negocios."

"Debes echarlo de menos cuando no está," dijo Quinn, siguiéndole la corriente y evitando la pregunta. "¿A qué se dedica?"

"Es inversor," respondió su abuela con orgullo. "Es dueño de hoteles y restaurantes, en Mystic y en Nevada." Dudó un momento. "¿Estamos en Mystic? No reconozco este parque y necesito volver a casa. Vivo en la Casa Aster, debes haber oído hablar de ella. ¿Me puedes llevar?"

"Sí, estamos en Mystic," mintió Quinn. "Y puedo llevarte a la Casa Aster, pero aún es temprano, así que no necesitamos volver todavía. Podríamos dar de comer a los patos. Tengo pan duro."

"Está bien. Vamos a dar de comer a los pájaros," dijo su abuela. Se giró para mirar a Quinn. "Eres una joven muy agradable. ¿Cómo te llamas?"

"Quinn."

"Quinn..." repitió. "Me suena ese nombre." Estaba en algún lugar de su subconsciente, pero en este momento estaba atrapada en una época anterior a que ella naciera. Quinn había aprendido por las malas que no era buena idea intentar traerla de vuelta al presente. Rara vez funcionaba y solo causaba una confusión innecesaria.

"Puede que nos hayamos visto antes," dijo, dándole la bolsa de papel con el pan. La colocó junto a la fuente y se sentó en el borde mientras observaba a la anciana arrancar trozos de pan y lanzárselos a los patos. "¿Qué vas a cocinar esta noche?"

"La comida favorita de Arthur. Chuletas de cerdo y pastel de cerezas. Le encanta mi pastel de cerezas, pero tiene que cuidar su peso, así que ahora ya solo se lo hago los fines de semana." Su abuela la miró. "Puedes venir también. ¿Cómo te llamabas?"

"Quinn." Sonrió. "Gracias por la invitación. Es muy amable de tu parte, pero tengo que volver a trabajar." Miró su reloj y vio que todavía le quedaban unos veinte minutos antes de que su equipo volviera al lugar de trabajo. Ella, su hermano y sus padres se turnaban para visitar a su abuela, así que tenía compañía tres días a la semana. Nunca lo sentía como una obligación, pero a veces era duro cuando tenía un mal día. Pero hoy era agradable y estaba disfrutando de una charla con una señorita encantadora que no sabía quién era.

"Tonterías. Es domingo. Nadie trabaja los domingos."

Quinn no tuvo el valor de decirle que era viernes, así que asintió. "Tienes razón. Me he confundido."

"Está bien, cariño. Todos nos confundimos alguna vez. ¿Has ido a misa esta mañana?"

"No, porque se me olvidó que era domingo," Quinn se

rió entre dientes cuando su abuela estalló en carcajadas. "¿Y *tú*?"

"Por supuesto. ¿No ves que llevo mi vestido de domingo?"

"Estás preciosa."

Su abuela la miró de arriba a abajo y sus ojos se pararon en su pelo. "¿Por qué llevas el pelo corto? ¿Tenías piojos? Hay remedios para eso hoy en día, ¿sabes?"

Ahora fue Quinn quien estalló en carcajadas. "No," dijo, negando la cabeza. "Es solo que me gusta así."

"Perdona que te diga esto, pero no es muy femenino, y solo hay un cierto tipo de mujeres que llevan el pelo así. ¿Qué piensa tu marido de ello?" Su abuela arrojó el último trozo de pan a la fuente.

"No tengo marido." Quinn se preguntó si su abuela supo alguna vez que era gay. Nunca se lo había dicho, pero debió haber sospechado que no le interesaban los hombres porque dejó de preguntarle sobre novios cuando tenía unos diecisiete años. Desde luego no podía decírselo ahora, la mujer estaba atrapada en los años sesenta y no lo entendería. "¿Tal vez conoces a algunos hombres solteros y guapos?"

"Claro que sí, pero tendrás que dejarte crecer ese pelo antes de que te presente." Su abuela le guiñó un ojo, tenía un brillo maravilloso y divertido en sus ojos.

"Genial." Quinn la envolvió en la manta cuando la vio temblar. "¿Tienes frío? ¿Vamos dentro?"

"Sí, tengo un poco de frío."

Esperando su protesta, habitual en ella, Quinn se sorprendió al verla quedarse dormida en el camino de vuelta a la residencia. Eso era bueno, para variar, así no tendría que entregar a su abuela al personal en un estado de angustia. Hoy había sido un buen día y estaba agradecida por ello.

DIECINUEVE
RILEY

Sentada a la mesa de la cocina con una copa de vino tinto, Riley se descargó la primera aplicación de citas que apareció en la larga lista de opciones de su teléfono. Seguía sin acostumbrarse a estar en el enorme salón, así que prefería el espacio más pequeño de la casa, donde se sentía cómoda y segura. Se las había arreglado para preparar una olla de sopa de pollo que estaba hirviendo en el fuego y se sentía muy satisfecha por lo que había logrado durante el día. Las paredes del salón estaban cubiertas con una nueva capa de pintura, aplicaría una segunda capa mañana, y la puerta estaba arreglada, así que eso era otra victoria.

Y ahora, después de hacer la sopa, estaba a punto de crearse un perfil en la aplicación. Qué cambio con respecto a su vida anterior. ¿Lo estaba disfrutando? No precisamente. Al menos no todavía, pero, en general, se sentía un poco más optimista que cuando llegó la semana pasada.

Riley pensó en su nombre de perfil y lo primero que le vino a la mente fue *Aster*. Ya estaba cogido ese nombre, así que lo cambió a *Aster1*, que incluía el número de su casa. Luego buscó entre sus fotografías. Lamentablemente, no tenía ninguna reciente porque no había sido muy sociable precisamente. La única era de hacía años, y era de ella y su hermana juntas. Se quedó mirando la foto, echándola de menos de repente, y tomó nota mental de llamarla pronto. La fotografía fue tomada en uno de los raros viajes de Jane a Nueva York, en un restaurante. Recordaba muy bien ese día. Había estado atrapada en su oficina hasta las siete de la tarde y había llegado una hora tarde a la cena. Fue tremendamente grosero, ahora se daba cuenta. Como Riley nunca iba a Florida, Jane la visitaba de vez en cuando y cuando estaba allí, siempre lo pasaban bien juntas. Le daba miedo contactar con Jane después de haber estado en silencio durante tanto tiempo. Nunca se había esforzado mucho con su sobrina, que ahora tenía cinco años, y se avergonzaba por ni siquiera acordarse de enviarle nada más que los regalos de Navidad y cumpleaños que elegía su asistente.

Riley dejó de buscar y se hizo el primer selfie de su vida. Bueno, hizo unos cincuenta porque le llevó tiempo descubrir cuál era su mejor ángulo y cómo sonreír sin verse rara o incómoda, como si alguien la estuviera apuntando a la cabeza con una pistola. ¿Era mala idea poner su foto real ahí? ¿Y si alguien que ella conocía la reconociera? ¿La gente de Mystic usaba la aplicación? Poco probable. Era una comunidad tan pequeña que sería un poco embarazoso verse ahí, ¿verdad? Con la esperanza de no equivocarse, eligió uno de los selfies y lo subió, ignorando la solicitud de otras tres fotos.

"Edad y profesión," murmuró cuando pasó a la siguiente sección. *Cuarenta y desempleada.* Eso no sonaba bien. ¿Podía decir que estaba jubilada? Eso no era del todo cierto, todavía necesitaba hacer algún tipo de trabajo, aunque solo se basara en inversiones, y eso no parecía muy interesante. *Renovaciones,* escribió, porque, de nuevo, fue lo primero que le vino a la mente. La siguiente página era sobre sus intereses, pero realmente no tenía ninguno. Su empresa había sido siempre su vida y su pasión, y no podía pensar en nada que la hiciera feliz aparte de eso. Mirando la olla con la sopa, escribió *cocinar* y se sintió como un charlatán cuando añadió *mejoras en el hogar* y *familia*.

Con la esperanza de haber terminado, suspiró cuando apareció otra pregunta. *¿Qué tipo de música te gusta?* Gimió y quiso tirar el teléfono al otro lado de la cocina. Eran preguntas crueles que no hacían ningún bien a personas como ella. La hacían sentir como un robot, como si no fuera una persona real si no podía contestarlas. Al seleccionar algunos géneros al azar, se sintió aliviada al ver el mensaje *¡Felicidades! Has configurado tu perfil. Solo unos pocos pasos más.*

"Gracias a Dios," murmuró. Lo único que le quedaba era elegir su radio de cobertura, que estableció en treinta kilómetros de Mystic, y su preferencia sexual. Seleccionó "hombres" y luego pasó el cursor sobre las opciones de "mujeres" y "ambos". *¿Qué estoy haciendo?* Frunció el ceño al sentir una pizca de emoción. Ese sutil cosquilleo en el estómago la hizo detenerse, dejar el teléfono a un lado y llenarse la copa de vino. Tomando sorbos largos, miró fijamente la pantalla del teléfono mientras intentaba analizar lo que estaba pasando. ¿Por qué estaba siquiera considerando a las mujeres? ¿Era por Quinn? ¿De repente se sentía aventurera en esta nueva etapa de su vida? La respuesta había sido sencilla antes, pero ya no estaba tan segura. *Hombres. Mujeres. Ambos. Venga, Riley. Es una simple pregunta.*

¿Qué pasaría si marcaba la casilla de "ambos"? Eso quería decir que podría mirar perfiles de mujeres y tener una idea de qué tipo de mujeres había allí. Si buscaba esta noche, podría cambiar la configuración mañana y nadie lo sabría. No había nada malo en husmear un poco para pasar el tiempo. ¿No?

Después de beberse el vino, Riley picó el anzuelo y marcó "ambos". Ya está. Lo había hecho. Sintiéndose un poco achispada, fue a la sección de perfiles y los siete primeros eran de hombres. Dos de ellos parecían estar bien, pero no estaba tan interesada. A decir verdad, todo lo que en realidad quería hacer era mirar a las mujeres mientras tuviera la oportunidad. Cuando pasó al siguiente perfil y vio a una mujer de cabello oscuro, guapa, tocó su pantalla para mirar las otras fotos. Una foto de *Empress2000*, como se hacía llamar, en lencería que enseñaba bastante, la desanimó, así que continuó explorando por los quinientos treinta perfiles que quedaban. Había muchas menos parejas femeninas potenciales, lo cual tenía sentido, ya que la mayoría de la población era hetero. Muchas tenían claramente una foto de perfil falsa, lo que le hizo pensar que quizás estaban casadas o eran hombres que se hacían pasar por mujeres.

Aburrida porque no veía a nadie que despertara su interés, Riley estaba a punto de darse por vencida cuando apareció una foto de Quinn, con el nombre de *Mystic84*. Se llevó una mano a la boca y se quedó allí sentada, paralizada. No era extraño que apareciera, Quinn era soltera, gay y vivía cerca, pero, aún así, se sorprendió. Era una imagen fantástica de su rostro contra un cielo azul que era casi exactamente del mismo color que sus ojos. Sonreía a la cámara y Riley le devolvió la sonrisa como una tonta a su pantalla mientras se servía más vino. Luego tocó las otras imágenes y las contempló, dándose el gusto. Había una de Quinn con una cerveza en el techo de una barcaza, y otra de ella y Lindsey en una playa que le llamó especialmente la atención. Quinn tenía puesta la parte de abajo del bikini y una camiseta blanca fina. Tenía un gran cuerpo, tonificado y bronceado, y su pelo mojado estaba peinado hacia atrás.

Riley lo sintió de nuevo: el cosquilleo. Esta vez era más fuerte, seguido de un calor que se disparó por entre sus muslos. No había sentido nada parecido en años, desde luego no tan intenso. Quinn la excitaba y ahora que tenía la oportunidad de mirarla de verdad, no podía parar. El perfil decía que le gustaba nadar, pasar tiempo con su familia y amigos y la comida italiana, pero no revelaba mucho más, aparte de que estaba buscando "algo casual". Riley apretó las piernas al leer esto último y su mente se llenó de fantasías. Quinn estaba buscando sexo y, por alguna razón, eso la excitó aún más.

Entonces otro pensamiento hizo que se le revolviera el estómago. Si ella podía ver el perfil de Quinn, ella también podría ver el suyo. Riley había estado tan ocupada mirando sus fotos que no había visto la luz verde sobre ellas y que indicaba que Quinn estaba en línea. "Joder," siseó, y rápidamente entró en su perfil para cambiar la configuración. Presa del pánico, no podía encontrar dónde desmarcar su preferencia por "ambos" y, aterrorizada por aparecer en el feed de Quinn, eliminó su perfil por completo.

Cuando se confirmó la eliminación de su perfil, Riley se reclinó en la silla y dejó escapar la respiración que había estado conteniendo. Tenía el pulso acelerado, le temblaban las manos y, cuando se levantó de la silla, se dio cuenta de que había bebido demasiado vino.

VEINTE
QUINN

"¿Algo interesante?" preguntó Lindsey, revisando los perfiles de citas en su teléfono. Apoyó los pies en la mesa de café, cogió una galleta de la caja que tenía sobre las piernas y partió la mitad para Quinn.

"La verdad es que no. Lo mismo de siempre. ¿Tú?" Quinn estaba sentada a su lado, igualmente tirada en el sofá.

"Tengo una coincidencia con alguien llamado Nick. Es abogado y vive cerca." Lindsey le acercó el teléfono para mostrarle una foto de un hombre sentado en la playa con su perro. "Es mono, ¿verdad?"

"No me preguntes si es mono." Quinn miró la foto y asintió. "Pero parece agradable. Tiene un perro, así que le gustan los animales. Veo una botella de vino sobre la mesa, así que tenéis eso en común..." sonrió mientras leía. "Pero sus aficiones son correr, escalar y comer sano. Quizás no seas la mejor opción."

"Oye, que yo puedo comer sano," protestó Lindsey.

Quinn se rió y señaló las galletas. "Eres adicta a las cosas dulces. Nunca podrías comer de manera sana y saludable."

"Eh, solo como la mitad de todo."

"Seguro. Me das la mitad, y luego, cuando empiezo a rechazar las otras mitades, terminas cómiéndote el resto, que es el ochenta por ciento de la caja." Quinn le devolvió el teléfono. "Pero, adelante, envíale un mensaje. Probablemente tenga una gran resistencia después de tanto correr y comer sano, así que, si estás buscando una aventura de una noche, es perfecto."

Lindsey puso los ojos en blanco y se rió entre dientes. "¿Sabes qué? Que le den. Voy a mandarle un mensaje. Ya ha pasado un tiempo y me vendría bien un poco de acción."

Mientras Lindsey escribía un mensaje, Quinn sospechaba que estaría mintiendo sobre su desgarbado estilo de vida y diciéndole que era corredora de maratones, ella continuó revisando los perfiles. Apareció una notificación diciéndole que había una posible coincidencia nueva muy cerca, así que cliqueó sobre ella y frunció el ceño cuando se encontró una foto de Riley. Instintivamente, jadeó, y su primera reacción fue enseñárselo a Lindsey, pero algo le dijo que era mala idea, así que guardó silencio. Con su amiga distraída, se movió en el sofá para que no pudiera ver su pantalla y se puso a leer el perfil de *Aster1*. Al parecer, ahora el trabajo de Riley era la renovación y eso le hizo gracia. Nadie era completamente honesto en estas aplicaciones y ella misma, de vez en cuando, había dicho alguna mentirijilla.

"¿Qué pasa?" Lindsey levantó la vista de la pantalla, pero solo por un segundo.

"Nada. Ya la he pasado. Ya sabes cómo es esto." Quinn esperaba que Lindsey estuviera lo bastante ocupada con Nick como para notar el temblor en su voz, ya que estaba completamente sorprendida de ver a Riley en su grupo de posibles coincidencias.

"Ya, dímelo a mí," murmuró Lindsey, absorta en su mensaje.

Quinn estudió la foto de Riley y sintió de nuevo ese hormigueo que ya le resultaba familiar. Era sencillamente preciosa y, por lo que parecía, tenía interés en las mujeres. *Sabía que tenía razón.* Lo había sentido cuando estaban arreglando la puerta, tenía instinto en reconocer cuando las mujeres la miraban. ¿Le debería dar un "me gusta"? Mientras bebía de su té, se lo pensó, pero justo cuando decidió hacerlo, el perfil de Riley desapareció. Volvió atrás en la página intentando encontrarlo, incluso usó la opción de búsqueda, pero no había señal de *Aster 1* en la aplicación de citas. La única conclusión que sacó de eso es que Riley había borrado su perfil. *Qué extraño.*

"¿Qué te parece esto?" preguntó Lindsey, enseñándole el mensaje que había escrito para Nick.

Le resultaba difícil concentrarse después de lo que acababa de ver, así que lo miró y asintió. "A por ello."

"¿Qué? ¿Ni siquiera vas a decirme que soy una mentirosa?" Los ojos de Lindsey se abrieron como platos. "¿Qué pasa contigo?"

"Nada. Es un mensaje fantástico." Lo miró de nuevo y vio de refilón que Lindsey decía que era una ex atleta profesional. "Mentir está bien siempre y cuando solo sea para una aventura de una noche."

"Bien." Lindsey se sentó sobre sus pies y cogió otra media galleta. "Espero que me conteste esta noche. No está en línea ahora." Entonces se llevó una mano a la boca y se volvió hacia Quinn. "¿Y si quiere quedar esta noche? No estoy decente. No me he afeitado en semanas."

Quinn se rió. "No creo que él espere que estés dispuesta a tener sexo en la primera cita, y mucho menos, inmediatamente después de que te haya respondido el mensaje." Puso

los ojos en blanco. "Siempre te involucras demasiado. Relájate. Si pasa, pasa."

"Eso es fácil para ti decirlo," dijo Lindsey con un resoplido. "Siempre ocurre para ti."

"Eso no es verdad." Quinn se levantó para preparar más
té. Levantó la tetera y Lindsey asintió.

"Sí, por favor. ¿Te queda algo de ese té que te compré
en Nueva York? ¿El japonés?"

"Sí." Quinn buscó el paquete que Lindsey le había
comprado en su último viaje de compras. "Hablando de
Nueva York, ¿crees que existe la posibilidad de que Riley
sea bisexual o gay?" preguntó, esperando sonar casual.

"Vale, interesante cambio de tema." Lindsey la miró con
recelo. "Ninguna posibilidad. Ya sé que te tomé el pelo con
eso, pero solo estaba bromeando. Grita heterosexualidad.
¿Por qué?" preguntó, frunciendo el ceño. "¿Flirteó contigo
cuando fuiste a disculparte?"

"No, en absoluto." Quinn levantó una mano cuando
Lindsey continuó mirándola. "Te lo prometo, no lo hizo."
Suspiró, arrepentida de haber sacado el tema. "Es simplemente que recibí esa vibra de ella, eso es todo. La invité a
venir a cenar," añadió, consciente de que bien podría decírselo, porque lo iba a descubrir de una forma u otra.

"¿Aquí? ¿Y esperas tener suerte?" Lindsey estalló en
una carcajada. "No me parece el tipo de persona a la que le
impresionaría esto." Extendió los brazos, señalando el redu-
cido espacio.

"No espero tener suerte." Quinn le dirigió una mirada
de advertencia. "Te estaba haciendo una simple pregunta
porque creo que podría estar ocultando algo."

"Sigue soñando. Es hetero, pero no digo que no esté
ocultando algo. ¿Quién dice toda la verdad hoy en día?"
Agitó el teléfono frente a Quinn y sonrió. "Yo, desde luego,

no." Se inclinó y la rodeó con un brazo. "Pero, bromas aparte, está clarísimo que te gusta, así que no te hagas ilusiones."

"Sentí algo," admitió. "Es dulce, inteligente y preciosa. Y fue adorable cómo se emocionó cuando le enseñé a arreglar el picaporte de una puerta."

"Bueno, estás muy sexy con un martillo entre las manos," dijo Lindsey. "¿Así que fuiste allí a disculparte y acabaste arreglando su puerta?"

"Sí."

"¿Y entonces sentiste esa "vibra", como lo acabas de llamar?" Lindsey se quedó en silencio mientras pensaba en ello. "Aunque parece poco probable que le gusten las mujeres, me has demostrado una y otra vez que tu vibra normalmente tiene fundamento..." Sonrió con picardía. "Así que cena en tu guarida, ¿eh? ¿Vas a insinuarte?"

"No." Quinn volvió a fijar sus ojos en la pantalla del teléfono, donde había estado el perfil de Riley hacía solo unos minutos, y negó con la cabeza. "Por supuesto que no. Puede que la encuentre atractiva, pero ella no tiene por qué saberlo."

VEINTIUNO
RILEY

"Bienvenida." Quinn cogió el abrigo de Riley y lo colgó sobre el respaldo de una silla. "Siéntate, por favor. ¿Te apetece una copa de vino blanco?"

"Me encantaría, gracias." Riley miró a su alrededor y contempló el encantador interior y la intrincada carpintería del barco. Era fascinante ver cómo vivía Quinn. Había especulado con la posibilidad de que la barcaza de la foto de su perfil fuera su casa. Era interesante y peculiar y, aunque era pequeña, tenía mucho carácter y se sentía como un abrazo entrañable. De buena gana cambiaría casas durante un tiempo, así no tendría que estar despierta todas las noches, poniéndose nerviosa y tensa con cada sonido extraño que oía. "Esto es impresionante. ¿Es tuya?"

"Sí. Toda mía. Mi hermano sigue insistiendo en que necesito algo más grande, pero me gusta. Pero no es ideal para tener varios invitados. La mesa no admite más de dos personas. Utilizo el techo en verano cuando viene gente, pero todavía hace demasiado frío para sentarse fuera por la noche."

"Debe ser increíble, con esta vista." Riley miró por la

ventana y mantuvo su mirada fija en el río. La Casa Aster estaba en la orilla opuesta y desde aquí parecía bastante impresionante. Calculó cuál era la ventana de su dormitorio y que Quinn probablemente habría visto la luz encendida todas las noches. Riley temía mirarla después de la reacción que había tenido la noche anterior al ver sus fotos y que la habían hecho pensar en ella todo el día.

"Sí." Quinn le dio una copa de vino y, al darse cuenta de que ya no podía evitar lo inevitable, por fin la miró. "Me encanta estar cerca del agua. Creo que es la razón por la que nunca me he ido de Mystic." Frunció el ceño mientras la observaba. "¿Estás bien?"

"Ajá." Riley tragó saliva y asintió. "Sí, estoy bien." Se tiró del cuello de la blusa; tenía calor y su mente daba vueltas, pensando cómo llenar el silencio. "¿Qué estás cocinando?"

"Espagueti vongole." Quinn puso un cuenco con aceitunas y un plato pequeño con brochetas de tomate sobre la mesa y se sentó a su lado.

"Qué bueno. ¿Receta de tu cuñada?"

"Sí. Lo hago al menos una vez a la semana. Bueno, ¿qué has estado haciendo desde la última vez que te vi?"

"Mucho raspado, mucho lijado y mucha pintura." Se le cortó la respiración cuando el pie de Quinn rozó el suyo por accidente. "El salón se ve bien ahora, pero necesito cosas para llenar un espacio tan grande, así que puede que me tome un día libre y vaya de compras." Sus ojos se encontraron y sintió que se sonrojaba. "¿Y tú? ¿Terminaste el trabajo?"

"Sí. Justo en el tiempo acordado. Tengo unos días libres antes de empezar el siguiente, que es en Groton. Tocaré la bocina cuando pase por la Casa Aster por la mañana. Una llamada para despertarte."

Riley se rió entre dientes y tomó un sorbo de vino. Se sentía cohibida, aunque no tenía motivos para ello. "Soy madrugadora. Puedes pasar a tomarte un café por la mañana cuando quieras."

"Gracias. Puede que lo haga." Una sonrisita apareció en sus labios mientras la miraba con esos ojos oscuros y penetrantes. "Hablando de nuestra semana, también volví a entrar en mi aplicación de citas. Suelo hacerlo entre trabajos porque es cuando tengo más tiempo para conocer mujeres. Solo por un poco de diversión casual," añadió.

"Ah." Riley odiaba la forma en que su voz, nerviosa y aguda, subía de volumen. "¿Y? ¿Cómo te fue? Me imagino que es difícil conocer mujeres en una ciudad pequeña." Tenía las manos sudorosas y el corazón acelerado. ¿Había visto su perfil?

"De hecho, es sorprendentemente fácil en verano, con tantas turistas por aquí. Pero fuera de la temporada, puede ser todo un reto, así que tengo una notificación que me alerta de nuevos miembros." Quinn entrecerró los ojos y le lanzó una mirada divertida. "Y ¿adivina qué?"

Joder. Joder, joder, joder. Riley sabía que la había pillado, así que se concentró en su vino. "¿Qué?" preguntó, evitando su mirada.

"Había una mujer nueva súper sexy que parece que vive cerca." Quinn la miró con curiosidad y le dirigió una sonrisa que hizo que su cuerpo se excitara. "Así que, obviamente, quería darle un "me gusta", ¿no?"

El corazón de Riley latía con fuerza. *Acaba de llamarme súper sexy.* "Claro." No estaba segura de si Quinn estaba coqueteando con ella o burlándose de ella, pero decidió seguirle el juego. "Y entonces, ¿qué?"

"Y entonces, desapareció. Se fue, así como así." Dijo Quinn chasqueando los dedos. "Y ya no pude encontrarla."

"Qué pena." Le ardían las mejillas y su cuerpo vibraba con muchos mensajes contradictorios. Una parte de ella quería escapar, simplemente salir corriendo de allí y evitar a Quinn para siempre. Pero la otra parte estaba muy excitada por este juego y la forma en que Quinn la miraba.

"Sí. Fue una pena. Su nombre de perfil era *Aster1*." Quinn hizo una pausa teatral. "Aster es un nombre poco usual. De hecho, ni siquiera estoy segura de que sea un nombre real. La única asociación que tengo es con la Casa Aster, que está en Aster Drive." Ladeó la cabeza y sonrió. "Además, su parecido contigo era asombroso."

"Vale, vale." Riley se echó hacia atrás, creando cierta distancia entre ellas, y levantó las manos. "Dejemos ya las tonterías, sabes que soy yo."

"Lo siento, no he podido resistirme." La sonrisa de Quinn desapareció y le dirigió una mirada de disculpa. "No se lo diré a nadie, te lo prometo."

"No me importa a quién se lo digas. No soy gay. Fue un error," mintió. "Había bebido demasiado cuando configuré mi perfil. Fue un accidente."

"¿Por qué lo borraste entonces? ¿Por qué no cambiaste simplemente tu preferencia sexual en la configuración?"

"Porque entré en pánico, ¿vale? Entré en pánico porque aparecieron un montón de perfiles de mujeres y no supe qué hacer." Riley no iba a admitir que había estado cotilleando en su perfil.

Quinn se rió entre dientes. "Está bien, tiene sentido. Aún así, no me pareces alguien que entraría en pánico por algo así, pero te daré el beneficio de la duda."

"Gracias. ¿Y ahora podemos hablar de otra cosa que no sea mi intento desastroso de tener citas en línea?"

"Claro." Quinn se levantó para revisar la pasta, añadió un chorrito de aceite de oliva y ajo picado en una sartén.

Mirando por encima del hombro, le dedicó una mirada burlona. "Pero antes de pasar al siguiente tema, necesito algunos consejos de *Aster1*, reina de la cocina y de la renovación. Dime, ¿cuál es la mejor forma de cocinar estas almejas?"

Riley puso los ojos en blanco y se rió. "No tengo ni idea. Tenía que poner algo y no se me ocurrió nada más. Ni siquiera sé quién soy hoy en día y no tengo hobbies, literalmente."

Al escuchar eso, Quinn dejó de remover la sartén. "Disculpa. No debería haberme burlado de ti. Debe ser duro empezar de nuevo y dejar atrás todo aquello con lo que te sientes cómoda."

"Estaré bien. Solo necesito tiempo para acostumbrarme a mi nueva vida." Riley no quería que su embarazosa confesión empañara la noche, así que dibujó una sonrisa en sus labios y señaló la sartén. "¿Qué tal si *tú* me enseñas a cocinar esas almejas? Así podré añadir otro plato a mi repertorio de reina de la cocina y no seré una total mentirosa si alguna vez vuelvo a registrarme."

VEINTIDÓS
QUINN

Quinn no estaba convencida de que Riley estuviera diciendo la verdad sobre su desastre con la aplicación de citas. Había detectado claramente algún tipo de atracción mutua, pero si no estaba preparada para admitirlo, no iba a presionarla. Había muchas pistas que apuntaban en esa dirección y Quinn rara vez se equivocaba en cuanto a la química. Era la forma en que Riley la miraba, su lenguaje corporal y su comportamiento nervioso. Pero, lo más importante, sentía esa chispa cada vez que sus miradas se cruzaban.

"Cuéntame tu historia de citas," dijo. "Si estabas en esa aplicación, debes tener una idea de qué tipo de hombres estás buscando. Lindsey me contó que has estado casada antes."

"Sí. Estuve casada durante cinco años y me divorcié cuando tenía veintinueve." Miró al techo y suspiró. "Adam era un buen tipo y, en teoría, éramos perfectos el uno para el otro, pero supongo que ambos nos dimos cuenta de que no había mucho más que eso."

"¿Lo querías?"

"Sí. Pero no estaba *enamorada* de él."

"Entonces, ¿quién ha sido tu gran amor?" preguntó. "Si no es demasiado personal."

"No creo que haya tenido un gran amor," dijo Riley encogiéndose de hombros. "Si lo hubiera tenido, lo habría sabido, ¿no? No he tenido muchas citas. Supongo que nunca hice tiempo para tenerlas y los encuentros sexuales siempre fueron decepcionantes y me parecieron una pérdida de tiempo, así que dejé de tenerlas. Y ahora que tengo tiempo, pensé que podría intentarlo pero, sinceramente, no tengo idea de lo que estoy buscando." Miró a Quinn. "¿Y tú?"

"Tampoco puedo decir que haya tenido un gran amor." Quinn le pasó el plato de pasta y Riley se sirvió. Se alegraba de que le gustara la comida y le encantaba cómo gemía de placer mientras comía. "He tenido relaciones, pero nunca lo bastante serias como para vivir juntas o planificar un futuro. Como te he dicho antes, las mujeres con las que me relaciono a menudo simplemente se quedan aquí durante la temporada de verano o son turistas de paso."

"¿Entonces no tienes fobia al compromiso?"

"No. Estoy abierta a algo serio. Simplemente no he encontrado a la única y definitiva todavía." Quinn tenía muchas preguntas para Riley, pero ninguna era apropiada para esta noche. ¿Estaba en el clóset? Y si lo estaba, ¿cuánto tiempo había estado viviendo así? Nueva York no era precisamente una ciudad de mente cerrada y ella tampoco parecía una persona de mente igualmente cerrada.

"Ahora me toca a mí," dijo Riley, interrumpiendo sus pensamientos. "¿Cuál es tu tipo? ¿Tienes uno?"

Quinn reflexionó sobre eso mientras mordisqueaba una

aceituna. No estaba segura de hasta dónde podía llegar con sus sutiles coqueteos, pero decidió arriesgarse. "Físicamente hablando, me gustan las mujeres femeninas y me encantan las morenas guapas." Se acercó a ella y la miró a los ojos. *Sí, definitivamente parece nerviosa.* "Pero tiene que haber química, por supuesto. Eso es importante."

Riley se mordió el labio y asintió. "Sí," susurró. "La química es importante."

"Y me gustan las mujeres inteligentes e independientes," añadió. "Supongo que alguien como tú sería mi tipo."

Ante esas palabras, Riley se echó un poco hacia atrás. Abrió la boca para decir algo, la cerró de nuevo y frunció el ceño durante el largo silencio. "¿Estás coqueteando conmigo?" preguntó por fin.

"No," respondió Quinn de manera casual. "Solo estaba contestando a tu pregunta. No me atrevería a coquetear contigo. Eres hetero. Lo has dejado muy claro, así que no estarías interesada en mí de todos modos, ¿no?"

"Claro."

Quinn le dedicó una leve sonrisa mientras la observaba. "Lo siento, pero tengo que preguntarlo otra vez porque nada de esto me cuadra. ¿Estás segura de que no te registraste en esa aplicación porque querías conocer mujeres?" Apoyó la barbilla en la palma de su mano. "Está bien. De verdad que no se lo diré a nadie."

"¿Ni siquiera a Lindsey?"

"Especialmente no a Lindsey."

Riley hizo girar el vino en su copa y volvió a mirar al techo, como si todas las respuestas estuvieran pegadas en la intrincada carpintería. "Tenía curiosidad," dijo finalmente. "Quería..." Se detuvo con un sutil movimiento de cabeza. "Me había tomado unas copas y tenía curiosidad."

"No hay nada malo en tener curiosidad."

"Ya lo sé."

Quinn asintió, aliviada al comprobar que no se había imaginado la atracción que existía entre ellas. No estaba segura de poder seguir presionando con sus preguntas, pero la confesión de Riley parecía una invitación a hablar de ello. "¿Has sentido curiosidad durante mucho tiempo?" preguntó, consciente de que esta conversación podía cambiar su nueva amistad para bien o para mal.

"No," dijo Riley con total naturalidad. "Nunca tuve tiempo para pensar en esas cosas." Hizo una pausa y repitió "solo tenía curiosidad."

"¿Encontraste lo que estabas buscando?"

"No estaba buscando nada." Los ojos de Riley se dirigieron ahora a la puerta, como buscando una salida.

"Vale. Pero si tienes curiosidad, no pasa nada por hablarlo." Dijo Quinn encogiéndose de hombros. "Puedes hablar. Soy gay. Podría ayudarte hablar y somos amigas, ¿no?"

Riley respiró profundamente y miró a Quinn. "Estaba completando el perfil," dijo. "Me preguntó por mi preferencia sexual y, por primera vez en mi vida, empecé a tener dudas sobre mí."

"¿Como una corazonada?"

"Tal vez."

"¿Alguna razón por la que de repente empezaste a dudar de tu sexualidad?" quiso saber Quinn. Su sexo se tensó al considerar la posibilidad de que pudiera haber encendido algo en ella.

Riley frunció los labios y vaciló. "No. Probablemente fue el vino. Tomé demasiado." Negó con la cabeza. "Así que no, no siento la necesidad de hablar de ello."

"Claro." Quinn levantó la botella. "¿Te apetece otra copa?" le guiñó un ojo. "¿O eso te convertiría en gay?"

Por fin sus hombros se relajaron y se rió. "Podría."

"En ese caso, seguiré llenándotela," dijo Quinn en tono de humor, sirviendo a ambas una cantidad generosa. La noche había sido, cuanto menos, interesante, pero Riley seguía siendo un misterio.

VEINTITRÉS

Riley no podía dormir pero, por una vez, la casa no era la razón. Todavía se oían los constantes crujidos y aullidos y los ocasionales portazos, pero su mente estaba en otra parte. Había estado dando vueltas durante horas, con sus pensamientos consumidos por Quinn y la forma en que la había mirado cuando ella, vergonzosamente, se había echado atrás. Y luego estaban las miradas entre ellas que, francamente, la habían encendido. Tenía la sensación de que era algo mutuo, especialmente después de los comentarios bromistas de Quinn y el brillo en sus ojos.

Un calor se extendió entre sus muslos. Bajó la mano entre las sábanas y debajo de la camiseta. Jadeó, sorprendida por lo sensibles que estaban sus pezones cuando acarició sus pechos. Su cuerpo estaba reaccionando a la visión de Quinn de una manera que nunca había experimentado y Quinn ni siquiera estaba allí. Se imaginó sus manos acariciándola, sus labios en su boca y en su cuello, esos ojos intensos fijos en los de ella mientras le dedicaba una sonrisa. *¿Cómo sería?*

Riley se estremeció mientras se pasaba los dedos por el vientre y los metió bajo las bragas. Sabía que estaba mojada, pero no esperaba el charco de deseo que encontró cuando los bajó más. Era sorprendente lo mucho que la excitaba fantasear con Quinn. Sintió una necesidad de liberación que no había tenido en años.

Se le apareció el rostro de Quinn y se tocó mientras se aferraba a la imagen. Estaba tan sensible que se dobló al contacto y gimió en medio del inquietante silencio. Su voz llenó la habitación y, aunque no había nadie, se tapó la boca con la mano para sofocar el sonido. En esta casa siempre sentía que alguien o algo la estaba observando. Se sentía sola pero nunca estaba sola. Aunque su mente racional le decía que los fantasmas no existían, imaginaba a los antepasados de Quinn observándola, sabiendo que estaba fantaseando con ella. Porque los muertos, en el improbable caso de que todavía estuvieran por aquí de alguna forma, lo sabían todo.

Riley cerró los ojos con fuerza, sacando esos pensamientos de su mente, y movió los dedos más rápido, rodeando su clítoris hasta que una oleada de calidez comenzó a acumularse, provocándola con la promesa de algo explosivo. Entró en ella mientras se imaginaba que eran los dedos de Quinn los que la penetraban y echó la cabeza hacia atrás mientras sus paredes comenzaban a apretarse alrededor de ellos. Un gemido surgió desde lo más profundo, un sonido estrangulado, casi alarmante, mientras se corría con una fuerza que la dejó flácida y sin aliento.

Su respiración estaba acelerada, retiró los dedos, y se cubrió el rostro húmedo con las manos. Era una noche fresca, pero su cuerpo irradiaba calor. Se giró hacia un lado y suspiró. A los cuarenta años, acababa de masturbarse pensando por primera vez en una mujer y se sentía más satisfecha que nunca. Eso era algo en lo que tenía que pensar. ¿Le ocurría esto a otros? ¿La gente de repente y de la nada desarrollaba un enamoramiento lésbico después de haber sido hetero toda su vida? Riley siempre había estado convencida de que estas cosas solo pasaban en las películas, pero ya no estaba tan segura.

Necesitaba distraerse y con urgencia, porque parecía que iba a ser otra noche larga y sin poder dormir, una noche llena de preguntas para las que no tenía respuestas y unos sentimientos con los que no sabía qué hacer. Con ese pensamiento, se levantó, se puso una bata, bajó las escaleras y encendió la televisión y todas las luces. Dio otra capa de pintura a las paredes del salón, luego se sentó en el sofá un rato, observando cómo se secaba. Vagó por la casa grande, sin rumbo, inquieta, contemplando qué hacer con la cocina, el cuarto de lavado, el baño de la planta baja y el pasillo. Sus ojos se posaron en el despacho adyacente al pasillo. Solo había entrado dos veces. El espacio la confundía y, como ya no necesitaba un despacho, se preguntó si podría servir como un dormitorio extra si alguna vez decidía seguir adelante con la idea de la casa de huéspedes.

Había poca luz en el despacho, algunas de las bombillas estaban rotas y daba una sensación de inquietud. Era más húmedo que las otras habitaciones y había notado que los bordes del papel de la pared estaban curvados en las esquinas. Había marcas profundas en la alfombra gruesa donde parecía que alguna vez estuvo un escritorio pesado. El único mueble que seguía en pie era una gran estantería empotrada contra la pared del fondo.

Riley tiró del papel y aquí salió mucho más fácil. Arrancar un gran trozo sin mucho esfuerzo la hizo sonreír y le produjo una enorme satisfacción. Sospechaba que la humedad había hecho que se ablandara con el paso de los años. A falta de algo mejor que hacer, trajo la escalera y se dispuso a desnudar las paredes. Era adictivo. Había estado luchando contra la casa desde que llegó y por fin estaba ganando.

"Te voy a ganar, cabrona," murmuró. "Y cuando te gane, te venderé y serás el problema de otra persona."

Se imaginó al abuelo de Quinn sentado detrás de un escritorio de caoba, maldiciendo y señalándola con un elegante y caro bolígrafo. Miró al lugar donde había estado el escritorio y sonrió a su fantasma imaginario.

"Todo esto va fuera, ¿me oyes? Todo. Porque ahora es mi casa y voy a hacer con ella lo que me dé la gana, por mucho que intentes asustarme."

Mientras lo decía, se preguntó si se estaría volviendo loca, hablando sola mientras arrancaba con violencia el papel de la pared en medio de la noche.

"Quinn está de acuerdo. Ella misma me lo dijo y tú simplemente tendrás que vivir con mis cambios. Bueno, no estás vivo, así que supongo que esa no es la frase correcta," continuó, sin estar segura de si realmente lo estaba diciendo en voz alta. Había leído algo sobre el insomnio y cómo podía afectar a la mente, y ese fue el momento en el que decidió que era hora de irse a dormir, de una forma u otra.

Con un suspiro, dejó caer el raspador y se dirigió a la cocina, donde se sirvió un generoso vaso de whisky y se lo bebió de un trago. Ni siquiera le gustaba el whisky, lo había comprado exclusivamente con este objetivo en mente. Mientras subía las escaleras con el vaso lleno nuevamente, tenía la esperanza de que su estrategia funcionara.

VEINTICUATRO

QUINN

Quinn iba de camino al trabajo cuando se desvió de la carretera principal y se encontró frente a las puertas de la Casa Aster. Esta vez no era la casa la que la atrajo, sino la nueva y atractiva propietaria en la que no había dejado de pensar desde la cena de la semana pasada. Aparte de un mensaje de Riley agradeciéndole la cena y una respuesta cortés de su parte, no habían estado en contacto y sintió la necesidad de verla.

"Perdón por hacerte esperar. Estaba buscando mi bata cuando llamaste a la puerta." Riley salió con una sonrisa radiante en sus labios, sosteniendo dos tazas. "Me alegro de que hayas decidido aceptar mi invitación a café. Acabo de hacerlo," dijo, dándole una taza. "¿Nos sentamos fuera? He comprado un banco nuevo, está en el jardín de atrás, mirando al río."

"Perfecto. Espero que no sea demasiado temprano." Quinn la siguió. Estaba increíble con la bata de satén color crema, que cubría sus curvas y mostraba un poco de escote. El cabello caía en ondas salvajes sobre sus hombros y sin maquillaje era aún más guapa.

"No, en absoluto. Pero estuve despierta hasta más tarde de lo habitual, por eso no estoy vestida todavía. He tenido problemas para dormir."

"Siento oír eso." Quinn apartó su mirada del trasero de Riley y se concentró en la vista. El río parecía tranquilo esta mañana, como si acabara de despertarse junto con Riley. "¿Alguna preocupación o es la casa?"

"La casa sobre todo." Riley las llevó hasta un banco blanco de hierro fundido situado debajo de uno de los sauces grandes y tocó uno de los cojines azul claro para comprobar si estaba seco, luego se sentó y cruzó las piernas. "Hay muchos ruidos extraños que me asustan."

"¿Tienes miedo?" preguntó mientras se sentaba a su lado.

"Sinceramente, sí. No creo en lo paranormal y no me asusto fácilmente, pero hay algo en la Casa Aster que me asusta por la noche." Hizo una pausa y dio un sorbo a su café. "¿No tuviste miedo nunca cuando vivías aquí?"

"Nunca. Pero siempre había gente." Quinn le dirigió una sonrisa tranquilizadora. "Pero sé a qué ruidos te refieres. Siempre lo imaginé como que la casa dormía por la noche, un crujido constante, una respiración profunda que hacía que se expandiera en el pecho y luego lo soltara como el silbido suave del viento."

"Eso suena poético," dijo Riley mirándola a los ojos con una sonrisa. "Lo tendré en cuenta la próxima vez que esté despierta en la cama."

"Espero que ayude." Quinn se dio cuenta de que la estaba mirando fijamente, así que se fijó en el banco y cambió de tema. "Esto es genial. Muy victoriano. Y has encontrado el lugar perfecto donde ponerlo."

"Sí, me gusta este árbol y lo protege de la lluvia." Riley cerró los ojos y respiró hondo. "Huele de maravilla cuando ha estado lloviendo durante la noche. No hay un aire tan puro como este en Nueva York." Puso el brazo sobre el respaldo y se volvió hacia Quinn. "Bueno, ¿qué planes tienes para hoy?"

"No mucho, solo trabajo. El comienzo de un trabajo nuevo siempre es un poco agitado. ¿Tú?"

"Voy a arrancar la alfombra del salón y del despacho y el sobrino de Lindsey, Gareth, viene hoy. Va a empezar con el jardín."

"¿Gareth? Lo conozco, es un buen tipo." Quinn inspeccionó el jardín trasero mientras tomaba un sorbo de café. Estaba tan descuidado como el del frente de la casa, si no más. "Podría llevarle una semana. Ha estado descuidado durante bastante tiempo. ¿Tienes pensado cambiar algo?"

"Por ahora no. Solo quiero adecentarlo y estaría bien si pudiéramos hacer que las fuentes y las luces volvieran a funcionar."

"Sí, son muy mágicas por la noche cuando están iluminadas."

"Hmm..." Las comisuras de los labios se curvaron en una sonrisa. "¿Eres romántica?"

Quinn tenía la sensación de que Riley estaba flirteando con ella. "Puedo serlo." Sintió ese cosquilleo de nuevo, y cuando los ojos de ella bajaron a sus labios por un breve momento, supo que era mutuo. "¿Y tú?"

"No sé. Hay mucho que todavía tengo que aprender sobre mí misma."

"Compraste esta casa, así que debe haber algo de romántico en alguna parte de ti," dijo Quinn, preguntándose si Riley se refería a algo completamente diferente. "No hay nada más romántico que una mansión antigua junto al río. Espera a finales de verano, cuando las ásteres empiecen a florecer. Todo el jardín se convierte en un mar de lilas."

"Así que por eso se llama Casa Aster. Curioso. Nunca había pensado en el nombre."

"Fue construido sobre un campo de ásteres. Esa fue precisamente la razón por la que mi bisabuelo eligió este lugar, a su esposa le encantaban. La vista sobre el río solo fue un extra."

"Entonces, la parte romántica viene de familia," dijo Riley. "¿Debería decírselo a Gareth, para que no las arranque?"

"No hace falta. Son flores silvestres, así que son resistentes. Cuando llegue el final del verano, te sugiero que pospongas cortar el césped durante dos meses y lo dejes crecer y florecer. Será absolutamente impresionante."

"No puedo esperar a verlo." Riley la miraba tan intensamente que no sabía qué hacer en el largo silencio que siguió. Entonces, de repente, Riley se dio cuenta y desvió la mirada hacia el paseo del río. "Estaba pensando en construir un muelle," dijo. "Añadiría valor a la casa, ¿verdad?"

"Desde luego," confirmó Quinn. "En realidad, solía haber un muelle, así que es posible que todavía haya una construcción de base debajo de la superficie. Eso te ahorrará un montón de trabajo si todavía está en buenas condiciones."

"Es útil saberlo. Tengo suerte de tenerte como experta en la Casa Aster." Hizo una pausa y se volvió hacia ella. "¿Aún te resulta difícil estar aquí?"

"Es más fácil ahora que me estoy acostumbrando." Quinn se estremeció cuando sus ojos se encontraron. Sus amigas no la miraban de esa manera. No como si quisieran besarla. "Y tu compañía distrae gratamente."

"Bien." Un sonrojo cubrió las mejillas de Riley y vaciló. "Mira...quiero que sepas que respetaré la casa cuando la renueve. La haré mía, por supuesto, pero respetaré su diseño y su historia."

"Gracias. Te lo agradezco pero debes hacer lo que quieras."

"Lo que quiero es que vuelva a sentirse como un hogar acogedor, y me gustaría contar con tu ayuda." Riley le puso la mano en el brazo, lo que hizo que se le cortara la respiración.

"No creo que sea buena idea que me involucre..."

"Por favor. No tienes que hacer nada. Solo quiero tu opinión. No se me dan bien las cosas de la casa, siempre he contratado a otros para hacer el interior por mí."

Quinn se rompió con la mirada de súplica de Riley porque ¿cómo podía decirle que no? "¿Qué tienes en mente?"

"Me gustaría que la próxima vez que vengas mires algunas muestras de colores y telas. He empezado a pintarlo todo de blanco, pero no encaja con el estilo de la casa y esta mañana, con la luz del día, no quedaba bien. Por cierto, puedes decirme que tenías razón," añadió en tono de humor.

Quinn se rió mientras se levantaba. "No soy diseñadora de interiores pero le echaré un vistazo. Puedo pasarme en algún momento al final de la semana si te viene bien." Le dio la taza vacía. "Gracias por el café."

"De nada. Siempre habrá café esperándote."

Quinn sonrió. "Acepto tu ofrecimiento. Y buena suerte con la alfombra hoy."

VEINTICINCO
RILEY

Riley empujó y tiró, pero la enorme estantería que estaba en un hueco del despacho no cedía. Moverlo era la única forma de poder quitar el último trozo de alfombra y de papel de la pared que había detrás, pero no tenía idea de cómo llegar a esa jodida parte. Pensó que seguramente estaba atornillada a la pared, así que quitó todos los adornos que Wendy había colocado en los estantes e inspeccionó la parte de atrás. Encontró cuatro tornillos grandes en las esquinas de la mitad del mueble, así que fue a buscar un destornillador y la escalera y se puso de puntillas para sacarlos.

Riley volvió a intentarlo después de quitar los tornillos, metiendo los dedos detrás y tirando, pero fue en vano. ¿Qué estaba pasando aquí? ¿Estaba esta cosa pegada a la pared o es que ella no tenía suficiente fuerza? Golpeó la parte trasera de la estantería, con la esperanza de descubrir dónde estaba la mayor parte del pegamento por el sonido y descubrió que el lado izquierdo, donde habían estado los tornillos, sonaba completamente diferente. Golpeó ambos lados de nuevo y se concentró en la mitad izquierda, que tenía un sonido más hueco, como si no hubiera nada detrás. Mientras contemplaba la idea de golpearlo con un martillo, pensó en Quinn y en lo mucho que le afectaría si lo rompiera en pedazos, así que decidió no hacerlo. Tal vez debería esperar y pedirle su opinión. Después de todo, había sido idea suya incluirla en sus renovaciones.

Dando un paso atrás, miró por encima de la estantería y notó que el hueco estaba en una posición extraña y aparentemente aleatoria. ¿Por qué lo pondrían precisamente ahí, en el lado derecho de la pared principal? ¿Por qué no centrarlo para que estuviera más equilibrado? Golpeando de nuevo, se preguntó si podría haber un espacio muerto detrás, así que, a falta de una idea mejor, empezó a sacar los estantes. Los dos superiores salieron sin esfuerzo, pero cuando tiró del tercero, parecía estar pegado a la parte trasera del mueble. En vez de salir, toda la estantería giró hacia dentro como una puerta, golpeando la escalera y haciéndola caer.

"¡Ay!" Aterrizando en el suelo, Riley hizo una mueca de dolor y se frotó el muslo dolorido. Aún confundida por lo que había sucedido, sus ojos se abrieron como platos al ver que la estantería se había dividido en dos. Solo había un pequeño espacio entre ambos lados, pero era suficiente para ver que era algún tipo de entrada. Se levantó y movió la escalera para poder tirar de uno de los estantes inferiores. La estantería se abrió fácilmente hacia fuera.

Se le aceleró el corazón cuando se asomó al interior y vio unos escalones de piedra que bajaban. Se había estado preguntando si había un sótano debajo de la casa, pero no había encontrado nada en la documentación. Cogió su teléfono, encendió la linterna y empujó la estantería hacia atrás, encajando la escalera entre ésta y la pared para que no se cerrara. Bajó con cuidado la estrecha y húmeda escalera que conducía a un gran espacio abierto. Palpó las paredes en busca de un interruptor de luz, encontró uno y entrecerró los ojos cuando la luz brillante casi la cegó.

Parecía una sala de archivos y olía a papel húmedo y a alfombra mohosa. Había archivadores y cajas alineadas en largas filas en el lado derecho del sótano. A la izquierda había botelleros con cientos de botellas. Había también un escritorio con una lámpara y algo de material de oficina, y otros muebles estaban amontonados en la parte más alejada. Vio armarios, sillas, un sofá viejo, un montón de somieres y jarrones y lámparas antiguas rodeados de más cajas.

Riley pasó la mano por un armario y sacudió una gruesa capa de polvo. Todavía estaba en buenas condiciones, a pesar incluso de que podría llevar décadas en el sótano. Cogió un jarrón pesado y lo puso encima para examinarlo. Estaba hecho de porcelana con un hermoso e intrincado patrón de flores de estilo chino. ¿Qué hacía todo esto aquí abajo? Algunas cosas parecían de gran valor, sospechaba que incluso algunas de las unidades de almacenaje por sí solas valdrían bastante dinero. Había muchas cosas esparcidas por todos lados, como si las hubieran colocado allí a toda prisa.

Cruzó el sótano hasta donde estaban los vinos, sacudió más polvo y estudió las etiquetas. Eran antiguos, pero algunos habrían mejorado con el tiempo, como el Burdeos, el Cabernet Sauvignon y el Oporto añejo. También había whiskies, y un par de botellas transparentes que pensó que podrían ser cerveza casera. Incluso si los dueños anteriores hubieran considerado los muebles como trastos, no tenía sentido que hubieran dejado atrás una colección entera de vinos, lo que le hizo pensar que quizás ni siquiera sabían que este sótano estaba aquí. Después de todo, ella lo había descubierto por casualidad.

Las luces parpadearon, se apagaron y se volvieron a

encender. Riley se quedó paralizada. Había estado tan fascinada por lo que había encontrado, que casi había olvidado que le daba miedo todo lo relacionado con la Casa Aster. Dejó la botella en el estante y cogió una de las cajas antes de correr escaleras arriba. Todavía tenía el corazón en la garganta cuando llegó al salón, inundado de luz natural. Dejó la caja sobre la mesa de café y se llevó la mano al pecho mientras medio se desplomaba en el sofá.

Riley sintió como si hubiera retrocedido en el tiempo. La librería era un portal al pasado, perfectamente conservada después de décadas. La había dejado abierta por si volvía a cerrarse, con la esperanza de ser lo suficientemente valiente como para explorar más en algún momento. Por ahora, se concentró en la caja que tenía delante. Estaba hecha de cuero duro, como una sombrerera de alta gama, pero cuadrada en vez de redonda. Dentro había recuerdos preciosos de bebé: un vestidito blanco, una manta de bebé bordada, un sonajero plateado y un marco de fotos plateado con una fotografía en color que parecía de los años ochenta de una mujer sosteniendo a un bebé adorable. También había una biblia para niños, un babero bordado, un osito de peluche, un joyero con una diminuta pulsera de plata y, finalmente, un pequeño estuche de cuero que contenía una cuchara de plata.

Este bebé había nacido con dinero, pensó Riley. Ella había tenía una infancia completamente diferente. Sus padres apenas habían podido permitirse comprarle un animal de peluche cuando era pequeña. Esa era la razón por la que siempre había trabajado tanto, para demostrar que podía llegar a ser algo por sí misma, a pesar de que todas las probabilidades estaban en su contra. Sacó la cuchara del estuche y sonrió al leer la inscripción grabada en el mango.

Quinn, 01-08-1985.

"¿De qué querías hablarme?" Quinn entró en la Casa Aster solo veinte minutos después de que Riley le hubiera enviado un mensaje. Le perdían las mujeres guapas y era preocupante lo rápido que había llegado. Tenía el pelo más revuelto de lo habitual y tenía manchas de polvo en los vaqueros y la camisa.

"Gracias por venir. Quiero enseñarte algo." Riley parecía eufórica cuando le hizo una seña para que la siguiera hasta el despacho. Cuando llegaron, le señaló la vieja estantería que se había desprendido de la pared. "¿Sabías que había un sótano?"

Quinn se acercó a la estantería y quedó hipnotizada al ver una escalera detrás de ella. "No." Miró escaleras abajo y se volvió hacia Riley. "Honestamente, no tenía ni idea."

"Entonces deberías echar un vistazo. Hay un montón de cosas ahí abajo y pertenecen a tu familia. Solo abrí una caja. Cuando vi que contenía tus cosas de bebé, pensé que sería mejor dejarte el resto a ti."

"¿Mis cosas?"

"Sí." Señaló la caja en el suelo. "Echa un vistazo. No quise abrir más porque me parecía algo privado."

Quinn frunció el ceño mientras hurgaba entre las delicadas prendas y los juguetes. "Mi madre se preguntó dónde habría ido a parar todo esto. Mis padres solían guardar sus cosas aquí y ella supuso que se las habían llevado los alguaciles."

"Hay más, mucho más." Dijo Riley. Le dio una linterna. "Toma esto. Las bombillas son viejas y hay que cambiarlas."

Quinn se sintió muy nerviosa mientras bajaba. ¿Cómo podía no haber sabido que había un sótano? ¿Y por qué la entrada estaba escondida detrás de una estantería? La respuesta quedó clara de inmediato cuando vio la gran variedad de muebles y otros tesoros de su infancia. Reconoció las sillas del comedor, el aparador art decó y la estatua de mármol del tigre que solía estar en el pasillo. También estaba la colección de jarrones chinos que alguna vez adornaron el salón y su vieja cama, entre otros muebles, todos enterrados bajo una capa de polvo. Lo escondieron aquí hace tantos años para que no pudieran ser vendidos. Al no poder conseguir un lugar de almacenaje imposible de rastrear, supuso que su abuelo no tuvo otra opción más que guardarlo todo debajo de la casa para evitar que fuera subastado. ¿Lo sabía su abuela? Y si lo sabía, ¿por qué nunca se lo contó a nadie? ¿Habían planeado regresar en algún momento a por sus pertenencias? Tal vez esperaban poder volver a comprar la casa algún día y esto fue un intento desesperado por conservar los objetos de valor que aún quedaban.

Abrumada por la emoción y muchas preguntas, apuntó con la linterna las filas de archivadores y cajas que contenían el legado de su familia. Todo lo que habían querido, todos sus recuerdos, seguía aquí. Mientras los estudiaba, se dio cuenta de que todo estaba marcado y fechado, pero los muebles estaban colocados al azar, lo que le hizo pensar que trasladarlos hasta aquí había sido algo en el último momento. La mesa grande redonda con ocho sillas al lado de los archivadores era un misterio, nunca lo había visto antes y parecía fuera de lugar, como si se hubiera usado en otro sitio para tener reuniones. A estas alturas, sabía que su abuelo nunca había sido un libro abierto, pero esto era otro nivel de secretismo y esa mesa la intrigaba más que cualquier otra cosa.

"Debe ser mucho para asimilar." La voz de Riley era dulce y suave cuando se acercó por detrás y le acarició la espalda. "¿Estás bien?"

"Sí. Solo estoy en estado de shock. Pensé que ya no quedaba nada, todos lo pensamos."

Riley le rodeó la cintura con un brazo y Quinn se acercó un poco más a ella. Resultaba reconfortante. Ambas se quedaron así un rato, simplemente mirando el nuevo espacio que Riley había descubierto.

"Me sorprende que nadie haya encontrado la entrada antes que yo."

"Al parecer, nadie se molestó en arrancar la alfombra o quitar el papel de la pared. La mayor parte era original cuando te mudaste." Quinn sonrió mientras se volvía hacia Riley. "Por suerte para mí, una neoyorquina ostentosa decidió que el interior no era lo bastante bueno para ella."

"Nunca pensé que me agradecerías que quitara el papel de las paredes." Riley se rió entre dientes. "Deberías tomarte tu tiempo con esto. Te daré una llave para que puedas entrar cuando te venga bien."

"Gracias, pero no es necesario que lo hagas y, técnicamente, todo esto es tuyo, como todo lo que encuentres en tu propiedad. Pero sí me gustaría tener las fotografías y algunos otros objetos personales."

"No. Esto pertenece a tu familia. Sé un par de cosas sobre vinos y esa colección tiene que valer una fortuna, pero los recuerdos no tienen precio." Riley bajó la voz a un susurro, como si le preocupara despertar algo. "Está aquí por alguna razón. Estaba aquí para que *tú* lo encontraras."

Quinn asintió. Quizás estaba aquí porque su abuelo esperaba que algún día *ella pudiera* volver a comprar la casa. Y sí, estaba aquí para que ella lo encontrara, pero le había fallado. Y en cambio, había sido la nueva propietaria de la Casa Aster quien lo había encontrado. El quinto propietario desde que le quitaron la propiedad a su familia. Pero ella no tenía un lugar para almacenar nada de esto. Sin embargo, estaba agradecida por recuperarlo o incluso de poder ver todos los viejos recuerdos que le llegaron al corazón.

Guardando esos pensamientos para sí, dejó escapar un profundo suspiro. "No sé ni por dónde empezar."

"Entonces, ¿qué tal si empezamos con la cena?" sugirió Riley. "Estaba a punto de pedir comida. Estas cosas no van a ir a ninguna parte y puedes llevar algunas cajas arriba mientras esperamos a que llegue la comida." Vaciló. "¿A menos que prefieras quedarte aquí abajo?"

"No, la cena estaría bien." Era bueno estar con Riley en este momento, tener a alguien con quien hablar. Quinn había pensado mucho en ella hoy y, a pesar de la sorpresa del descubrimiento, la química entre ellas seguía siendo tan palpable como esta mañana. Por la forma en que los ojos de Riley se fijaban en ella, tenía la sensación de que también era consciente de ello. "Pero déjame que lo pida yo, por favor," dijo. Apartando la mirada de ella, seleccionó dos cajas al azar. Riley subió una y Quinn la otra. "¿Te apetece pizza?"

"Solo si es pizza Mystic," dijo Riley con una sonrisa mientras colocaba la caja sobre la mesa de café del salón.

"¿Una margarita con una ensalada pequeña y aceite de chile como acompañamiento?"

"Te acuerdas." Riley se rió entre dientes. "¿Cómo demonios te acuerdas de eso?"

"¿Cómo no iba a hacerlo?" Quinn colocó su caja encima de la otra y se dejó caer en el sofá. "Creo que nunca en mi vida había oído a nadie pedir tan rápido. Estaba claro que sabías lo que querías y no perdiste el tiempo. Me pareció divertido."

"Hmm..." Riley se dejó caer a su lado y colocó una pierna debajo de ella. "¿Te estás burlando de mi estilo para pedir?"

"No. Me estoy burlando de lo adorablemente directa que eres. Es mono y..." Quinn se detuvo al darse cuenta de que estaba flirteando de nuevo. Incluso ahora, después de descubrir que su legado estaba debajo de la casa en el sótano, no podía dejar de coquetear. *Jesús, Quinn.*

"¿Qué? ¿Qué ibas a decir?" quiso saber Riley.

"Nada." Quinn le dirigió una mirada juguetona y negó con la cabeza. "No es importante."

"¿Te apetece una cerveza?" Riley puso las pizzas sobre la mesa junto con la ensalada, el aceite de chile y dos botellas de cerveza que ya había abierto.

"Sí, por favor. Me vendría bien una." Quinn se recostó en el sofá y miró al vacío, como había hecho durante la última hora mientras revisaba sus recuerdos. Riley se imaginó viendo la casa a través de sus ojos. Debía ser una experiencia surrealista para ella.

"¿Lo odias?" preguntó.

Quinn la miró con curiosidad mientras daba un trago a su cerveza. "¿Odio qué?"

"El salón."

"Como ya te dije, mi opinión no importa, pero no, no lo odio. En realidad se ve bastante fresco y limpio. Admito que tenía reservas con lo que estabas haciendo, pero el suelo de madera quedará estupendo una vez que esté lijado y pulido, y tiene mucha más luz sin el papel oscuro de la pared." Golpeó el suelo con el pie. "Ahora entiendo por qué había una alfombra tan gruesa. Como hay un sótano debajo, suena hueco sin ella."

"Pensé que el suelo hacía un sonido extraño, pero no se me ocurrió." Riley tomó un sorbo de su cerveza e hizo una mueca, todavía no sabía si le gustaba o no. Aunque normalmente no bebía cerveza, había comprado algunas por si Quinn aparecía. Últimamente había hecho muchas cosas "por si", como afeitarse las piernas todos los días, secarse el pelo con el secador por la mañana o asegurarse de estar medio presentable durante todo el día.

"Es posible que necesites algo de aislamiento," continuó Quinn. "Puedo presentarte a alguien que pueda ayudarte con el suelo."

"Gracias, te lo agradezco. Todavía me sorprende que los antiguos propietarios no descubrieran el sótano. Quizás decidieron dejar la estantería donde estaba porque está fijada a la pared. Intenté moverlo solo porque soy muy perfeccionista y me molestaba que se viera un pedacito de papel detrás. Bueno, ahora pintaré encima. No quiero romper la entrada." Sonrió. "Pero está chulo, ¿eh? Una habitación secreta en la casa. ¿Crees que tus padres lo sabían?"

"En absoluto. Mi madre creció aquí y lo habría mencionado." Quinn se giró hacia ella. "Probablemente debería decírselo a mi familia. Mi madre estará encantada de recuperar las fotografías. Gracias por llamarme."

"Puedes dejarlo todo ahí si no tienes dónde guardarlo. Pasará bastante tiempo antes de que ni siquiera piense en hacer algo en un sótano que ni siquiera sabía que tenía. O puedes subirlo todo a uno de los dormitorios y revisarlo allí. Hay espacio más que suficiente y será mucho más cómodo."

"Siempre y cuando no me interponga en tu trabajo."

"No lo harás. Me gusta tu compañía." Dijo encogiéndose de hombros. "Me siento sola a veces aquí." Se emocionó al pensar en tener a Quinn cerca y el descubrimiento del sótano le había dado una nueva sensación de positividad.

"Me hace feliz hacerte compañía." Quinn le lanzó una sonrisa relajada. "Me alegro mucho de haberte conocido."

"Sí." El estómago se le llenó de mariposas mientras sostenía su mirada y, sin pensarlo, alargó la mano para tocarle la cara. "Tienes polvo aquí," susurró. Los ojos de Quinn se cerraron y se apoyó en su mano. Y en ese momento, Riley lo supo con seguridad. Quinn también la deseaba. Mantuvo su mano ahí y le acarició la mejilla con el pulgar. Quinn colocó su mano sobre la de ella. Su contacto era cálido y reconfortante, pero también inmensamente excitante.

Quinn abrió los ojos y movió la cabeza antes de soltarse y retroceder un poco. Parecía que iba a decir algo, sin embargo, tomó otro sorbo de su cerveza y estudió la etiqueta de la botella, que no tenía nada de particular.

"Lo siento. Yo..." La voz de Riley se apagó. No estaba segura de por qué se estaba disculpando porque el momento le había parecido tan perfecto que no podía estar mal.

"No lo sientas." Quinn volvió a mirarla a los ojos."Pero no puedo estar cerca de ti si va a ser así. Me gustas y soy humana." Hizo una pausa. "¿Entiendes lo que estoy diciendo?"

Riley asintió lentamente y se preparó para confesarse. Si quería decirle la verdad, ahora era el momento. "Esa noche que me viste en la aplicación de citas..." Respiró hondo y tomó un largo sorbo de cerveza antes de continuar. "Como te dije, tenía curiosidad."

"Lo sé."

"La razón por la que sentía curiosidad es...porque te conocí."

La respiración de Quinn se le cortó visiblemente y sus

ojos se oscurecieron. "Debes haber conocido a otras mujeres gays antes."

"Por supuesto. Pero nunca he conocido a una mujer gay que me atraiga." Riley tragó saliva. "Me atraes mucho, mucho, Quinn."

"Oh." Quinn abrió los labios mientras miraba la boca de Riley y, por un segundo, estuvo convencida de que la iba a besar. "Así que es mutuo."

"Ajá." Riley esperaba que se acercara e hiciera algún movimiento. Porque si Quinn la besaba ahora, le devolvería el beso como nunca antes había besado a nadie. Contuvo la respiración en el largo silencio que siguió y luego murmuró "por favor, di algo."

Quinn se mordió el labio y frunció el ceño mientras la observaba atentamente. "¿Estás segura? Porque somos amigas y..."

"Sí," la interrumpió. Ahora que la verdad había salido a la luz, se sentía mucho más valiente. "Estoy segura."

Un destello de deseo se reflejó en el rostro de Quinn, pero, aún así, no se movió. "Yo te deseo también," susurró. "Pero necesito que pienses en esto." Le cogió la mano y la apretó. "Porque no quiero arruinar lo que tenemos por una aventura de una noche."

"¿Pero no es eso lo tuyo? ¿Casual?" Riley se dio cuenta de que acababa de delatarse. "Leí tu perfil," admitió.

"Lo sabía," sonrió Quinn en tono de broma. "Pero casual no es lo que quiero contigo. ¿Eso es lo que *tú* quieres?"

Riley pensó en ello. ¿Qué *quería* ella? Quinn tenía razón, eran amigas y ella tampoco quería que una aventura insignificante arruinara su amistad. Pero lo que ella sentía distaba mucho de ser insignificante, era un anhelo que la mantenía despierta por las noches, un anhelo por algo desconocido, pero que ya le resultaba familiar. Sentía un deseo ardiente por una mujer que apenas conocía y, sin embargo, esta mujer la entendía como nadie.

"No. No quiero casual," dijo, mirando a Quinn a los ojos. Eran unos ojos preciosos, sinceros y seductores, y le hacían perder el sentido cada vez que los miraba.

"Entonces necesitas darte algo de tiempo porque estos sentimientos son muy nuevos para ti." Quinn hizo una pausa. "No voy a ir a ninguna parte."

Riley asintió, pero hambrienta por probar a Quinn, su cuerpo hambriento protestó. "De acuerdo," susurró. "Pensaré en ello."

VEINTIOCHO
QUINN

Había tanto que ver que, sin saber por dónde empezar, Quinn había elegido cinco cajas más para llevarlas a su antiguo dormitorio. Las tres primeras que había visto la noche anterior contenían sus recuerdos de bebé, fotos de bebé de su hermano y baratijas, que tenían poco valor pero que eran tremendamente sentimentales, como recuerdos de los viajes de sus abuelos y sus tazas de café favoritas. Había una historia detrás de cada artículo y las conocía todas. Su abuelo la había aburrido de muerte cuando era pequeña, pero ahora apreciaba esas ridículas baratijas y había compartido las historias con Riley.

Había elegido su antiguo dormitorio porque allí se sentía más cómoda y le encantaba la vista desde la ventana sobre el jardín y el río. Había traído una de las mesas plegables de su decorador, tomó prestada una silla de la cocina y enroscó una bombilla más brillante en el techo. Con todo listo, estaba preparada para una larga semana repasando su historia familiar después del trabajo.

Al abrir la primera caja del día, dio un salto hacia atrás cuando salió de ella una araña enorme. La abrió con cuidado para asegurarse de que no hubiera un nido dentro. Lo que encontró fueron documentos antiguos de los años setenta. Títulos de propiedad de terrenos en Nevada, que supuso que se habían vendido en el momento de la bancarrota de su abuelo, certificados de bienes raíces y contratos con cadenas hoteleras, algunos a nombre de su bisabuelo. Los dividió en montones y pasó a la siguiente caja.

Esta estaba llena de álbumes de fotos que databan de 1940. Fotos de la boda de sus bisabuelos, fotos del terreno donde se construyó la Casa Aster y algunas más que se tomaron durante la construcción. Se tomó su tiempo para mirarlas, sonriendo mientras lo hacía. Había fotos de sus bisabuelos de bebés en vacaciones y otras de su pequeña familia de tres posando delante de un árbol de Navidad. La primera foto de ellos delante de la Casa Aster estaba fechada 01/08/1943, estaban muy jóvenes y parecían muy felices. Su bisabuela llevaba un vestido de flores y su esposo vestía su mejor traje y sostenía a su hijo, el abuelo de Quinn, que tenía dos años.

"Pensé que te vendría bien un café." Riley entró en el dormitorio y puso una taza humeante en la mesa plegable.

"Gracias. Pero no hace falta que me sirvas."

"Quiero hacerlo y, además, tengo curiosidad." Riley se inclinó sobre su hombro para mirar el álbum. "¿Quiénes son esta gente?"

Quinn se estremeció con la cercanía. Después de sus confesiones la noche anterior, algo había cambiado entre ellas. El contacto casual ya no era tan casual y el coqueteo inofensivo de antes había adquirido un nuevo significado.

"Esta es mi bisabuela, Simone Kendall, y este es mi bisabuelo, Frank Kendall. El bebé es mi abuelo, Arthur Kendall." Contó Quinn mientras los iba señalando con el dedo. Aunque el color de las fotografías casi había desaparecido, el lila de las ásteres que rodeaban la casa destacaba en la imagen. "Es encantador, ¿verdad?"

"Es una foto preciosa," confirmó Riley. "Ahora veo lo que querías decir con las ásteres. Pero, ¿por qué escondieron los álbumes ahí abajo? Seguramente los alguaciles les habrían permitido conservarlos porque no tienen otro valor que no sea sentimental."

"No sé. No tiene ningún sentido." Quinn ya se había hecho esa pregunta. Incluso aunque sus abuelos no tuvieran espacio para almacenar en el apartamento pequeño al que se mudaron después de ser desalojados, ella esperaba que, al menos, se hubieran llevado sus álbumes de fotos. "Todos nos preguntamos qué había pasado con ellos después de morir mi abuelo. Mi abuela ya padecía demencia en aquel momento, así que no pudimos preguntarle. Todavía tiene algunos momentos lúcidos, pero no suficiente como para hacerle preguntas en los que tenga que dar detalles. Las cosas le llegan de la nada."

"Quizás recuerde algo si le enseñas las fotos," dijo Riley. "Dijiste que estaba en una residencia, ¿verdad?"

"Sí. La visito una o dos veces a la semana, pero es muy raro que me reconozca. Pero lo intentaré." Quinn cerró el álbum y sacó un montón de postales de la misma caja. Eran postales que su abuelo había mandado mientras estaba en sus viajes de negocios. La mayoría contenía mensajes breves y entrañables, diciéndole a su abuela que la echaba de menos, pero algunos eran más largos, contándole los últimos negocios que había hecho y cosas que había visto o experimentado.

"Debe ser muy especial estar tan unida a tu familia."

Al escuchar un atisbo de arrepentimiento en la voz de Riley, Quinn se giró y la miró. "Lo es," dijo. "¿Puedo preguntarte por qué tú no lo estás?"

Riley se encogió de hombros. "Soy yo. Es culpa mía. Siempre me he dedicado exclusivamente al trabajo y ahora siento que es demasiado tarde para reavivarlo. Probablemente ellos me odien por no haber estado mucho en contacto."

"¿Quiénes son "ellos"?"

"Mi hermana, mi sobrina y mi padre. También tengo tíos y tías, pero nunca he estado muy unida a ellos. Sin embargo, con las personas con las que crecí y a las que amo..." Hizo una pausa. "Los he descuidado. Siempre pensé solo en mí misma."

"No me pareces una persona egoísta."

"Lo soy." Riley movió la cabeza con pesar. "Al menos lo era," se corrigió. "Tal vez siga siéndolo. Parece que no me conozco a mí misma mucho estos días."

"Nunca es demasiado tarde para recuperar el tiempo perdido," comentó, lanzando un mensaje oculto con su declaración. Miró a Riley, resistiendo el impulso de extender la mano y pasársela por el pelo. "Nunca es demasiado tarde."

"Hmm..." Riley la miró fijamente, luego desvió la mirada hacia la ventana. "He estado pensando en llamar a mi hermana. Quizás lo haga mañana." Le dedicó una leve sonrisa y se puso de pie. "Bueno, te dejo con esto. Espero que encuentres las respuestas que estás buscando."

VEINTINUEVE

RILEY

Era aterrador después de no haber hablado con su hermana durante meses, pero le debía esa llamada desde hacía mucho tiempo. Contuvo la respiración mientras sonaba el teléfono y suspiró aliviada cuando escuchó la voz de Jane.

"¿Riley?"

"Hola. Sí, soy yo." Riley vaciló. "Siento que haya pasado tanto tiempo. ¿Cómo estás?"

"¿Cómo estoy?" Jane sonó aún más brusca de lo que Riley había esperado. "He estado tratando de hablar contigo durante Dios sabe cuánto tiempo y ahora intentas engatusarme. ¿Qué pasó? ¿Estás de vacaciones y te aburres o algo así?"

Algo así. Riley suspiró. "Tienes razón," dijo. "He sido una mala hermana y una tía aún peor." Vaciló. "He sido una egoísta y me ha llevado un tiempo reunir el valor para decirte que lo siento mucho, mucho." Se produjo un silencio incómodo, pero Jane no hizo ningún esfuerzo por entablar conversación, así que continuó. "¿Cómo está la pequeña Mindy?"

"Está bien. Ha estado preguntando por ti." La voz de Jane todavía era fría.

"Me encantaría veros a las dos." Riley se aclaró la garganta. "¿Alguna posibilidad de que podamos vernos?"

"¿Para que puedas dejarme esperando una hora en un restaurante o estar al teléfono todo el tiempo que estamos juntas?"

"No." Riley tragó saliva mientras una bola de culpa se formaba en su interior. "Mi vida es diferente ahora. Me he mudado de Nueva York y vendí mi empresa."

Se produjo otro largo silencio pero, esta vez, Riley no lo llenó.

"¿Estás bien?" preguntó Jane finalmente.

"Sí. Solo necesitaba un cambio de estilo de vida, eso es todo. Para siempre," añadió, sin querer entrar en detalles. "Ahora vivo en Mystic. Es un pueblecito de Connecticut, cerca del río. Compré una casa aquí, más bien una propiedad, y tengo tantas habitaciones que no sé qué hacer con ellas. Así que podéis venir cuando queráis y quedaros el tiempo que os apetezca.

Jane se rió. "Estás de broma, ¿no?"

"Lo digo en serio. Es un lugar muy agradable para unas vacaciones y os pagaré los vuelos. O podría ir yo a veros, como prefieras."

"Guau." Jane hizo una pausa. "Bueno, ¿qué hizo que de repente te mudaras de ciudad y te interesaras por la familia? No te estás muriendo, ¿verdad?" Aunque lo dijo con sarcasmo, había un trasfondo de preocupación en su voz.

"Lo estaría si hubiera seguido con la vida que tenía," replicó Riley en tono de broma. No estaba muy alejada de la verdad, pero Jane no tenía por qué saberlo. "Necesitaba bajar el ritmo."

"Nunca pensé que lo considerarías siquiera. ¿Qué estás haciendo en Mystic? En lo laboral, quiero decir."

"En cuanto a trabajo, nada, pero estoy arreglando la casa que compré."

Jane se rió aún más fuerte ahora. "¿Tú y mejoras en el hogar?"

"No es mi punto fuerte, pero estoy aprendiendo." Riley sonrió, aliviada de que su hermana se hubiera relajado un poco. "También estoy intentando este nuevo y extraño concepto para mí de hacer amigos. Da miedo pero es refrescante."

"¿Quién eres y qué le has hecho a mi hermana? ¿Qué será lo siguiente? ¿Tener una cita?"

La sonrisa de Riley se hizo más grande al pensar en Quinn y en su momento en el sofá. Casi se habían besado. Casi. "No, no estoy saliendo con nadie," dijo, preguntándose qué diría su hermana si le dijera que le gustaba una mujer. "¿Y tú? ¿Tienes un nuevo hombre en tu vida?"

"No. Intenté todo ese rollo de las citas por Internet, pero ser madre soltera no es fácil. Los hombres huyen despavoridos en cuanto les digo que tengo una hija."

"Típico," contestó Riley con un bufido. "Bueno, tal vez conozcas a un buen hombre cuando me visites en Mystic. La gente es muy amistosa aquí. O, como te he dicho, podría ir yo a Orlando. Te echo de menos, Jane."

"¿Y ahora también te has vuelto sentimental, ¿eh?" Jane vaciló, claramente desconcertada por las revelaciones de Riley. Riley nunca se había tomado el tiempo para hablar con ella por teléfono de esta manera. Su interacción consistía normalmente en mensajes cortos para confirmar un encuentro o una llamada rápida en cumpleaños y en celebraciones como Navidad. "Vale, hermana. Iremos a visitarte. Yo también te echo de menos, lo creas o no, y quiero comprobar si estás bien porque no suenas como tú en absoluto."

"Estoy bien, te lo prometo." Los hombros de Riley se relajaron mientras se hundía en el sofá y apoyaba los pies sobre un cojín. "¿Y tú? ¿Cómo va el trabajo?"

"Muy ocupada, pero no debería quejarme, porque solo trabajo a tiempo parcial," dijo Jane con una risita. "Me ofrecieron un contrato a tiempo completo como enfermera residente en una residencia, pero prefiero pasar más tiempo con Mindy. Paul ha estado pagando la pensión alimenticia, así que, en general, no está tan mal."

"¿Os habláis de nuevo?" preguntó Riley. "Hace cuatro años que os divorciasteis, ¿no?" Esa era otra cosa de la que se sentía culpable. No había estado a su lado durante todo el proceso de su divorcio. No había entendido lo que significaba la soledad hasta ahora, y le dolía pensar que debió sentirse muy sola durante ese período.

"Somos civilizados, pero eso es todo. Él ha seguido adelante, yo también. Al menos tenemos a Mindy, así que no todo fue tiempo perdido."

"No puedo esperar a verla de nuevo." Riley echaba de menos de verdad a su sobrina e imaginaba que había crecido mucho desde la última vez que la había visto. "Me aseguraré de que tenga un dormitorio propio de chica mayor." Hizo una pausa, temiendo hacer la siguiente pregunta. "¿Y papá? ¿Cómo está?"

"No está mal," dijo Jane para su sorpresa. "Ahora lleva una vida más sana. Prácticamente le he obligado a comer mejor, sale a caminar todos los días y tiene ayuda en casa dos veces por semana. El médico cree que podrá llevar una vida normal siempre y cuando se cuide. Deberías llamarlo. Ha estado preguntando por ti."

"Lo haré." Riley se aclaró la garganta. "Debería haberle llamado hace tiempo."

"Verdad. Pero mejor tarde que nunca. No va a estar ahí siempre, ¿sabes? Sobre todo con su situación cardíaca, es complicado, así que tienes que hacer un esfuerzo o te arrepentirás algún día."

"Sí." Dijo Riley con un suspiro. "Lo llamaré."

"Bien. Bueno, Mindy me está llamando, tengo que irme. Te llamaré para hablar de nuestra visita." Jane gritó algo a Mindy, y antes de que Riley pudiera decir otra palabra, la línea se cortó. Resopló y se preparó para la siguiente llamada, luego marcó el número de su padre.

TREINTA

QUINN

Había una caja fuerte pequeña debajo de los muebles apilados. Estaba encajada debajo de un somier, justo en la parte de atrás del sótano, y el nombre de Quinn estaba escrito encima con un rotulador negro. Pesaba mucho, pero Quinn había logrado subirlo a la planta de arriba. Había intentado varias combinaciones que incluían cumpleaños y otras fechas memorables, pero ninguna funcionó. Había llamado a su hermano y a sus padres para informarles de la situación y, por invitación de Riley, vendrían a inspeccionar el contenido del sótano mañana. No pudieron darle ninguna pista sobre cuál podría ser la combinación de la caja, pero se emocionaron mucho cuando oyeron las noticias, especialmente su madre, quien todavía se sentía mal por lo que provocó su padre, el abuelo de Quinn, después de haber perdido su querido restaurante como resultado de su bancarrota. Ya no se trataba de dinero. Quinn sospechaba que su madre esperaba algo que le recordara, ahora que ya no estaba con ellos. Sin más ideas, probó otro código, esta vez aleatorio, y, por supuesto, sin éxito.

"¿Ha habido suerte?" preguntó Riley. Dejó un plato de sopa y un poco de pan sobre la mesa.

"No." Se le hizo la boca agua al ver el pan recién hecho. "Guau. Gracias. No he comido uno de esos panes desde hace bastante tiempo."

"¿Por qué no?" preguntó Riley. "Es de la panadería del pueblo. Es bueno tener una cerca, supongo que es una de las ventajas de los pueblos pequeños."

"Es una panadería fantástica, pero ya no puedo ir por allí. Tuve algunos problemas con el dueño." Quinn enseguida se arrepintió de haberlo mencionado pero ya era demasiado tarde, además, lo averiguaría tarde o temprano, porque parecía que la gente no dejaba de hablar de ello. "Tuve una aventura con su esposa," dijo, haciendo una mueca al ver que la sonrisa de Riley desaparecía. "Fue hace años, pero no hace falta decir que él nunca me perdonó."

Riley arqueó una ceja. "¿Tuviste una aventura con su esposa? ¿Tienes la costumbre de tener aventuras con las esposas de otras personas?"

"No." Quinn la miró a los ojos. "Y, de verdad, hace mucho que pasó y terminó. Te lo prometo."

"No quería decir eso. No me importa si ya está acabado. Yo..."

Quinn la miró y detectó un poco de celos en su voz. "¿Estás segura de que no te importa?" Riley no respondió, así que continuó. "Terminó hace cuatro años y ella se fue del pueblo. Rebecca vive ahora en Nueva Orleans, con su nueva pareja, pero, como puedes imaginar, evito la panadería como si fuera la peste."

"Ya. Es comprensible." Riley la miró a los ojos. "Bueno, puedes pedirme que te traiga pan cuando quieras."

"Gracias, es muy amable de tu parte." Quinn partió un trozo del pan, lo metió en la sopa cremosa de brócoli y sonrió mientras lo probaba. "Está delicioso. ¿Lo has hecho tú?"

"Sí. He estado experimentando un poco con la cocina y ahora lo encuentro muy relajante."

"La ostentosa neoyorquina se está volviendo casera," bromeó Quinn.

Riley se echó a reír. "Suenas como mi hermana. Por fin reuní el valor para llamarla ayer."

"Ah. ¿Y cómo fue?"

"Mejor de lo que esperaba. Jane quedó totalmente en estado de shock cuando le conté sobre mi cambio de vida, ella y mi sobrina Mindy van a venir a visitarme." Riley hizo una pausa. "Y también llamé a mi padre. Al principio fue un poco brusco conmigo, pero hacia al final de la conversación ya se había calmado un poco, así que espero poder arreglar nuestra relación. También lo invité a venir, pero no le gusta volar, así que iré a verlo yo pronto."

"Es una noticia fantástica." Quinn le acarició el brazo. "Debes sentirte aliviada."

"Sí." Riley puso su mano sobre el hombro de Quinn. "Gracias por tu apoyo."

"Yo también te estoy muy agradecida." Quinn contuvo la respiración ante el contacto, preguntándose si ella podría sentir también que la temperatura estaba subiendo. Los labios de Riley eran increíblemente besables, ni siquiera la importancia de lo que había encontrado en el sótano podía evitar que se imaginara constantemente cómo se sentiría al besarla.

Había estado aquí todas las noches después del trabajo, luchando contra su atracción. Sus intercambios silenciosos eran largos y abrasadores, pero Quinn se abstuvo de actuar por impulso. Meterse en la cama con alguien sin pensarlo había hecho daño a muchas mujeres e incluso había hecho que un matrimonio se rompiera, y no iba a repetir los mismos errores. Ya no más, y desde luego no con Riley, que era demasiado buena para una aventura de una noche.

Las mejillas de Riley se sonrojaron, soltó a Quinn y cruzó las manos delante de ella, centrándose en la caja fuerte. "¿Has probado tu cumpleaños?" Hablar de la combinación de la caja fuerte parecía algo artificial porque la tensión entre ellas era palpable, pero Riley seguía desempeñando su papel de amiga.

"Sí. Y el de todos los demás."

"Tiene que haber una forma. ¿No tendría el fabricante un código de reinicio?"

"Ya los busqué. Cerraron el negocio hace diez años, pero quizás podría abrirlo con un taladro." Quinn entrecerró los ojos al mirar la caja de metal. "Si mi abuelo quería que la encontrara, la respuesta tiene que ser obvia."

"Quizás sería bueno dejarlo un rato. Estoy segura de que se te ocurrirá algo." Riley hizo una pausa. "¿Y las fechas en los reversos de las fotos?"

"Hmm...podría ser." Quinn buscó en uno de los primeros álbumes que había mirado y sacó la fotografía de sus bisabuelos delante de la Casa Aster. Solo era una corazonada, la primera que había llamado su atención porque era la más significativa. 01/08/1943, decía en el reverso. Quinn no tenía muchas esperanzas, pero lo intentó de todos modos. Puso la combinación 0108. No pasó nada, así que probó 1943. Se quedó sin aliento cuando escuchó un clic.

"¿Ha funcionado?" Riley se inclinó y jadeó, saltando de la emoción. "¡Dios mío, la has abierto!" Envolvió con sus brazos a Quinn desde atrás. "No me lo puedo creer."

La mano de Quinn temblaba mientras sacaba un joyero pequeño y un sobre del interior de la caja.

"¿Quieres que me vaya?" quiso saber Riley.

"No. Quédate, por favor." Quinn abrió el joyero y encontró un anillo. Parecía un anillo de compromiso. Oro, con un solo diamante.

"Es precioso. ¿Es de tu abuela?" preguntó Riley.

"No, no puede ser. Ella todavía lleva el suyo, pero debe ser una reliquia familiar." Quinn centró su atención en el sobre y encontró una carta dentro, dirigida a ella. Se le llenaron los ojos de lágrimas al ver de nuevo la letra de su abuelo pero se las tragó para poder leer la carta en voz alta.

Querida Quinnie,

Sinceramente espero que seas tú quien encuentre esta carta. Escribo esto con el vano optimismo de que algún día te mudarás a la Casa Aster y descubrirás el sótano. Como nieta mayor, la Casa Aster siempre estuvo destinada a ser tuya y sé cuánto la amabas. No puedo expresar cuánto lamento haber desperdiciado nuestra fortuna familiar pero, sobre todo, el futuro tuyo y el de tu hermano.

Esta carta es también para tu madre, mi hija única y a quien amo profundamente. No me habla después de lo que hice y no la culpo. Perdió su vida, su restaurante, al que dedicó cuerpo y alma. Tu madre y tu hermano nunca sintieron la conexión que sentiste tú con la casa y dudo mucho que ella leyera esta carta hasta el final. Es por eso, querida, que eres mi única esperanza de alguna forma de redención.

Lo admito, no he vivido mi vida como la buena cristiana que era tu abuela y no siempre seguí la ley. El sótano se construyó originalmente como bodega, pero mi padre también la usó para guardar dinero en efectivo y organizar noches de juego ilegal. Cuando me hice cargo de la casa, seguí sus pasos y continué organizando pequeños eventos para hombres de alto nivel en nuestros círculos. Esto, por supuesto, con total discreción. Tu abuela nunca entró en mi despacho. Sabía que había un pasadizo y un sótano, y tal vez incluso tenía una idea de lo que pasaba allí los sábados por la noche, pero, si lo sabía, hacía la vista gorda y se auto convencía de que estábamos en reuniones de negocios. Tu abuela es un ángel y nunca la merecí.

El juego lo carga el diablo. Lo seguí como un estúpido y caí en la oscuridad. Durante mis eventos privados, las apuestas eran razonables. Era simplemente un pasatiempo divertido que se sentía emocionante y especial. Éramos una sociedad secreta a la que solo unos pocos tenían la suerte de pertenecer. Cuando comencé a viajar a Reno con regularidad por negocios, pasaba las noches en casinos y perdía el control. A partir de ahí, todo fue cuesta abajo. Seguí yendo, con la esperanza de recuperar lo que había perdido, pero, por supuesto, seguí perdiendo porque esa es la naturaleza del juego.

Y entonces, un día, ya fue demasiado tarde. Había acumulado tantas deudas, tomando préstamos contra mis propiedades, los terrenos, los hoteles, los restaurantes, e incluso la Casa Aster, que ya no pude mantener mis pagos. Y fue entonces cuando me di cuenta de que le había fallado a todos los que amaba y que no había vuelta atrás.

Cuando supe que iba a perder la casa, no vi otra opción que salvar lo que pudiera. Después de todo, la Casa Aster era mi legado. Era, en cierto modo, lo que me definía. Me daba una sensación de orgullo y de pertenencia. Esa semana, envié a tu abuela a casa de una amiga, porque no quería que viera cómo los alguaciles se llevaban sus cosas y escondí todo lo que pude en el sótano, con la esperanza de que nadie encontrara el pasadizo detrás de la estantería en mi despacho.

No le he contado a nadie sobre el sótano. Solo después de mi muerte se saldarán mis deudas y, si los nuevos propietarios lo encuentran, lo reclamarán como suyo. Si no lo hacen y *la Casa Aster se convierte en tuya, tú estarás a cargo de nuestro legado, enterrado debajo de esta casa. Aparte de algunos vinos buenos y antigüedades que intenté desesperadamente salvar de ser confiscados, la mayor parte de lo que he escondido tiene solo un valor sentimental. Quizás fue un error de mi parte, pero sentí que pertenecía allí. El anillo de compromiso de tu bisabuela también es tuyo. Por favor, mantenlo en la familia.*

Ahora estás en la universidad y estoy muy orgulloso de ti. No tengo ninguna duda de que tendrás una carrera llena de éxito y sé que encontrarás la manera de hacer que este sea tu hogar de nuevo, mi querida Quinnie, porque la Casa Aster es el lugar al que perteneces. Tus raíces se encuentran entre los gruesos muros de una casa que fue construida en un lugar muy especial.

Por favor, cuídala y continúa inundándola de amor.

Espero que puedas perdonarme,

Tu abuelo, Arthur Kendall

"Está claro que te quería muchísimo," dijo Riley cuando salieron para tomarse un descanso.

"Sí. Yo también lo quería mucho." Quinn la siguió por la casa, pero en lugar del banco, se dirigieron a la orilla del río y se sentaron en el césped. "Es triste y emocionante a la vez. Me encanta ver todas las fotos antiguas, pero no lo traerá de vuelta y, siendo honesta, el hecho de que hiciera todo ese trabajo porque asumió que yo recuperaría la casa, me hace sentir un poco fracasada."

"¿Cómo puedes decir eso? Que la perdiera fue culpa suya y solo suya. Nunca fue tu responsabilidad recuperar la casa. No eres un fracaso. Eres una mujer preciosa, cariñosa y atenta, con un negocio de éxito, haciendo algo que te encanta." Riley tomó la mano de Quinn y ésta se apoyó sobre ella. Olía tan bien que Riley deseaba aspirar el aroma contra su cuello, pero en vez de eso, respiró hondo y apreció la cercanía. Esto no era algo que hicieran las amigas, sentadas cogidas de la mano, hombro con hombro, era muy consciente de ello. "Solo porque no hayas sido capaz de comprar la propiedad más grande y más cara en kilómetros a la redonda no te convierte en una fracasada."

"Lo sé," susurró Quinn. "Puede que fuera un adicto al juego, pero no era un mal hombre. Solo tomó malas decisiones."

"Y se arrepintió de esas decisiones. Quiso arreglar las cosas, para ti y para tu familia. Has encontrado algo que es irreemplazable. Tu historia familiar. Es muy especial y nadie te puede quitar eso."

Quinn asintió mientras miraba en silencio al otro lado del río. "La última vez que lo vi, me rogó que hiciera todo lo que estuviera en mi mano para recuperarla," dijo. "Yo estaba en la universidad y estaba de visita durante mis vacaciones de verano. Estaba borracho y arrastraba las palabras, creo que estaba intentando hablarme del sótano, pero no podía entender mucho de lo que me decía, aparte de que tenía que recuperar la casa. Repetía sin cesar ese año también, 1943. No tenía idea de lo que significaba hasta ahora. Y tienes razón. No era justo para mí, pero en aquel momento no lo vi. Sus palabras me impactaron más de lo que pensaba. Creo que por eso he estado siempre tan obsesionada con la casa. Todos siguieron adelante con sus vidas - mis padres, mi hermano - pero yo sentí que, de alguna manera, era mi responsabilidad." Soltó un suspiro. "En cierto modo, incluso creo que me sentí con derecho a ello. Así que lo intenté y lo intenté, pero el mercado seguía creciendo. El precio aumentaba con cada nuevo propietario y, al final, ni siquiera estaba cerca de realizar el pago inicial."

"No tenía idea de que querías comprarla," dijo Riley en voz baja. "Sabía que tenías una conexión emocional con la casa, pero..." hizo una mueca. "Lo siento."

"¿Por qué?"

"Porque ahora es mía." Riley levantó las rodillas y se

abrazó a ellas. Era una noche templada y el sonido del río y el susurro de los árboles resultaban relajantes. Las luces de la ciudad de Mystic brillaban en la distancia y la gente caminaba de un lado a otro del muelle donde estaba amarrada la barca de Quinn.

"No seas tonta. Era un sueño ridículo," dijo Quinn con una tierna sonrisa.

"Aún así, estoy viviendo tu sueño..." Riley miró a Quinn, que miraba a la nada. "Nunca me has dicho que fuiste a la universidad."

"Estudié administración de empresas en UConn – Connecticut," dijo Quinn. "Mi madre nunca quiso estudiar. Estaba más interesada en llevar un restaurante porque le encantaba la industria hostelera. Además, cuando era más joven, vivía con la feliz idea de que algún día ganaría mucho dinero, así que nunca se preocupó demasiado por construir una carrera estable."

"Tiene sentido. Venía de una familia muy rica."

"Exactamente. Pero cuando yo tuve esa edad, supe que tener éxito era la única manera de recuperar la casa y eso significaba ir a la universidad."

Riley asintió. "Y, entonces, ¿qué pasó?"

"Trabajé como directora financiera para una empresa constructora durante unos años, pero me interesaba más el proceso de construcción que las operaciones del día a día. Me aburría detrás de una mesa y quería estar ahí fuera y ser parte del equipo que trabajaba fuera, así que renuncié y realicé unas prácticas en una empresa de construcción local. Eso significó que tuve que dejar mi sueño de ser dueña de la casa en un segundo plano, pero al menos no me sentía infeliz en mi trabajo," dijo Quinn. "Aprendí todo lo que sé en esas prácticas y mi experiencia en negocios me ayudó mucho cuando finalmente empecé mi propia empresa. Así que, al final, me alegro de haber obtenido mi título."

"Pero, aún así, no pudiste comprar la Casa Aster."

"No. Pero como te dije antes, era solo un sueño estúpido. Soy muy feliz con mi vida y mi hermano tiene razón. Probablemente debería buscar un lugar más sensato donde vivir."

"¿Estás segura de eso? Me gusta tu barca."

Quinn sonrió. "¿Sabes qué? A mí también." Dirigió su mirada a las manos entrelazadas y apretó la de Riley antes de soltarse.

Riley quería volver a tomar su mano, ya echaba de menos el contacto. "Estoy deseando conocer a tu familia el sábado," dijo. "¿Crees que les apetecería quedarse para cenar? Me encantaría cocinar para ellos."

"Eso es muy amable de tu parte, pero ya has hecho mucho por mí."

"No, quiero hacerlo. En serio." Riley esperaba que Quinn viera lo sincera que era. Se había estado imaginando la mesa de la cocina llena de gente y ansiaba oír ruido en la casa. "También pueden traer a los niños. Les traeré helado." Dudó. "A menos que creas que sería una situación extraña. No quiero que tu madre se sienta incómoda porque creció aquí."

"Mi madre estará bien," dijo Quinn. "Y si estás segura, les preguntaré. Creo que les encantaría. Gracias."

"Genial. Me aseguraré de alejarme de la comida italiana porque, por lo que he oído, no puedo competir con tu cuñada," bromeó Riley. Ya estaba entusiasmada con la idea de organizar su primera cena. Era un concepto extraño para ella, una habitación llena de gente comiendo, hablando y pasando un buen rato. Sus padres nunca organizaban cenas, no podían permitirse el lujo de alimentar a nadie más que a su propia familia, y en Nueva York no había usado su cocina ni una sola vez. "¿Te gustaría tomar una copa aquí fuera?" preguntó. "¿O prefieres continuar buscando en el sótano?"

Quinn se volvió hacia ella y sus ojos bajaron hasta sus labios. Lamiéndose los suyos, negó con la cabeza y sonrió. "Es tarde. Probablemente debería irme."

Riley asintió. Odiaba cuando Quinn se iba a su casa por la noche. Su ausencia dejaba una sensación de vacío palpable en la casa y se sentía inquieta cuando estaba sola. "Nos vemos mañana."

Quinn se inclinó y le dio un beso suave en la mejilla. "Hasta mañana," susurró, manteniéndose contra ella antes de retroceder poco a poco y levantarse.

Riley se tocó la mejilla donde un momento antes habían estado los labios de Quinn y la miró mientras desaparecía por la casa. No podía ignorar por mucho más tiempo lo que estaba creciendo entre ambas. Ese inocente beso estaba haciendo maravillas en su cuerpo y su mejilla ardía. Se quedó allí sentada, pensando en lo que podría haber sido. Como cada noche, las fantasías llenaron su mente, y no fue hasta que vio las luces encendidas del barco de Quinn y la sacaron de su ensimismamiento, que se dio cuenta de que tenía frío. A lo lejos, vio una figura moviéndose en el barco y se preguntó si Quinn podría verla aquí sentada en la oscuridad y si lamentaba haberse ido a casa tanto como Riley lamentaba no haberle pedido que se quedara. En algún momento sucedería, se dijo a sí misma. Era tan inevitable como el cambio de estaciones.

TREINTA Y DOS

QUINN

Era surrealista ver a su familia en la Casa Aster. Quinn observó a sus padres y a su hermano llevar los álbumes de fotos a su camioneta y a sus coches, yendo y viniendo con cajas. Les había enseñado la carta y hablaron durante horas mientras revisaban las cosas en el sótano. Su madre, que rara vez hablaba del abuelo de Quinn, se había abierto por primera vez en años y les contó historias de cuando era joven. Rob no recordaba mucho y le encantaba escucharlas.

"Aquí mismo solía haber un columpio," dijo su madre, señalando el gran sauce que se arqueaba sobre la camioneta de Quinn.

"Lo sé. Lo recuerdo." Quinn le sonrió mientras colocaba una caja en el maletero del coche de sus padres. "¿Lo echas de menos?"

Su madre miró hacia la casa, como si fuera a encontrar la respuesta ahí, y negó con la cabeza. "En realidad, no. Tu abuelo y yo nunca congeniamos, pero eso se debía sobre todo a que yo era del tipo rebelde. Soñaba con una vida en la ciudad cuando era más joven y quería alejarme de los cotillas del pueblo. Pensé que si podía demostrar mi valía obteniendo una estrella Michelin para The Harbor House, me dejaría abrir un restaurante en la ciudad de Nueva York y me iría de aquí." Se encogió de hombros. "Pero entonces conocí a tu padre y nunca me fui."

"¿Sigues soñando con una vida en la ciudad?" preguntó Quinn.

Su madre se rió entre dientes. "No, cariño. Ese deseo se me fue hace mucho tiempo. En realidad, cuando te tuvimos. Pensé que Mystic era un lugar fantástico para que un niño creciera. Echando la vista atrás, también fue genial para mí. Solo que en aquel momento no lo veía así." Miró hacia el jardín, que ahora estaba prístino. "Fui muy afortunada y debería haberlo apreciado más."

"Todo el mundo tiene derecho a cumplir sus sueños, sin importar la edad."

"Eso es verdad." Su madre sonrió. "Riley parece una mujer encantadora y es muy amable de su parte que nos prepare la cena. ¿Estáis muy unidas?"

"Sí, nos hemos unido estos días." Quinn no se atrevía a mirar a los ojos a su madre, así que fingió estar reorganizando las cosas del maletero.

"¿Cómo de unidas?"

"Somos buenas amigas, eso es todo."

Su madre asintió. "Solo lo pregunto porque se os ve muy naturales la una con la otra. Es casi como si os conocierais desde hace años." Hizo una pausa y miró a Quinn con los ojos entrecerrados. "Es muy guapa."

"No empieces a pensar cosas raras, mamá," dijo Quinn, secándose las manos en los vaqueros. Su hermano se unió a ellas con una sonrisa burlona y ella le dirigió una mirada de advertencia. "O tú." No quería que ninguno supiera que sentía algo por Riley o que había química entre ellas.

"Es solo que creo que sería bueno si conocieras a alguien especial, eso es todo."

"Soy feliz, mamá. Te lo he dicho un millón de veces." Quinn le dio unas palmaditas en la espalda. "Vamos, hay más. ¿O necesitas un descanso? Rob, papá y yo podemos encargarnos de esto."

"No, estoy bien, cariño," dijo su madre con un suspiro." Intentaré mantenerme al margen de tus asuntos."

"Gracias." Quinn la abrazó fuertemente y la besó en la mejilla. "Centrémonos en lo que quieres llevarte a casa. ¿Qué quieres hacer con los muebles? Riley dijo que podías dejarlos aquí todo el tiempo que necesites porque no tenemos dónde guardarlos."

Su madre pensó en ello mientras volvían a la casa. "Es tuyo, Quinn, y es tu decisión. Todo lo que quiero son algunos recuerdos y las fotos, que con el tiempo pasarán a ti y a Rob. Aparte de eso, tú decides." Agitó una mano cuando Quinn abrió la boca para protestar. "No quiero oír ni una palabra más al respecto. Depende de ti. Bueno, técnicamente, depende de Riley, porque ahora es su casa."

"Riley quiere que todo permanezca en nuestra familia," dijo Quinn. "Hemos hablado de ello y ha sido muy clara con el tema."

"Bueno, entonces, no solo es guapa, sino también una mujer de honor. Y me he dado cuenta de que a Mary también le gusta."

"Sí. La está ayudando con la cena. Parece que han congeniado."

Mary, que deseaba mantenerse al margen de estos asuntos de familia, se había ofrecido para ayudar a Riley con la cena y Quinn las oía hablar sin parar cada vez que pasaba por la cocina. Los niños estaban allí también, después de haber examinado cada centímetro de la casa y haber corrido arriba y abajo por el pasillo y el sótano.

"Mary sabe juzgar bien a las personas," comentó su madre con un brillo burlón en sus ojos. "Bueno, cuéntame más sobre tu nueva amiga. ¿Por qué no hemos oído hablar de ella antes?"

"Solo nos conocemos desde hace un mes. Acaba de mudarse."

"Pero nosotras hemos hablado muchas veces en estas últimas semanas y no la has mencionado ni una sola vez."

"En serio, mamá, no tengo que contártelo todo y, además, no había nada importante de lo que informar." Quinn notó que su madre se había convertido en una de esas personas cotillas de pueblo pequeño de las que una vez quiso escapar. "Me prometiste que ibas a dejar de hablar de eso." Cerró de golpe el maletero del coche de sus padres y echó un vistazo al de Rob. "Aún hay algo de espacio aquí y también podemos usar el asiento de atrás, así que entre nosotros podríamos acomodarlo todo en un solo viaje."

"Vale, señorita Gruñona," dijo su madre riéndose entre dientes. "Si no me vas a contar nada, tendré que interrogar a Riley."

TREINTA Y TRES

RILEY

Riley sintió unos nervios agradables cuando Quinn y su familia entraron en la cocina. Había hecho todo lo que pudo para que pareciera lo más hogareño posible con velas, flores y aperitivos esperándoles en la mesa. Quería que se sintieran bienvenidos. No, quería impresionarlos, porque impresionar a la familia de Quinn significaba impresionarla a ella también.

La madre de Quinn era una mujer baja de pelo gris hasta los hombros. Tenía un rostro amistoso y abierto y una actitud cercana, típica de alguien que se había dedicado a la hostelería. El padre era alto, como Quinn, con una barba desgreñada y una buena cabellera. Sus mangas arremangadas mostraban cicatrices y marcas de quemaduras de muchos años como chef y había una belleza ruda en él.

Rob era más bajo que Quinn pero también guapo, como su padre. Era hablador y divertido y no parecía tomarse a sí mismo muy en serio. A Riley le gustaban mucho él y su esposa, Mary, y disfrutó conocerla mejor mientras cocinaron juntas.

"Sentaos, por favor, como si estuvierais en vuestra casa."

Se mordió el labio e hizo una mueca por el comentario fuera de lugar que se le había escapado. "Quiero decir...no era mi intención..."

"Está bien, cariño," dijo la madre de Quinn. "Por favor, no sientas que tienes que medir tus palabras con nosotros. Aunque es extraño estar aquí de nuevo, hace mucho tiempo que llamamos a esto nuestro hogar, así que ya no es un tema delicado. Estamos muy agradecidos por tu generosidad y tu hospitalidad." Sonrió. "¿Qué vamos a comer? ¿Necesitas ayuda con algo?"

"Está todo bajo control, gracias. Mary me ha salvado la noche. Tenía problemas con la masa del pescado, pero me enseñó cómo hacerlo." Riley rodeó a Mary con un brazo. "Estaba un poco preocupada por tener a dos chefs en la cena, así que lo hice simple. Bueno, vamos a tomar tacos de pescado, ensaladas y muchos aperitivos pequeños, así que espero que os guste la comida mexicana." Y con esa presentación, sus invitados comenzaron a aplaudir y Riley se echó a reír. "Parece que no habéis tenido comida mexicana en mucho tiempo."

"No hay ningún buen mexicano en Mystic," dijo Rob.

"Ninguna en absoluto," confirmó Mary. "Y no soy una experta en comida mexicana, pero me encanta, y Riley ha preparado una comida increíble."

"¡Y vamos a tomar helado!" gritó Lila, golpeando sin parar la mesa con su pequeño puño.

"Sí, puedes tomar helado de postre," dijo Riley con una sonrisa mientras le revolvía el pelo. "Bueno, ¿qué quieres para beber? Debes estar sedienta después de un día como este."

"¡Coca Cola!" gritaron Lila y Tommy a la vez.

"Vale, Coca Cola." Riley sacó una botella grande del frigorífico y la colocó entre los dos niños. "Para los adultos, tengo los ingredientes para prepararos unos margaritas o también tengo vino tinto y blanco y cerveza."

"Suena estupendo," dijo la madre de Quinn, "no puedo esperar a probar uno de tus margaritas más tarde pero, ¿por qué no abrimos una de esas botellas del sótano? Parece apropiado para la ocasión y mi padre habría querido que tomáramos una copa por él."

"Es una gran idea, mamá," dijo Quinn. "Deberías elegir una. Eres buena con los vinos."

Su madre se rió. "Solo con vinos de hoy en día, cariño. Conozco muy pocos de esos viñedos viejos que hay en el sótano, pero usaré mi intuición. Rara vez me decepciona." Cogió la linterna de la encimera y, cuando salió de la cocina, Quinn bajó la voz a un susurro.

"¿Soy yo o mamá está de muy buen humor hoy?"

"Creo que la carta y las fotografías le han dado algún tipo de alivio," dijo su padre. "El hecho de que ella y tu abuelo se pelearan la ha estado preocupando desde que murió, y nunca ha hablado mucho de eso hasta hoy, ni siquiera conmigo. Parece más aliviada y más ligera."

"Sí." Quinn se giró para mirar a Riley e instintivamente tomó su mano. "Gracias," dijo. La soltó rápidamente cuando vio que su hermano miraba sus manos. "¿Estás segura de que no puedo hacer nada?"

"Puedes ayudarme a ponerlo todo sobre la mesa si quieres." Riley sonrió mientras se miraban. Quinn la hacía sonreír cada vez que la miraba. Abrió el frigorífico, sacó varias ensaladas y se las entregó a Quinn, luego sacó el pescado especiado del horno, junto con los tacos de maíz, los frijoles refritos y las mazorcas de maíz recién asadas.

"¡Dios mío, esto tiene una pinta fantástica!" dijo la madre de Quinn, mirando por encima de la mesa cuando regresó con una botella. "Ya sé que no es habitual tomar vino tinto con comida mexicana, pero me ha podido la curiosidad y tengo muchas ganas de probar este." Descorchó con sumo cuidado, por el estado en que estaba el tapón de corcho, lo olió, sirvió un poco en su copa y se tomó su tiempo para olerlo y saborearlo. "Mmm."

"¿Aprobado?" el padre de Quinn cogió su copa y asintió después de probarlo. "Excelente. ¿Qué es?"

"Es un Burdeos añejo, un Liber Pater de Graves." Sirvió una copa a todos y tomó un sorbo mientras buscaba en su teléfono. "Mmm...es realmente bueno. Averigüemos más cosas. Tengo una aplicación para esto. La botella no tiene código de barras, pero puedo ponerlo manualmente." Introdujo la información de la botella. Sus ojos se abrieron de par en par y casi se atragantó con el vino.

"¿Estás bien, mamá?" preguntó Quinn, dándole palmaditas en la espalda porque no podía dejar de toser.

"Sí, estoy bien," dijo, un poco pálida ahora. "Es solo que el vino que acabo de abrir..." Se quedó mirando a la ahora botella vacía. "Vale casi cuatro mil dólares."

TREINTA Y CUATRO

QUINN

Quinn rara vez se había reído tanto como esta noche. Su madre, que se consideraba como gran conocedora de vinos, fue objeto de burlas sin piedad por haber abierto uno de los vinos más caros del mundo para acompañar tacos de pescado. Después de que se calmara el shock inicial, su madre también había sido capaz de reírse de ello y bromearon sobre lo lento que se lo estaban bebiendo, para saborear la experiencia tanto como pudieran.

"Ha sido un gran último sorbo de doscientos cincuenta dólares," dijo Rob mientras terminaba su copa. "Bien elegido, mamá."

La madre de Quinn puso los ojos en blanco y se rió entre dientes. "Nunca voy a ver el final de esto, ¿verdad?".

"Nunca. Y la comida estaba deliciosa. Muchas gracias, Riley." Rob cogió el último trozo de pescado con los dedos y se rió cuando Mary le dio un palmetazo en la mano.

"¡Rob! Los niños te copiarán. Ya lo sabes."

"Papá está comiendo con los dedos." Lila se rió a carcajadas. Mary movió la cabeza y miró a Rob.

"¿Podemos tomarnos el helado viendo la tele?" preguntó Tommy.

"¡Sí! ¡Helado! ¡Helado!" Lila se levantó de la silla y se puso a dar saltos.

"Si tu mamá y tu papá están de acuerdo," dijo Riley.

Mary asintió y Riley llenó dos cuencos con una generosa cantidad de helado de vainilla.

"Aquí tenéis. ¿Sabéis cómo funciona el mando?"

"¡Por supuesto!" Lila soltó una risita. "Tengo cinco años."

"Perdona, me olvidé de que ya eres una niña grande." Riley se volvió hacia Rob y Mary una vez que los niños salieron de la cocina. "Son muy dulces."

"Sí que lo son, pero puede que cambies de opinión cuando les suba el azúcar por el helado," bromeó Mary. Miró alrededor de la mesa y arqueó una ceja. "Ahora que los niños se han ido y todo está en calma, ¿vamos a hablar del elefante en la habitación?"

"¿El elefante? ¿Te refieres al vino del sótano?" Quinn se rió. "Sí, me imagino que todos estamos pensando lo mismo. Si esa botella valía cuatro mil..." hizo una pausa y movió la cabeza. "Es una locura. Hay al menos trescientas botellas ahí abajo."

"Si no más," dijo su madre. "Madre mía, no tenía idea de que mi padre fuera tan coleccionista de vinos. Sabía que le gustaba una buena botella, pero no esperaba *eso*."

"¿Qué vas a hacer con eso?" preguntó Mary.

"Eso depende de Riley," dijo Quinn. "Es su casa y su vino, así que..."

"No," la interrumpió Riley. "Es *tu* vino. Él te lo dejó a ti y a tu familia. Ya te lo he dicho varias veces. Deberías hacer que te lo tasen. Sin duda, iría muy bien en una subasta." Por las expresiones de todos, parecían sorprendidos al escucharla decir eso.

La madre de Quinn agitó una mano. "No podemos aceptarlo. Las cosas personales y las fotografías son una cosa, pero como ha dicho Quinn..."

"Y como *yo* he dicho, absolutamente no. Es vuestro y no quiero oír una palabra más sobre esto. Bueno, y ya que estamos con el vino tinto, ¿os apetece otra copa? No será tan bueno como el que acabamos de terminar, pero creo que deberías dejar el vino del sótano en paz por ahora." Riley abrió una botella de vino tinto sin esperar respuesta.

"Gracias." La madre de Quinn sonrió mientras Riley le servía una copa y Quinn sabía que no se refería solo al vino. Sus padres ya no tenían problemas económicos, no como los que habían tenido después de perder su restaurante, pero no eran, ni mucho menos, ricos, así que cualquier ingreso extra les daría algo de alivio. "Bueno, dime, ¿cómo os conocisteis Quinn y tú?"

"De hecho, la primera vez que nos vimos fue en la pizzería de la ciudad. Quinn estaba allí con los niños y luego, unos días después, amablemente me ayudó a traer una escalera del almacén de ferretería."

"Iba a llevárselo a casa en su Mercedes," dijo Quinn con una sonrisa, recordando lo adorablemente indefensa que parecía con sus tacones altos. "No podía dejarla conducir así." Se encogió de hombros. "Y nos hemos visto mucho desde entonces." Cuando su madre las miró a ambas, Quinn supo exactamente lo que se avecinaba.

"Qué bonito. ¿Y estás soltera, Riley?"

"Mamá, te dije que no fueras cotilla," la advirtió Quinn.

"Está bien, no me importan las preguntas personales." Riley se sirvió una última copa de vino, se recostó en su asiento y cruzó las piernas. "Sí, estoy soltera. He estado soltera desde mi divorcio, hace muchos, muchos años."

"¿Y no has tenido ninguna cita desde entonces?" le preguntó Mary con incredulidad.

"Sí he salido pero no he tenido una relación seria en ningún momento. Supongo que nunca he conocido a la persona que me hiciera sentir..." Sus ojos se dirigieron a Quinn por una fracción de segundo y se detuvo. "Simplemente nunca conocí a la persona adecuada."

Quinn notó que no usó términos como "el hombre adecuado" o "material para marido", y sospechando que su madre podría haber notado la conexión, no se atrevió a mirar en su dirección.

"Algún día lo harás. ¿Quizás ahora es el momento?" dijo Mary. "Un nuevo comienzo. Un nuevo hogar. ¿Has probado una aplicación de citas?"

"¡Mary!" Quinn miró a su cuñada con los ojos de par en par.

"¿Qué?" Mary abrió los brazos. "Es una pregunta perfectamente normal."

Al ver que Riley se sonrojaba, Quinn deseó poder hacer que todos dejaran de interrogarla. Era incómodo para ambas y lo único que quería era estar a solas con ella.

"Yo...mmm...lo he hecho," tartamudeó Riley. "O sea, lo he intentado, pero no era para mí. Supongo que prefiero conocer a la gente en persona. Pero tienes razón. Un nuevo comienzo es el momento perfecto para conocer gente nueva y hacer nuevas amistades." Dibujó una sonrisa y volvió a mirar a Quinn. "Y estoy muy contenta de haber conocido a Quinn. Ha sido un gran apoyo en un momento aterrador para mí. Empezar de nuevo es difícil pero ella lo ha hecho más fácil."

"Igualmente." Quinn le devolvió la sonrisa y pensó que era increíblemente dulce que Riley se estuviera mostrando tan abierta con su familia. "No creo que tengas idea de lo que has hecho por nosotros. Estamos muy felices de tener cosas para recordar a nuestro abuelo."

TREINTA Y CINCO

RILEY

"Ha sido un placer conoceros." Riley acompañó a la familia de Quinn hasta la puerta. Había pasado una noche maravillosa y estaba bastante segura de que ellos también. Rob llevaba a Lila, que dormía en sus brazos, y Tommy acababa de despertarse después de haberse quedado dormido durante una película.

"Igualmente, Riley. Muchas gracias, espero volver a verte pronto." La madre de Quinn le dio un largo abrazo y luego miró a Quinn mientras daba un paso atrás. "¿Nos sigues en tu camioneta?"

"Mañana dejaré las cosas que tengo en ella," dijo. "Id vosotros. Ayudaré a Riley a limpiar la cocina."

Cuando Riley cerró la puerta detrás de ellos, Quinn dejó escapar un largo suspiro.

"¿Qué ocurre? ¿Estás bien?"

"Sí. Lo siento por mi madre y Mary. No han dejado de hacer preguntas, a pesar de que les había advertido."

"No me ha importado. He pasado una noche estupenda." Riley se demoró junto a la puerta y la miró. "Sin embargo, tuve la sensación de que tú estabas un poco incómoda, tal vez debido a nuestra..." Vaciló. "Nuestra situación."

"Nuestra situación." Quinn ladeó la cabeza y le lanzó una sonrisa divertida. "Sí, es una situación complicada, ¿no? Parece que no puedo dejar de pensar en besarte, ni siquiera un segundo y..." Cerró los ojos y movió la cabeza. "Lo siento. No debería coquetear contigo. Somos amigas y no quiero estropear las cosas, a menos que lo hayas pensado bien."

Riley la miró fijamente y por fin pudo darse el gusto. Dios, Quinn era atractiva y ni siquiera se daba cuenta de ello. La forma en que estaba ahí parada, con las manos en los bolsillos traseros, como si se estuviera conteniendo, hizo que a Riley le temblaran las piernas. "No quiero que dejes de coquetear conmigo," susurró, y Quinn levantó la vista. Podría ahogarse en esos ojos. "No hay suficientes pensamientos en el mundo que puedan hacerme cambiar de opinión."

Los ojos de Quinn se oscurecieron y el corazón de Riley latía con tanta fuerza que podía sentir el pulso en la base del cuello. Quinn sacó las manos de los bolsillos por un segundo, pero volvió a meterlos mientras la miraba de arriba a abajo. Sus ojos se dirigieron a sus caderas, enmarcadas por los vaqueros ajustados que llevaba, luego a su escote, donde permanecieron un momento antes de posarse en el rostro de Riley, yendo desde su boca hasta sus ojos y de nuevo a su boca, devorándola con la mirada.

Riley acortó la distancia entre ambas hasta que estuvieron tan cerca que podía sentir el cosquilleo del aliento de Quinn contra su nariz. Tenía un toque de vino y Riley nunca había deseado tanto ese sabor. Quería saborearla como había saboreado el Burdeos añejo esa noche y abrirse camino a través de las complejas capas de Quinn hasta encontrar su esencia misma. La parte de ella que aún estaba enterrada.

El pecho de Quinn se agitaba mientras se humedecía los labios, pero seguía sin moverse. Esperando pacientemente como un depredador que atrae a su presa con su belleza, las comisuras de su boca se curvaron en una leve sonrisa. Sabía que Riley vendría a ella y estaba lista para devorarla. La tensión entre ambas era eléctrica mientras permanecían ahí, ninguna de ellas dando rienda suelta a sus ardientes deseos. ¿Era esto un juego de seducción o era el miedo lo que las frenaba? Ambas cosas, sospechaba Riley. Era emocionante y aterrador a la vez. Lo que sentía era tan intenso que, una vez que se besaran, nada volvería a ser igual.

Incapaz de poder contenerse por más tiempo, Riley se inclinó hacia adelante y rozó sus labios con los de Quinn, tan ligero como una pluma cayendo. Esto provocó que se les escaparan suaves gemidos a ambas. Atónita de cómo reaccionaba su cuerpo, Riley respiró hondo y retrocedió un poco. Se agarró al brazo de Quinn para estabilizarse, la sangre se la había subido a la cabeza y se tambaleó. Vagamente registró su respiración entrecortada y el temblor de su mano mientras se apoyaba en Quinn. No había palabras para describir cómo se sentía su cuerpo en ese momento, solo que necesitaba más o moriría. Rindiéndose a su deseo, volvió a inclinarse y ladeó la cabeza para encontrarse con la boca de Quinn. Rozó su mejilla con las yemas de los dedos, separó los labios para tirar suavemente de los de Quinn, explorando su boca, deliciosa y suave.

Quinn gimió y por fin sacó las manos de los bolsillos. Tomó la cara de Riley entre sus manos, la atrajo hacia ella y presionó sus labios con más firmeza. A partir de ahí, el beso fue como un torbellino y Riley se vio arrastrada en él. Quinn la besó, fuerte y exigente, sus dedos entrelazados en su cabello y presionando sus cuerpos. Separó los labios y encontró la lengua de Riley, reclamándola por completo, extrayendo de ella algo que siempre había estado ahí, oculto, latente, esperando que este momento se revelara. Un calor se extendió por el pecho de Riley. Se retorció de deseo mientras se entregaba a las manos de Quinn. Sus labios ahora en el cuello de Riley y su muslo encajado entre los de ella. Lo sintió en todas partes. Un millón de pensamientos y emociones en un momento, mil mariposas y una ráfaga de endorfinas dominando sus sentidos cuando Quinn la empujó contra la pared y la cubrió con su cuerpo, encontrando su boca de nuevo en un beso hambriento.

Riley deslizó sus manos bajo la camisa de Quinn para encontrar su piel cálida y suave. Se sentía bien, y al darse cuenta, casi se volvió demasiado, demasiado abrumador, demasiado intenso. Pero no podía parar y fue Quinn quien finalmente retrocedió un paso y llevó una mano a sus labios mientras la miraba fijamente.

"¿Qué ha sido eso?" susurró.

"Sí." Riley se apoyó contra la pared porque sentía las piernas como un helado. Se estaba derritiendo, y si no se estabilizaba, se convertiría en un charco a los pies de Quinn. "Ha sido..." Su voz se apagó cuando se encontró con los ojos de Quinn.

Quinn asintió y retrocedió unos pasos más. "Probablemente debería irme."

"No tienes que irte. Puedes..."

"Es mucho," la interrumpió Quinn. "No me arrepiento de nada, es solo que..." Movió la cabeza y sonrió. "Quiero hacer esto bien. ¿Puedo invitarte a salir?"

"¿Una cita?" Riley tragó saliva mientras la observaba. Parecía estar tan acalorada como ella, solo que estaba claro que ella tenía más control. Los labios le ardían por la apasionada sesión de besos y le costaba pensar con claridad. Sí, por supuesto, una cita. Es lo que hacían las personas cuando se gustaban, tener una cita. Evidentemente, lo mismo contaba para dos mujeres. "Sí," dijo. "Me encantaría tener una cita contigo. Pero que sepas que me estás torturando por irte."

"Tampoco es fácil para mí, créeme." Quinn levantó ambas manos mientras retrocedía hasta la puerta. "Y gracias por hoy." Dudó y se mordió el labio como si se muriera por decir algo más, pero salió rápidamente antes de que Riley tuviera oportunidad de protestar.

"¿Y?" Lindsey mordió el trozo de pastel de zanahoria que había entre ellas mientras miraba a Quinn desde el otro lado de la mesa en la heladería. "¿Cómo fue estar con tu familia en la Casa Aster? Debió ser incómodo. ¿Y cómo estuvo Riley con ellos?"

"De hecho, pasamos un día realmente agradable." Quinn dio un sorbo a su café distraídamente. Era difícil mantener una conversación cuando lo único en lo que podía pensar era en ese beso. "Creo que fue catártico para mi madre y Riley nos preparó una cena deliciosa." Se miró el reloj, buscando una salida. "Y duró hasta tarde, así que necesito recuperar sueño antes de volver al trabajo mañana. Debería irme pronto."

"Oh, vamos, son solo las cuatro de la tarde, así que no me pongas excusas." Lindsey ladeó la cabeza. "Parece que tienes algo en la cabeza. Escúpelo." Entrecerró los ojos y sus labios formaron una sonrisa de burla. "¿Tiene algo que ver con Riley?"

Quinn odiaba que Lindsey la conociera tan bien. "Le he

pedido una cita," admitió, dejando de lado el beso, que la había impactado como ningún otro beso antes.

Lindsey abrió los ojos de par en par cuando se recostó en su silla y la miró con total incredulidad."No lo hiciste."

"Sí, lo hice. Y ella aceptó. Le envié un mensaje esta mañana. Vamos a salir el sábado."

"¿Y sabe que es una cita-cita?"

"Sip." Quinn se encogió de hombros. "Así que eso es lo que tengo en la cabeza."

"Vaya. No pensé que lo haría, por muy persuasiva que seas," dijo, dando un palmetazo en la mesa. "¿Cuál es el misterio que tienes con las mujeres heteros? ¿Qué es, que yo lo no veo?"

"Somos amigas. Nunca coquetearía contigo," dijo sonriendo. "Pero si lo hiciera, te prometo que te convertiría en segundos y nunca volverías con los hombres," bromeó.

"Eso es asqueroso, Quinn. No quiero ni pensarlo siquiera," dijo, haciendo una mueca. "En serio, puaj..."

Quinn se rió. "Gracias por el cumplido. Y respondiendo a tu pregunta, no hay ningún misterio entre Riley y yo. Nos gustamos y hay atracción."

"Bueno, eso es genial y Riley me gusta mucho, pero dijiste que nunca volverías a tener una cita tan cerca de casa."

"Sí, sí que lo dije." Después de Rebecca, Quinn había jurado que nunca volvería a salir con alguien que viviera en Mystic. Si salía mal, era difícil evitar a la otra persona y no tenía energía para lidiar con más cotilleos. "Pero he cambiado de opinión."

Lindsey asintió. "Entonces, el sábado...ya lo entiendo. Esperas tener suerte para poder quedarte a dormir cuando no tengas trabajo por la mañana."

"No," mintió Quinn de nuevo. "El sábado es simplemente una buena noche para una cita."

"Hmm. ¿Dónde la vas a llevar? ¿Algún sitio de Mystic? Seguro que tiene gustos caros. ¿Ha estado con una mujer antes? ¿Estás segura de que no cree que es solo una cena de amigas?"

"Vale, basta de preguntas." Quinn se echó a reír. "Sí, la llevaré a algún lugar de aquí, no, no tiene la costumbre de salir con mujeres y sí, estoy segura de que está al tanto de mis intenciones."

"¿Así que habéis estado coqueteando?"

"Sí. Por un tiempo."

"Por eso preguntabas por ella la otra noche cuando estábamos en nuestras aplicaciones de citas." Lindsey partió el último trozo de pastel por la mitad y le dio su parte a Quinn. "Es la primera vez que te oigo hablar de una mujer de esta manera. Tampoco parece algo que hagas por impulso. Es como si realmente quisieras conocerla, como que vas en serio con ella."

"No quiero estropearlo," dijo Quinn. "Y antes de que preguntes, sí, me preocupa que afecte a nuestra amistad y sí, desde luego existe la posibilidad de que ella cambie de opinión, pero me ocuparé de eso si llega el momento." Los nervios se apoderaron de ella mientras tomaba un sorbo de café. La anticipación era una experiencia nueva, normalmente actuaba por impulsos. Bueno, suponía que *había* actuado así. Pero irse después de ese beso había sido una de las cosas más difíciles que había hecho. "Por ella merece la pena arriesgarse."

"Guau. Esas son palabras mayores." Lindsey la apuntó con un dedo. "Típico. De todas las mujeres en el mundo que podrías tener, te enamoras de la mujer hetero que te robó tu casa."

"Ella no me robó mi casa."

"Nunca lo dijiste así, pero sé que lo pensabas."

Quinn no respondió porque su amiga tenía razón. Había estado dispuesta a que Riley no le gustara desde el principio, pero al verla tan adorablemente indefensa en el almacén, no había tenido el valor de ignorarla. Si hubiera pasado de largo, no se habrían hecho amigas, y no estaría en la posición en la que se encontraba ahora, nerviosa como una adolescente e incapaz de funcionar hasta el sábado, que parecía estar a años luz de distancia. Ansiosa por dejar de pensar en su próxima cita, preguntó "¿Qué pasó con Nick, el friki de la vida sana? ¿Recibiste alguna respuesta?"

Lindsey hizo un puchero. "Charlamos un rato esa noche, pero luego empezó a hacerme preguntas complicadas sobre deportes y nutrición porque le había dicho que había sido atleta y las cosas se complicaron porque tenía que buscar todo en Google antes de responder. De todos modos, se fue al día siguiente, así que eso fue todo. Ahora estoy hablando con un tipo nuevo. Se llama Marcellus y vive en un radio de ocho kilómetros, pero no especificó dónde. Parece muy agradable."

"Oh. ¿Puedo ver una foto?"

Lindsey buscó en su teléfono y le mostró el perfil.

"Lindsey, te das cuenta de que esta no es una persona real, ¿verdad?" Estudió la imagen, que parecía sacada directamente de un catálogo de cabellos de los años noventa que solía hojear en la peluquería.

"No, dijo que era él," dijo Lindsey en su defensa. "Me envió otra foto, pero no está en su perfil. Espera..." Buscó por entre la larga conversación que habían mantenido y por fin encontró la foto que Marcellus le había enviado. "Esta la tomó durante sus vacaciones en Barbados. Todavía está allí."

"Es una foto de su espalda. Ni siquiera puedes verle la cara." Marcellus estaba de pie en una playa, mirando al mar. Era musculoso y estaba bronceado y ahora Quinn se sentía más escéptica.

"Es él, ¿vale?"

"Vale, lo que tú digas." Quinn estaba convencida de que era una ilusión por parte de Lindsey pero estaba bastante segura de que, en el fondo, Lindsey era consciente de eso. "Bueno, ¿te verás pronto con el semental?"

"Cuando vuelva de sus vacaciones, sí. Simplemente lo extendió una semana más porque también tenía que atender unos asuntos allí. Es abogado."

"¿Abogado?" De repente Quinn se sintió protectora con su amiga. Estaba claro que la estaban engañando. De ninguna manera había un abogado soltero y guapo que viviera tan cerca sin que fuera de conocimiento público, su comunidad era demasiado pequeña para eso. "Solo ten cuidado con él," dijo. "Y avísame cuando te veas con él y adónde vas."

Los días y las noches pasaban muy lentamente y Riley estaba inquieta como nunca antes. Para no pensar en la cita, había terminado el salón y el despacho y comenzado el pasillo. Trabajar desde abajo hacia el piso superior parecía lo lógico. Mientras la parte principal de la casa estuviera habitable, no había prisa por terminar ninguno de los dormitorios hasta que su hermana confirmara cuándo iría con Mindy.

Ahora que había quitado el papel de la pared y lo había pintado de blanco, el pasillo parecía aún más desnudo. Había quitado también la alfombra antigua de la gran escalera y había lijado los escalones y, aunque se veía limpio, que era lo que había pretendido, también parecía la entrada de una clínica elegante. Necesitaba cosas – cuadros, accesorios, alfombras –, cualquier cosa que le hiciera parecer un hogar y eliminara el eco de sus pasos.

Riley estaba pensando en comprar muebles, pero no tenía idea de por dónde empezar. Cualquier cosa moderna parecería fuera de lugar y encontrar las piezas adecuadas llevaría tiempo. Se había preguntado cómo quedaría el espacio con los muebles del sótano. Después de todo, solían estar aquí y probablemente encajarían muy bien. ¿Tenía que pedirle permiso a Quinn para hacerlo? Creía que no. No importaba si los guardaba en el sótano o aquí. Quinn podría cogerlos cuando quisiera.

Alguien llamó a la puerta, la abrió y se encontró a Gareth allí. Había estado yendo dos veces por semana desde que lo había contratado y había hecho un trabajo fantástico.

"Hola," dijo Riley. "¿Necesitas algo? ¿Un café? ¿Agua?"

"No, gracias, estoy bien." El joven le mostró una gran sonrisa. "Solo necesito saber qué quiere hacer con las rosas."

"¿Rosas? No sabía que las tenía," dijo Riley con una risita.

"Sí, están junto a la orilla del río. Son trepadoras, así que necesitan algo a lo que agarrarse. Sospecho que solía haber una valla que conducía al agua. Las rosas trepadoras tienen raíces resistentes y crecen muy bonitas, así que sería una pena arrancarlas."

"Está bien, iré a echarle un vistazo." Riley lo siguió fuera descalza. A menudo ya no se preocupaba por llevar zapatos porque pasaba la mayor parte del tiempo en su propiedad y le gustaba sentir la espesa hierba bajo sus pies. "¿Crees que debería poner una valla con enrejado para las rosas?"

"No hace falta una valla si no tiene hijos. Solo le taparía la vista, pero podría considerar comprar una pérgola de madera. En mi opinión, un espacio con sombra a la orilla del río estaría bien."

Riley pensó en ello mientras Gareth le señalaba los tallos de rosas que salían del césped.

"Sí, me gusta la idea," dijo. "¿Sabes dónde puedo comprar una?"

"Si me da el dinero, puedo comprarla y traerla de

camino la próxima vez que venga. Paso por el vivero todos los días, así que no es ninguna molestia." Se pasó una mano por el pelo rubio que le llegaba hasta los hombros y se rascó la barba incipiente de la barbilla.

"Gracias, eres muy amable." Riley se imaginó sentada bajo las rosas y en sus nuevas fantasías románticas, Quinn estaba a su lado. Al darse cuenta de que estaba sonriendo, miró hacia otro lado. "Me gustará cualquier sugerencia que hagas. ¿Qué más crees que deberíamos hacer?"

"Probablemente pueda poner en funcionamiento sus fuentes hoy, si quiere," dijo Gareth. "Sé un par de cosas sobre fuentes." Se volvió hacia la casa. "Y podría guiar algunas de las enredaderas hasta la parte trasera de la casa. Requieren mucho mantenimiento, pero con este jardín tan grande, necesitará un mantenimiento regular de todos modos, ya sea conmigo o con otra empresa, así que podría hacer también un esfuerzo adicional."

"Perfecto, hagamos eso entonces. Me gustaría que siguieras tú, si tienes tiempo," dijo Riley. "Haz lo que quieras, es tu lienzo en blanco. No sé nada sobre trabajos de jardinería, así que confío en tu opinión."

Gareth pareció encantado con el comentario. "Gracias, señorita Moore. Lo acepto con mucho gusto."

"Riley. Por favor, llámame Riley." Le pasó la mano por el hombro. "¿Conoces a algún tipo fuerte que pueda ayudarme a subir algunas cosas del sótano esta semana? Me gustaría subir algunos muebles pero es un trabajo de dos personas y no puedo hacerlo yo sola."

Gareth se encogió de hombros. "Yo mismo podría ayudarte con eso. Tengo bastante trabajo para hoy, pero podría volver mañana si te viene bien."

Riley le lanzó una mirada de sorpresa. "¿Estás seguro? ¿No te importa hacer otras cosas además del jardín?"

"No, me gusta estar ocupado. Eres mi tercera cliente, y la más importante, la verdad, así que, mientras tenga tiempo, me gustará ayudarte con cualquier cosa. Necesito el negocio porque soy principiante y todo eso." Sonrió agradecido. "He puesto anuncios por todos lados pero conseguir clientes nuevos está siendo difícil. Si no fuera porque mi tía Lindsey me recomienda, estaría trabajando todavía en el parque comercial."

"Bueno, pues ahora tienes una cliente nueva a largo plazo. Tu tía tiene razón. Eres muy bueno en lo que haces." Riley miró hacia atrás cuando oyó un coche acercándose a las puertas. "Espera un momento. Será Tammy. La voy a entrevistar para que sea mi asistenta."

"Conozco a Tammy," dijo Gareth. "Solía salir con mi amigo." Saludó a Tammy con la mano. "Es una buena chica."

"¿Es buena?"

"Limpiando no tengo ni idea, pero desde luego es de fiar."

"Gracias. Eso me ayuda mucho," dijo Riley sonriendo. "Bueno, voy a reunirme con Tammy y te dejo que sigas con tus cosas."

TREINTA Y OCHO

QUINN

"Hola." Quinn sonrió tímidamente mientras le entregaba unas flores. "Te debo otra disculpa. Se me olvidó completamente que tenía que ayudarte a limpiar antes de irme la semana pasada. No estaba para eso exactamente después de..." hizo una pausa. "Ya sabes."

"No pasa nada. No era mucho."

Riley se sonrojó y miró las flores, que habían adquirido un significado completamente diferente a la última vez que Quinn lo hizo. Muchas cosas debían estar pasando por la cabeza de Riley en este momento.

"Deja que las ponga en agua y vuelvo en un minuto." Dudó cuando sus ojos se encontraron con los de Quinn. "¿O prefieres entrar?"

"Está bien, esperaré aquí," dijo Quinn, sabiendo que lo más probable era que, tan pronto como entrara, se besarían de nuevo en el pasillo. "Estás preciosa, por cierto."

"Gracias. Tú también." Riley se rió nerviosa mientras la miraba. "¿Puedo decir eso? ¿O debería decir atractiva? No tengo idea de cómo funciona esto."

"Puedes decir lo que quieras." El corazón se le derritió

con el inocente tartamudeo de Riley. Estaba claro que no sabía cómo manejar la situación y, por lo que le había dicho, no había tenido muchas citas, ni siquiera con hombres. Al mirar el pasillo, vio que las paredes estaban desnudas. "¿Cómo demonios has hecho eso?" preguntó, señalándolo cuando Riley volvió.

"Usé la escalera," dijo Riley como si no fuera nada. Estaba deslumbrante con su vestido negro ajustado, los tacones altos y una gabardina negra. Sus labios estaban cubiertos de una capa de brillo rojo que hizo que el sexo le palpitara. "Lo arranqué por completo y alcancé la parte de arriba poniéndome de puntillas."

"Vale...Eso es peligroso. Eso lo sabes, ¿no? El techo del pasillo es demasiado alto para hacerlo tú sola."

"Puse dos colchones debajo por si me caía. Me pareció excesivo alquilar unos andamios." Riley se encogió de hombros alegremente. "Lo conseguí y estoy muy orgullosa de mí."

"Debes estarlo. Pero, por favor, no te subas otra vez cuando vayas a pintar. No me siento cómoda contigo haciendo eso."

"¿Estás preocupada por mí?" preguntó Riley, cerrando la puerta tras ella y cruzando los brazos mientras caminaba. No hacía frío pero parecía que no sabía qué hacer con las manos. O tal vez era que no estaba segura de cómo saludar a Quinn.

"Por supuesto que me preocupo cuando hace esas acrobacias. No quiero que te pase nada." Quinn la besó en la mejilla y puso una mano en su espalda mientras se dirigían al coche.

"Eres un encanto." Riley se sonrojó y sonrió mientras la miraba. "¿Eso es tuyo?" preguntó, señalando el Chevrolet.

"Sí. No lo uso muy a menudo." Quinn se rió entre

dientes mientras le abría la puerta. "No te dejaría subir a una camioneta con un vestido así. Sería un pecado."

Riley se rió y se arregló el vestido mientras se acomodaba en el asiento del acompañante. "Mi primera cita en años...Vaya noche."

Quinn se deslizó en el asiento del conductor. "¿Porque tienes una cita con una mujer?" preguntó mientras ponía el coche en marcha.

"Sí..."comenzó Riley. Quinn recorrió el largo camino hasta la carretera principal, luego giró a la izquierda hacia el puente levadizo. "Pero, sobre todo, porque voy contigo," continuó Riley un momento después. "Estoy emocionada. ¿A dónde vamos?" Movió la cabeza. "No es que importe mucho. Cenaría igual de bien en tu barca o en mi cocina."

"Quería llevarte a un sitio agradable. Hay un restaurante de pescado al final del muelle en el puerto, The Harbor House. Es el que solían llevar mis padres." Sonrió mientras la miraba de reojo. "Sigue siendo muy bueno. Mi madre afirma que ha ido cuesta abajo desde que se lo quitaron, pero no estoy de acuerdo. Pero no les digas que hemos estado allí cuando los vuelvas a ver. Prácticamente me prohibió que pusiera un pie allí, así que sería una traición."

"No diré una palabra." Riley la miró a los ojos con una mirada divertida. "¿*Cuando* los vuelva a ver? ¿Te refieres a cuando el tasador venga a valorar la colección de vinos?"

"No solo eso. Les gustaste de verdad. Mi madre y mi hermano me han estado diciendo que te lleve a cenar a sus casas. Quieren devolverte el favor." Mientras cruzaban el puente, Quinn quitó la mano del volante por un momento y la puso en el brazo de Riley. "No es nada oficial, te lo prometo. No saben que estamos saliendo hoy, así que no hay presión. Simplemente pensaron que eras una mujer encantadora, eso es todo, y quieren agradecerte tu amabilidad."

Riley sonrió. "Y yo pienso que fueron absolutamente maravillosos. Pasé una noche fantástica. Y conecté con Mary, por cierto."

"Sí, a Mary también le gustas. De hecho, es amiga íntima mía. La conocía antes de que saliera con mi hermano."

"¿Y eso no causó nunca alguna fricción?"

"No precisamente. Siempre hemos estado muy unidas y tiende a ponerse de mi parte cuando discuto con mi hermano." Quinn condujo el coche hacia una calle lateral paralela al muelle y aparcó frente a un precioso edificio grande y majestuoso. "Aquí estamos." Rodeó el coche para abrirle la puerta a Riley, quien se rió mientras salía.

"Me estás abriendo la puerta," dijo, constatando lo obvio.

"¿Te molesta?"

"No. Me gusta." Riley sonrió de manera coqueta y miró al restaurante. "Esto parece elegante. He visto el edificio desde el jardín trasero pero supuse que era una casa."

"No. El mejor restaurante de pescado de toda la zona y sus alrededores."

Quinn había reservado una mesa en la esquina junto a la ventana y, en lugar de sentarse frente a ella, Riley tomó asiento a su lado en el banco. Las luces estaban tenues y había velas encendidas en la mesa. The Harbor House siempre había sido un establecimiento romántico, pero los nuevos propietarios habían hecho todo lo posible para hacerlo especial. Un pianista tocaba melodías clásicas detrás de un piano de cola y habían implementado un servicio de plata, con camareros en trajes blancos y un sumiller que parecía haber salido directamente de una novela de Agatha Christie.

"¿Les gustaría empezar con una copa de champán?" preguntó, entregándole la carta de vinos.

"Sí, por favor. Y tomaremos una botella de Chablis con la cena." Quinn se volvió hacia Riley. "¿Si te parece bien?"

Riley asintió. "Suena bien. Agradezco que alguien tome las decisiones por mí. No estoy acostumbrada," susurró cuando se fue el sumiller. "Eres más galante que cualquier hombre con los que he salido."

"Está claro que has estado saliendo con los hombres equivocados."

"Claramente." Riley se acercó hasta que estuvo justo al lado de ella y cruzó las piernas. "Siempre he sido la que está a cargo de las cosas, pero me gusta así. Me hace sentir... deseada, supongo. Como que me cuidan."

Quinn sintió que su sexo volvía a palpitar y no podía apartar los ojos de las piernas de Riley. Eran largas y elegantes con esos tacones matadores y se la imaginó llevándolos puestos en la cama. "¿No te sientes incómoda teniendo una cita conmigo públicamente?" preguntó.

"No..." Riley hizo una pausa mientras su mirada se dirigía a su boca.

La noche no podía pasar lo bastante rápido.

LA VELADA HABÍA SIDO ÍNTIMA, llena de comida deliciosa, conversaciones con un toque de flirteo, y roces deliberados que habrían parecido casuales a cualquiera que las hubiera visto pero, para Quinn, estaban cargados con la promesa de más por venir. Dio el último bocado a su langosta antes de que el camarero recogiera la mesa y notó que Riley estaba perdida en sus pensamientos mientras contemplaba el río.

"¿Qué estás pensando?" preguntó, poniendo una mano en el muslo de Riley.

Riley la miró a los ojos mientras jugueteaba con su servilleta. Parecía un poco aprensiva, nerviosa incluso. "¿Cómo es? ¿Estar con una mujer?"

"Lo mismo que con un hombre, me imagino," dijo Quinn. "Aunque no estoy segura porque nunca lo he probado." Se encogió de hombros. "Supongo que depende de la persona con quien estés. Alguna gente funciona en la cama y otras no. Si hay química, puede ser espectacular." Le mantuvo la mirada y sonrió cuando vio que Riley respiraba profundamente. "¿Nunca has tenido buen sexo con alguien con quien tenías química?"

"No puedo decir que lo haya hecho." Riley tragó saliva con los ojos puestos en la mano de Quinn, que descansaba en su muslo.

"Entonces te lo has estado perdiendo." Quinn le apretó el muslo suavemente. "A mí me gusta estar al mando," continuó, sabiendo que la conversación estaba excitando a Riley. "Si a mi compañera de cama también le gusta eso, normalmente es bueno." Sonrió. "Realmente bueno."

"¿Qué quieres decir con estar al mando?" Los ojos de Riley se oscurecieron y se movió un poco contra ella, separando los muslos cuando los dedos de Quinn se abrieron y se curvaron hacia dentro.

"Puede significar muchas cosas, pero sobre todo quiere decir que me encanta complacer."

Riley volvió a tragar saliva. "¿Cómo?"

"Supongo que tendrás que descubrirlo..." Quinn vio que la respiración de Riley se entrecortaba de nuevo y apretó su muslo con más fuerza. "Como te he dicho, mi meta es complacer. No hay por qué estar nerviosa."

"Hmm..." Su respiración era rápida ahora y Quinn

sintió que le temblaba la pierna. "Nunca he estado con alguien así. Alguien que no antepone su propio placer. Los hombres tienden a hacer eso."

"¿Tienes curiosidad por saber cómo es con una mujer?" Quinn movió su brazo y lo puso sobre el respaldo del banco, lo posó sobre los hombros de Riley y jugueteó con un mechón de su pelo."Algo me dice que sí."

Riley no respondió de inmediato pero se apoyó sobre Quinn, buscando el contacto. "Por supuesto," dijo finalmente. "Siento curiosidad por ti. Cuando estoy contigo, mi cuerpo emite unas señales intensas. Me excita y me asusta a partes iguales."

"¿Está ocurriendo ahora mismo?" preguntó Quinn, inclinándose para susurrarle al oído. "Porque la idea de tenerte me está poniendo increíblemente mojada." Sus labios dibujaron una sonrisa cuando Riley se estremeció contra ella. Al darse cuenta de que parecía que iban a saltar la una sobre la otra, se alejó un poco y se irguió. "Quizás deberíamos dejar esta conversación para otro momento. ¿Te apetece postre?"

Riley la miró fijamente con los muy abiertos y negó con la cabeza. "No," susurró. "Quiero ir a casa. Contigo," añadió, encontrándose con la mirada de ella. "¿Te apetece postre *a ti*?"

Quinn se rió entre dientes. "Solo si me dejas lamerlo de tu cuerpo, pero no creo que aprecien ese tipo de comportamiento aquí."

"Lamento interrumpir." Un camarero apareció en su mesa. "Esta noche habrá tormenta, así que las quiero avisar por si se dirigen al otro lado del río. Puede resultar complicado cruzar el puente más tarde si los vientos son demasiado fuertes. La advertencia meteorológica acaba de cambiar a ámbar."

"Por supuesto, la tormenta..." Quinn lo había visto en las noticias, pero las tormentas rara vez eran tan graves como predecían, así que ni siquiera lo había pensado dos veces. "¿Ámbar?" frunció el ceño. "Está bien, entonces supongo que será mejor que nos vayamos."

"Muy bien, les traeré el cheque."

Riley parecía desconcertada mientras miraba por la ventana. "Parece tan tranquilo fuera."

"Sí. Todavía está tranquilo, pero tiene razón. Si el aviso es ámbar, probablemente deberíamos ponernos en marcha. Las cosas en el río pueden ponerse muy difíciles."

TREINTA Y NUEVE

RILEY

"Me lo he pasado muy bien," dijo Riley mientras Quinn detenía el coche fuera de la Casa Aster. "De hecho, ha sido, con diferencia, la mejor cita que he tenido nunca."

"¿De verdad? Lo tomaré como un cumplido." Quinn se giró y pasó el brazo por el respaldo del asiento del acompañante de una manera que rayaba lo arrogante. A Riley le gustaba que Quinn fuera tan resuelta y estuviera tan segura de sí misma. Después de años en que era ella quien siempre estaba al mando, era agradable dejar que otra persona lo hiciera. "Yo también lo he pasado muy bien. El viento aún no ha empezado, así que puedo llegar bien a casa."

Riley asintió mientras miraba fijamente la boca de Quinn. La boca que había estado sobre la suya y que había provocado fantasías en su mente durante toda la semana. La boca que le había besado como si ella fuera todo lo que importaba. Quinn se lamió los labios haciéndolos brillar a la luz de la luna. Había tanto silencio que Riley sintió que tenía que hablar en voz baja. *El silencio antes de la tormenta.* "¿Entras a tomar una copa?" preguntó.

Quinn se rió entre dientes y sonrió. Era tan atractiva

cuando sonreía, irradiaba seguridad y sus ojos oscuros brillaban. "No me lo estás poniendo fácil." Hizo una pausa, manteniéndose cerca de ella. "¿Quizás la próxima vez? Me dejé llegar un poco con el flirteo en el restaurante, pero creo que deberíamos tomarlo con calma. Quiero hacer esto bien."

Riley se inclinó y apoyó su frente contra la de ella. Su cuerpo estaba en llamas y necesitaba a Quinn ahora. "Y sin embargo, siento que todo esto está bien," susurró, cerrando los ojos, apreciando la cercanía. "No puedes excitarme hablándome como lo has hecho toda la noche y luego irte. No es justo."

"Hmm..." Quinn no retrocedió y la respiración de ambas se aceleró. *Dentro. Fuera. Dentro. Fuera.* Era el sonido del puro deseo. *Dentro. Fuera. Dentro. Fuera.*

Los labios de Riley se abrieron y se le escapó un gemido. Estaba ardiendo solo con estar cerca de Quinn. "Te deseo." Tragó saliva y se apartó para mirarla. "Te necesito." Ladeando la barbilla hacia ella, encontró sus labios y Quinn no pudo resistirse más. Cayó sobre ella, reclamando su boca. Y entonces, las manos de Quinn volvieron a estar sobre ella, pasando sus dedos por su cabello con ternura y llevándolos hasta su cuello.

Riley pasó sus dedos por los hombros de ella, por sus brazos, por su espalda. Ansiaba volver a sentir la calidez de su piel. "Entra, por favor," murmuró. "Sabes que no podemos parar esto. Ahora no."

EL DORMITORIO de Riley no parecía tan intimidante esta noche. No se mantendría despierta durante horas, poniéndose tensa con cada ruido y lamentando las malas decisiones que había tomado en la vida. Dejó las luces apagadas al cerrar la puerta, aislándose del mundo exterior. Esta noche, esta habitación era un espacio seguro, y la casa parecía más amigable, incluso romántica. Encendió dos velas en su mesita de noche y su corazón empezó a latirle con fuerza al ver sombras que parpadeaban en el techo, dejando un brillo inquieto en la oscuridad. No tenía miedo, no en el sentido literal, pero era consciente de que su vida estaba a punto de cambiar. De que todo estaba a punto de cambiar.

Se giró y miró a Quinn. Su hermoso rostro, besado por la luz de las velas, su espeso cabello, que caía sobre un lado de la frente, su cuerpo, que ansiaba con cada fibra de su ser, envuelto como un regalo con sus vaqueros ajustados y su camisa blanca, que insinuaba escote. No podía esperar a desenvolver ese regalo porque Quinn era todo lo que nunca supo que quería, un regalo del universo que había llegado a su vida en el momento perfecto, cuando estaba lista para sentir y aceptar cosas que antes parecían impensables.

Quinn cerró la distancia entre ellas y le rozó la mejilla mientras la miraba intensamente, como si quisiera comérsela entera. "Eres preciosa, Riley." Le subió la barbilla y se inclinó para besarla, mordiendo suavemente su labio inferior y tirando de él mientras la envolvía en sus brazos y los bajaba hasta su trasero.

Riley contuvo la respiración cuando Quinn la apretó contra ella. El dominio que tenía sobre ella, la reacción que provocaba, era de otro mundo. Era otro tipo de intimidad que Riley tenía que aprender aún, una sensación que la llevaba a un lugar desconocido.

"Tómame," murmuró, aferrándose a la camisa de Quinn. Quería quitársela. Quería sentir el calor de su piel contra la suya y derretirse juntas.

Ante esta declaración de Riley, Quinn la empujó hacia

la cama y le agarró el cuello mientras la bajaba sobre el colchón. Era mucho más fuerte de lo que parecía y no fue difícil hacerla bajar con delicadeza. "¿Estás segura de esto?" Su expresión cambió cuando se puso sobre Riley. Estaba al mando y era increíblemente sexy. "Porque podemos esperar."

"Sí. Estoy segura." Riley se movió un poco hacia atrás para quedar en medio de la cama, con el pulso acelerado y el corazón latiéndole con fuerza.

"¿Qué te gusta?" preguntó Quinn, pasándole un dedo desde el cuello hasta el escote. "¿Te gusta suave?" Pasando el dedo por el borde del sostén, la miró mientras lo metía y jugueteaba con el pezón antes de pellizcarlo con fuerza. "¿O te gusta fuerte?"

El pecho de Riley se disparó hacia arriba al sentir un dolor delicioso y negó con la cabeza. "¡Joder! Cualquier cosa...No lo sé." Con la mano de Quinn en su pecho, se le quedó todo en blanco, excepto la sensación del contacto y cómo la hacía sentir.

"¿No lo sabes?" Quinn apretó su pecho y Riley jadeó de placer. "Supongo que tendré que descubrirlo, pero algo me dice que te gusta un poco de presión." Le subió el vestido, metió el muslo entre sus piernas y, cuando empujó contra ella, Riley casi pierde el control. Sí, le encantaba la presión, acababa de darse cuenta. Y le gustaba especialmente lo resuelta que era Quinn en cualquier cosa que hacía. En este momento, aceptaría cualquier cosa que Quinn estuviera dispuesta a darle.

"Sí, algo de presión está bien," dijo finalmente entre gemidos. Le encantaba sentir el peso del cuerpo de Quinn sobre ella.

"Vale..." Quinn levantó la cabeza y sonrió. "¿Te gusta esto? Es solo el principio..." Tomó sus muñecas y las llevó sobre su cabeza, sujetándolas con firmeza con una mano mientras la otra se deslizaba de nuevo bajo el sostén. "¿Y te gusta *esto*?" Arqueando una ceja, Quinn se mordía el labio mientras la veía retorcerse.

"Ajá." Riley no podía hablar por la excitación. Estaba ardiendo, palpitando y retorciéndose, maravillándose de cómo Quinn había logrado descubrir lo que deseaba en cuestión de segundos.

"¿Quieres que te suelte?"

"No." Si había algo de lo que Riley estaba segura era que le encantaba estar inmovilizada. El que estuviera a merced de Quinn la volvía loca y, en algún lugar de su mente, se preguntó por qué nunca antes había llegado a esta conclusión. Quizás porque nunca se había sentido tan conectada con los pocos amantes que había tenido. Quinn y ella estaban en sintonía emocional, física y espiritualmente. Aún así, se sentía también vulnerable.

Quinn llevó su boca hasta su oído e inspiró profundamente contra su cabello. "Creo que ya te he pillado," susurró en tono burlón.

El aliento de Quinn en su oído la hizo retorcerse. Había tantas cosas que quería decir y pedir, suplicar incluso, que no sabía por dónde empezar.

"Así que voy a darte lo que necesitas, y si quieres que pare, solo dímelo." Quinn le subió más aún el vestido, manteniéndola sujeta con la otra mano. "¿Lo harás?"

"Ajá." Riley era incapaz de formar una frase. Contuvo la respiración cuando Quinn le quitó completamente el vestido, dejando al descubierto su lencería negra.

"Dios, eres preciosa." La soltó durante un momento y le rodeó la espalda para desabrocharle el sujetador y quitárselo. "He tenido muchas fantasías haciéndote tantas cosas..." Hizo una pausa mientras sus ojos bajaban a los pechos pequeños de Riley. "Muchas, muchas cosas."

En un reflejo, Riley llevó sus manos a la cara de Quinn, pero ésta rápidamente volvió a cogerle las muñecas y a sujetarla sobre su cabeza. "No te muevas, Riley. Entrégate a mí. Te prometo que no te arrepentirás."

CUARENTA
QUINN

Riley se puso tensa mientras Quinn la miraba con hambre. Sus ojos reflejaban una inmensa excitación y una sensación de conciencia, pero también un destello de nerviosismo y vulnerabilidad. Quinn se volvía loca cuando las mujeres la miraban así, era casi más satisfactorio que el propio acto en sí. Le encantaba tener el control. Dirigía su propia empresa, le gustaba estar soltera para poder vivir su vida como ella quería y ese mismo control se extendía al dormitorio.

Quinn nunca se había preguntado por qué sentía la necesidad de tener el control, pero ahora se le cruzó por la cabeza durante un breve momento. Era curioso que quisiera tener ese poder incluso ahora, con Riley, a quien confiaba su vida.

El pecho de Riley se disparó de nuevo cuando Quinn rozó sus senos, pasando las yemas de sus dedos sobre sus pezones tan suavemente que apenas los tocaba, pero Riley temblaba con cada roce. Orgullosa de ser buena dando placer, Quinn quería darle una noche que nunca olvidaría.

"¿Puedo quitarte esto?" preguntó, tirando del fino elástico de las bragas de Riley que seguía la curva de sus caderas. Cuando lo soltó e impactó en su piel, Riley se estremeció.

Riley asintió y levantó las caderas para que Quinn pudiera bajarlas. Le temblaban las piernas, pero mantuvo los brazos sobre la cabeza mientras seguía cada movimiento de Quinn. "Quiero sentir tu piel," murmuró con una mirada de súplica.

Quinn sonrió y se levantó para desvestirse. Solo la idea de cubrir el cuerpo de Riley con el suyo provocaba espasmos entre sus piernas. Tumbada ahí, desnuda, la belleza de Riley irradiaba por todos sus poros y Quinn absorbió sus curvas y su piel con todos sus sentidos. Sus pechos pequeños y excitados, sus piernas y su cintura bien defini- das, la franja de pelo entre sus muslos por la que Quinn se moría por pasar la lengua, su cuello elegante, sus labios del color de las rosas silvestres, sus grandes ojos marrones llenos de deseo y sus mechones de pelo largos y oscuros que caían sobre las almohadas como una corona.

Quinn se lo tomó con calma, su mirada fija en Riley mientras se quitaba las capas de ropa. Los ojos de Riley se oscurecieron mientras la observaba y un gemido suave salió de sus labios. Los separó mientras la miraba de arriba a abajo, sus piernas, sus caderas y su torso, sus pechos y su rostro mientras permanecía allí de pie, vestida solo con sus bóxers. Riley la estaba absorbiendo con los ojos, mirando a una mujer casi desnuda de esta manera por primera vez en su vida. Con curiosidad, intensamente, con hambre, con un brillo de fascinación en los ojos que le decía a Quinn que no había cambiado de opinión. Quinn se sentía segura en su cuerpo. Hacer trabajo físico cinco días a la semana era todo lo que necesitaba para mantenerse en forma y estaba segura de que Riley apreciaba lo que veía.

"¿Sigues estando bien?" preguntó, pero solo por cortesía. Estaba claro que Riley no tenía intención de echarse atrás y Quinn tampoco quería parar.

"Sí." El tórax de Riley se elevó y contuvo la respiración. "Joder, eres..." Sus manos se agarraron a la tela de la almohada sobre su cabeza. "Eres tan..." Incapaz de encontrar las palabras adecuadas, su voz se apagó.

Quinn volvió a gatear sobre la cama y se posicionó sobre ella. "Riley, tengo tanta, tanta hambre de ti. Tengo tantas, tantas ganas de probarte. Voy a darme un festín contigo," susurró, mirando sus pezones duros que subían y bajaban rápidamente a compás de su respiración. Bajó la cabeza hasta su estómago y lo besó, luego bajó mientras acariciaba sus muslos, separándolos cuando las caderas de Riley se sacudieron contra ella.

Pasando su lengua lentamente por su sexo, Quinn gimió mientras clavaba sus dedos en los muslos de Riley. Tenía un sabor delicioso, familiar de alguna manera, y aunque Quinn quería tomárselo con calma, la reacción de Riley hizo que fuera difícil contenerse. Su cuerpo empujó contra ella, levantándose, suplicando. Se desprendía un aire caliente y húmedo entre las piernas de Riley. Quinn la vio temblar antes de cerrar su cálida boca sobre su clítoris y chupar. Riley se puso tensa y gritó, un grito profundo y ahogado, como si ya estuviera a punto de explotar. Instintivamente sus manos se movieron hacia el cabello de Quinn y los agarró mientras la apretaba más contra ella.

Quinn la dejó hacer mientras se deleitaba con ella. Luego se incorporó sobre ella para encontrarse con su rostro con una sonrisa burlona. "¿Qué te dije?" Envolvió sus muñecas con su mano y volvió a sujetarlas sobre su cabeza.

"Tú..." Se le frunció el ceño. "No puedes parar ahora."

"¿Quién ha dicho nada de parar?" Quinn sonrió contra sus labios. "¿Te has probado a ti misma alguna vez?" Antes de que Riley tuviera la oportunidad de responder, la besó fuerte y apasionadamente, metiendo su lengua en la boca de Riley mientras su mano se deslizaba entre sus muslos para acariciarla. Estaba mojada, su sexo latiendo con fuerza y tan receptiva que Quinn pensó que podría correrse al instante cuando la penetró con dos dedos. Suspiró al sentir cómo sus dedos quedaban atrapados. Sentía su piel caliente perfecta contra la suya.

Empujándola con el peso de su cuerpo, Quinn la penetró más profundamente, se retiró y comenzó de nuevo, lentamente al principio, moviéndose en sincronía con el movimiento de sus caderas mientras la besaba. Fue glorioso sentir las piernas de Riley envolviéndola mientras se entregaba, echando la cabeza hacia atrás y gimiendo ruidosamente. Sujetando sus muñecas, con sus bocas apretadas con fuerza y sus dedos llenándola una y otra vez, Quinn se sintió más cerca de Riley de lo que nunca se había sentido con nadie. Sus movimientos se volvieron salvajes y erráticos mientras Riley suplicaba más con su lenguaje corporal, gimiendo, retorciéndose, temblando y asintiendo mientras forzaba sus ojos a abrirse para encontrarse con los de Quinn cuando ésta levantó la cabeza para mirarla.

"Dios mío. Estoy..." Riley se puso tensa y sus manos se cerraron en las de Quinn. Fuera cayó un rayo, cruzando el cuerpo de Riley e iluminando su rostro angelical, bañado en éxtasis. Segundos después, el trueno resonó sobre ellas y la lluvia comenzó a caer sobre el techo en un goteo rítmico.

"Córrete para mí, Riley," susurró Quinn, curvando los dedos dentro de ella. Sus labios dibujaron una sonrisa cuando Riley se sacudió en sus brazos, su cuerpo convulsionó y sus paredes se apretaron alrededor de sus dedos. Sintió el orgasmo de Riley en todo su cuerpo y la alimentó con un calor pecaminoso que la hizo estremecerse. Sin apartar sus ojos de Riley, no se detuvo hasta que se relajó por completo y su cuerpo satisfecho quedó débil debajo de ella. Sus manos se relajaron y sus dedos acariciaron la mano de Quinn. Levantó la cabeza y sus labios buscaron los de ella. Sus pies rozaron suavemente las piernas de Quinn, como si quisiera acariciar todo su cuerpo a la vez.

Quinn se emocionó al ver a Riley volver en sí. Parecía confundida, desconcertada, incluso abrumada. Las lágrimas comenzaron a brotar y Quinn las secó con un beso. "¿Estás bien?" susurró.

"Sí." Riley asintió y la atrajo hacia ella, sus labios contra los de Quinn antes de dejar escapar un suave suspiro. "Pero eso ha sido..." Hizo una pausa, acariciando el rostro de Quinn. "Ha sido una locura."

"¿Pero locura de la buena?" sugirió Quinn.

Riley asintió y Quinn le besó la frente y la punta de la nariz. Los truenos retumbaron y la lluvia repiqueteaba con más fuerza, un ruido nostálgico, como un recuerdo lírico. Por ahora, estaba de vuelta en casa, pero ya no era la joven que se escondía bajo las sábanas, ansiosa y nerviosa por las tormentas. Esta noche parecía que era lo apropiado y recibió cada trueno y cada relámpago con los brazos abiertos. La tormenta fuera era tan fuerte y tan clara como sus sentimientos por Riley, quien se acurrucaba contra ella y le acariciaba el cuello.

CUARENTA Y UNO

RILEY

Tumbada entre los brazos de Quinn, Riley podía oír el sonido del viento. Volvía a rugir con fuerza, después de haberse mantenido calmado durante una hora. Si hubiera estado aquí sola, habría estado asustada, pero esta noche ese ruido era romántico e incluso reconfortante porque llenaba el silencio entre ellas.

Las ramas de los sauces azotaban la ventana de su dormitorio, golpeando el cristal, como si suplicaran que las dejaran entrar y protegerlas de la tormenta. Sus siluetas bailaban bajo el cielo oscuro, a veces lentamente y luego más violentas a medida que ráfagas de viento más fuertes iban y venían.

Riley se sentía relajada y cómoda, animada incluso, mientras se acurrucaba en el brazo de Quinn. Tenía una extraña sensación de que, tal vez, estaba justo donde se suponía que tenía que estar, donde pertenecía. Al vivir única y exclusivamente para su trabajo, nunca había pertenecido a nadie, ni siquiera a su ex marido, quien se había esforzado mucho para que funcionara, a pesar de que Riley nunca estuvo presente. Incluso aunque se hubiera esforzado ella, dudaba que esa relación hubiera funcionado, porque él no podría haberla hecho sentir así. Ningún hombre podría haberla hecho sentir así, ahora lo sabía. Tampoco había pertenecido nunca a ningún lugar. Solo había vivido durante un año en el ático que había alquilado, y antes de eso, nunca había permanecido en un lugar por más de dos años. Quizás la Casa Aster le empezaría a gustar y se convertiría en el lugar en el que se sentiría como en casa. La casa parecía un lugar mejor cuando Quinn estaba cerca.

Sus pensamientos fueron interrumpidos por el aullido del viento. Escuchó de nuevo ese ruido familiar, el lento crujido cada pocos segundos. "Ahora puedo oírlo," susurró. "La casa está respirando." Escuchó de nuevo, cerrando los ojos mientras Quinn le acariciaba la cara. "Parece cansada."

"Es vieja. Pero ahí está el encanto, ¿no?"

"Hmm..." Riley sonrió, se giró de lado para mirar a Quinn y se acercó más a ella. Necesitaba estar cerca, sentir su calor, esa suavidad que siempre anhelaría a partir de esta noche. Ahora que había descubierto cómo se sentía estando con una mujer, con Quinn, no podía dar marcha atrás y no quería hacerlo. "¿Qué sientes estando aquí de nuevo, de noche?"

"Es extraño. Los tiempos han cambiado. *Yo he cambiado.* Ya no es mi mundo, pero me encanta estar aquí contigo. Tiene sentido gracias a ti." Quinn se inclinó para dejar un rastro de besos desde su frente hasta la punta de la nariz y le pasó un mechón de pelo detrás de la oreja. "¿Qué sientes tú? ¿Quieres que me vaya? No me ofenderé, te lo prometo."

"No, no quiero que te vayas. No me he sentido así en... bueno, nunca." Riley sonrió tímidamente. "Me encantaría despertarme contigo."

"¿No te arrepientes?"

"Solo de no haberlo hecho antes. Eres increíble, Quinn."

"Y tú eres..." Quinn rodó para colocarse encima de ella y Riley suspiró. El calor de Quinn sobre su piel y la sensación de su peso encendieron el fuego en ella de nuevo. "Eres especial," dijo Quinn. "No conozco a mujeres como tú por aquí muy a menudo." Negó con la cabeza. "No, tacha eso. Nunca he conocido a nadie como tú."

"No quiero sonar negativa, pero solo soy una mujer de mediana edad con demasiado tiempo libre y sin idea de quién es. No veo cómo eso puede ser especial."

"Ese tiempo se puede aprovechar ahora," bromeó Quinn, provocando al pezón de Riley con la punta de su dedo. Su expresión traviesa desapareció y la besó suavemente. "Encontrarás tu camino, te lo prometo."

"Lo sé. Este es un buen comienzo, eso seguro." Riley se estremeció con las caricias de Quinn y llevó sus manos hasta su trasero. La suavidad de su piel y el paisaje de las curvas de su cuerpo la hipnotizaban. Al principio había estado aprensiva, pero ahora quería sentirla por completo. "Quiero tocarte," susurró y empujó a Quinn hacia un lado antes de colocarse sobre ella y besarla en el cuello. Por sus suaves gemidos, Riley podía sentir que le gustaba, pero se mostró algo reticente cuando Riley bajó hasta sus pechos y rodeó un pezón con sus labios. Se endureció de inmediato y el pecho de Quinn se elevó, pero tomó el rostro de Riley entre sus manos y la levantó. "Todavía no," dijo, y se mordió el labio con pesar.

"¿Por qué?"

"Porque no estoy preparada."

Esa afirmación le pareció absurda, teniendo en cuenta lo que Quinn acababa de hacerle, pero asintió y pasó sus manos por su cabello. "De acuerdo."

"No eres tú. Es solo que no estoy acostumbrada a este tipo de intimidad."

Riley asintió. "¿Te importa que te pregunte por qué no?"

"Así ha sido siempre," dijo Quinn encogiéndose de hombros. "Me acostumbré a representar un determinado papel en mi vida. Siempre fui la que daba placer, incluso con mis primeras novias en la universidad. La mayoría de ellas solo estaban explorando su sexualidad en ese momento. Al final, todas volvieron a los hombres y yo era reacia a entregarme a ellas porque sabía que no iba a durar."

"¿Y crees que yo solo duraré un día?" bromeó Riley.

"Posiblemente no." Quinn le dedicó una sonrisa. "Pero tiendo a preferir mujeres heteros. Es una debilidad. No puedo evitarlo. Y tú no eres solamente una conquista de mujer hetero, si es eso lo que estás pensando," se corrigió rápidamente. "Eres muy, muy especial para mí. Pero hasta que esté segura de que estamos en el mismo lado, preferiría pasar mis noches concentrándome en ti, si te parece bien."

Riley se rió entre dientes y entrelazó sus dedos con los de Quinn. "Oye, no me voy a quejar después de lo que me acabas de hacer, pero nunca pensé que serías tú quien se apartara." Observó a Quinn y notó lo vulnerable que parecía, así que dejó de sonreír y continuó. "Tómate todo el tiempo que necesites. He aprendido que el tiempo es un regalo, no una carga. Eso es lo que me ha enseñado mudarme al medio de la nada y conocer a una mujer muy especial."

CUARENTA Y DOS

QUINN

"¿Qué has estado haciendo, hermanita?"

Quinn miró a su hermano, que estaba poniendo la mesa para cenar. Ella estaba jugando a Jenga con Lila y Tommy, quienes estaban intensamente concentrados en la torre tambaleante en medio de la mesa del comedor. Lila tenía la lengua fuera mientras decidía qué pieza sacar y se enfadó cuando su hermano sopló sobre ella.

"No mucho," respondió Quinn.

"Ah. Parece que estás de muy buen humor." Rob se volvió hacia los niños. "Tommy, deja de molestarla."

"¿Qué quieres decir?" Quinn sonrió. "¡Yo siempre estoy de buen humor!" Se concentró en el juego y trató de ocultar su sonrisa. Había estado como en un sueño desde que había dejado a Riley esta mañana y había tenido problemas para concentrarse en el trabajo.

"No sé. Tienes cara de tonta, como si estuvieras orgullosa de ti misma o algo así."

"No, nada de lo que informar. Simplemente me gusta jugar Jenga con estos dos." Quinn no tenía intención de contarle a su hermano lo de anoche. No era asunto suyo y no tenía idea de adónde llegaría con Riley. No habían hablado ni se habían enviado mensajes hoy y eso la inquietaba. Nunca había sido de las que perseguían a las mujeres, pero ahora mismo no era fácil contenerse para llamarla, así que había dejado el móvil en el bolsillo de su abrigo para evitar mirarlo cada dos minutos.

"Vale." Rob la observó un momento antes de continuar con lo que estaba haciendo. "Solo quiero decir una cosa. Riley es un ángel. No me puedo creer que nos esté dejando tener todas las cosas que el abuelo tenía en el sótano, incluyendo los vinos. No tenía por qué hacerlo."

"Sí, me encanta Riley," dijo Mary, que estaba cocinando. "¿Puedes traerla a cenar, por favor? Iba a pedirle su número, pero se me olvidó después de todo el vino que tomamos." Se frotó la sien. "Dios, todavía me duele la cabeza solo de pensarlo. Hacía tiempo que no me acostaba tan tarde."

"Espero que fuera Rob quien condujera de vuelta."

"Sí, le tocaba a él, así que decidí aprovecharlo al máximo. Bueno, no olvides invitarla la próxima vez."

"Claro." Quinn intentó parecer indiferente, pero realmente le gustaba la idea de venir con Riley y cenar con todas sus personas favoritas.

Rob puso los cubiertos junto a los platos y buscó las servilletas en un cajón. "Para ser honesto, nos vendría bien el dinero del vino. Estos últimos meses han sido difíciles porque la oficina no ha podido darme horas extras."

"¿Por qué no me lo has dicho?" preguntó Quinn. "Puedo ayudaros. No es que tenga una hipoteca o hijos que mantener."

"No. Eso es muy amable de tu parte, pero la subasta de vinos será una gran ayuda. Tengo curiosidad por saber cuál será el valor de la colección."

"Mamá encontró a alguien para que venga el viernes a tasarlo," dijo Quinn. "Yo tengo que trabajar, pero Riley los dejará entrar y tú puedes ir también si quieres."

"También tengo que trabajar." Rob hizo una pausa. "Mamá y Riley juntas. Imagínatelo. Seguro que mamá disfrutará de la oportunidad de pasar tiempo a solas con ella. Como dijo, parece que estáis bastante unidas."

"Lo estamos. Somos buenas amigas."

"¡Papá, ten cuidado!" gritó Lila cuando la mano de su padre se acercó demasiado a la torre para su gusto. "¡Vas a estropear el juego!"

"Lo siento cariño." Rob levantó las manos y se rió entre dientes. "De todos modos, la cena está casi lista, así que tendréis que daros prisa."

"Pero todavía no hemos terminado," protestó Tommy, sacando con cuidado una de las piezas de madera. En ese momento, la torre se derrumbó sobre la mesa y Rob se encogió de hombros.

"*Ahora* sí que has terminado, hijo. Id a lavaros las manos. Podéis volver a jugar más tarde."

El mal humor y las protestas que siguieron hicieron reír a los mayores mientras Quinn ayudaba a servir la comida.

"Así que...buenas amigas, ¿eh?" dijo Mary cuando Lila y Tommy fueron al baño. "Por lo que yo vi, parecía que podríais ser más que eso." Le guiñó un ojo a Quinn y continuó en tono de burla. "Solo las miradas y los pequeños roces casuales, me preguntaba cómo eran de casuales."

Quinn sintió que se sonrojaba pero se mantuvo tranquila. "No sé de qué estás hablando," murmuró.

"Oh, venga ya, Quinn. Te conozco desde hace más tiempo que a Rob y nunca te había visto así con nadie. Estás enamorada de ella." Mary pronunció sus palabras cuando la miró a los ojos. "Y tengo la sensación de que a ella también le gustas. O sea, ella me dijo que había estado casada con un hombre y todo eso, pero sabes que mi intuición nunca me falla y recibí la misma vibra de ella. Además, conozco tu historial con las mujeres heteros."

"Ojalá todos dejarais de mencionar eso."

Mary le dio unas palmaditas en el brazo y se rió. "Cariño, en una comunidad tan pequeña como Mystic, no hay manera de que puedas escapar de los chismes después de un mal comportamiento."

"No fue tan malo con Rebecca. Y todo fue bajo sus términos," dijo Quinn en su defensa, a pesar de que había aceptado totalmente la culpa de todo. Dejó escapar un profundo suspiro mientras servía agua para todos. "Además, no hay nada de qué cotillear."

"Por supuesto." Mary sonó demasiado cínica para su gusto pero lo dejó pasar. "Aún así, tienes mi bendición. Me gusta Riley y creo que podríamos ser amigas."

"Eso es lo que dijo Lindsey."

"Lindsey es una mujer inteligente." Mary probó la pasta, añadió pimienta fresca y sirvió su cacio e pepe casero en un cuenco grande. "Bueno, ¿y qué pasa entonces?" preguntó, espolvoreando un poco más de queso pecorino encima. Bajó la voz cuando Rob salió de la cocina. "¿Ha habido flirteo?"

"Ha habido algo de flirteo," admitió Quinn finalmente. Se sentía más cómoda hablando con Mary sin su hermano cerca.

"¿Qué es flirteo?"

Quinn miró por encima del hombro y compartió una sonrisa divertida con Mary cuando vio a Lila detrás de ella. "Es cuando te gusta alguien y entonces dices o haces ciertas cosas porque quieres que tú le gustes más," dijo, haciendo una mueca ante su torpe explicación.

"Flirteo." Lila frunció el ceño y Quinn la levantó, abrazándola, mientras los brazos pequeños de Lila rodeaban su cuello. "¿Como esto?" Lila le dio un beso en la mejilla a su tía.

Quinn se rió y la apretó. "Ese no es exactamente el contexto correcto, cariño, pero me encantan tus besos."

CUARENTA Y TRES

RILEY

Riley esperó a que el panadero le metiera el pan en una bolsa. Ahora que sabía la aventura de Quinn y su ex esposa, resultaba difícil no pensar en ello, especialmente porque Quinn había estado en su mente todo el día. Martin, el panadero, era simpático y extrovertido y ya sabía su nombre, lo cual era encantador. También era guapo de un modo poco convencional, supuso. Aunque un poco bajo de estatura, tenía buen cuerpo y lucía una sonrisa bonita al entregarle la bolsa de papel.

"Aquí tienes, Riley. Que tengas un bonito día." Su sonrisa se hizo más grande cuando Lindsey entró. "Hola Lindsey. Déjame adivinar. ¿Una galleta integral y tres galletas con trocitos de chocolate?"

"Sí, por favor. Me conoces tan bien." Se volvió hacia Riley. "Hola. Me alegro de verte. ¿Cómo estás?"

"Estoy genial." Riley levantó su baguette. "Estas son adictivas."

"Lo sé. Deberías probar sus galletas," dijo Lindsey con un guiño. "Estoy en mi descanso. ¿Te apetece un café?

¿Compartir una galleta?" Señaló una mesa vacía junto a la ventana.

"Claro. ¿Por qué no?" Agradecida por la distracción, Riley pidió un capuchino, tomó asiento y esperó a que Lindsey trajera los cafés. Esperaba que eso pudiera evitar su obsesión por Quinn por un rato, porque había estado mirando su móvil cada pocos minutos, esperando recibir un mensaje.

Una mujer que reconoció de la reunión en el ayuntamiento pasó junto a la ventana y la saludó con la mano, Riley le devolvió el saludo. Se estaba acostumbrando a vivir en una comunidad pequeña, donde la gente la conocía. Había algo reconfortante en poder tomar un café improvisado con una nueva amiga.

"Bueno..." Lindsey se sentó frente a ella y bajó la voz mientras se inclinaba hacia ella. "¿Cómo fue tu cita?"

"Fue..." Riley escondió su sonrisa detrás de su taza de café. "Fue fantástica. Pero estoy segura de que ya lo sabes."

"En realidad, no. Quinn estuvo en casa de su hermano anoche, así que no la he visto ni he hablado con ella. De todos modos, ha sido bastante reservada en general cuando se refiere a ti." Lindsey se encogió de hombros con expresión alegre. "Así que supongo que tendrás que informarme tú."

Riley se rió. "Oh no. No vas a obtener nada de mí."

"Vamos. Al menos dime si os besasteis." Lindsey movió una mano. "En realidad, no importa. Por la expresión de tu cara veo que algo pasó. ¿Algo más que un beso quizás?"

Riley negó con la cabeza y la señaló con el dedo. "¿Siempre eres así de cotilla?"

"Ajá. Yo no tengo mucha vida amorosa, así que tengo que vivirla indirectamente a través de los demás. Aunque me he estado mensajeando con el tipo que conocí en una aplicación para citas. Parece muy agradable y vive cerca, pero Quinn está convencida de que su perfil es falso."

"Déjame ver." Lindsey le dio su teléfono y Riley miró su perfil. "Me temo que estoy de acuerdo con Quinn," dijo, señalando su foto. "Parece que lo han sacado de un catálogo y la imagen de la playa podría ser de cualquiera."

"Mierda." Lindsey dejó escapar un suspiro de frustración. "Estuvimos charlando toda la noche pasada y acordamos conocernos personalmente pronto. Pero si no es quien dice ser..."

"Incluso si no es quien dice ser, podríais congeniar. Solo ten cuidado y asegúrate de que os veis en algún lugar público. Y no hace falta que te diga que no le des tu dirección."

"Hmm..." Lindsey tomó un sorbo de café mientras pensaba en eso. "Supongo que podríamos quedar para tomar un café durante el día. Podría pedirle a Quinn que me siga, por si acaso."

"No me importa acompañarte tampoco," dijo Riley. "Me mantendré con discreción y tu cita no sabrá que nos conocemos."

"O podríais seguirme juntas," sugirió Lindsey esperanzada. "¿Cuándo vuelves a verla?"

"No te vas a rendir, ¿verdad?"

"No." Lindsey sacó una de las galletas de la bolsa de papel que había sobre la mesa, la partió en dos y le dio la mitad a Riley. "Así que es mejor que me lo digas."

Riley se rió entre dientes y se sonrojó. "La voy a ver mañana," dijo, su libido totalmente disparada ante la idea. El día de ayer había pasado lentamente y la mañana de hoy tampoco había sido mejor, aunque se había mantenido ocupada aseándose y haciendo la compra.

"¿Dónde?"

"En mi casa. Voy a cocinar para ella. ¿Algo más que quieras saber? ¿El color de la lencería que voy a llevar puesto?"

Lindsey sonrió. "Tú misma." Se quedó mirándola fijamente mientras mojaba la galleta en el café y la chupaba. "Nunca has estado con una mujer, ¿verdad?"

"No. Nunca."

"Entonces, ¿por qué Quinn? O sea, ella es mi mejor amiga y la quiero mucho, así que puedo entender por qué te gusta, pero debe ser extraño haber estado saliendo con hombres toda tu vida y luego, de repente, darte cuenta de que te atrae una mujer." La expresión de Lindsey se volvió seria. "¿Cómo ocurrió y cómo te sientes sobre eso?"

"No tengo idea de cómo sucedió. Simplemente ocurrió. Es inesperado, pero también..." dudó, buscando las palabras exactas. No estaba acostumbrada a hablar con una amiga, ni siquiera a tener una amiga, y tampoco se había sincerado nunca con su hermana pero, en el fondo, quería hablar de ello y, aunque Lindsey era muy cotilla, le gustaba y confiaba en ella. "No sé. Más vale tarde que nunca, supongo. Estoy tan sorprendida como tú, pero parece lo correcto. Como si estuviera destinada a conocerla."

"Guau. Así que no estás solo experimentando."

"¿Eso es lo que pensabas?"

Lindsey ladeó la cabeza. "No estaba segura de qué pensar, para ser honesta. Quinn es muy popular entre las mujeres heteros. Parece que tiene un don con ellas y pensé que quizás te habías rendido a sus encantos, igual que todas las otras mujeres curiosas que buscan una aventura de una noche. No hay nada malo en eso, por supuesto," añadió. "Ambas sois adultas."

"No, no es curiosidad." Riley tomó un sorbo de café. "Yo *sentía* curiosidad, no puedo negarlo, pero esto ha sido..."

hizo una pausa. "Ha estado creciendo durante semanas. Echando la vista atrás, sentía que había algo desde el principio. Simplemente no lo entendía y quizás tenía miedo o lo negaba."

"¿Y ahora?"

Riley la miró a los ojos y sonrió. "Estoy asustada, pero no de mis sentimientos. Tengo miedo de que no funcione," dijo sinceramente, sus pensamientos por fin encajando mientras los expresaba en voz alta. "Y no estoy confundida. En todo caso, todo tiene sentido ahora. Mi falta de interés en los hombres, mi matrimonio fallido, mi aburrido historial de citas..."

Lindsey le devolvió la sonrisa y asintió. "Entonces espero que funcione, para ambas."

"Gracias. Así que ¿no voy a tener el sermón de "más te vale que te portes bien con mi mejor amiga"?"

"No, Quinn es una mujer adulta. Puede cuidarse de sí misma," dijo Lindsey. "Y además, nosotras también somos amigas ahora, ¿no?"

"Sí." Riley sintió que se le formaba un nudo en la garganta. La amistad era un precioso concepto nuevo para ella, tener gente con la que poder hablar, gente que realmente te escuchaba e incluso se preocupaba por tus sentimientos. ¿Por qué había sido tan solitaria? ¿Por qué había pasado tan desapercibida, tan anónima? "Y como somos amigas y estás compartiendo tus galletas conmigo," continuó con una sonrisa, "¿te gustaría venir a cenar la semana que viene? Los días son más agradables ahora y acabo de comprar una mesa de comedor para el exterior."

"¡Sí!" Lindsey aplaudió. "Cuenta conmigo. Llevaré el postre." Se levantó y dejó dinero sobre la mesa. "Tengo que volver al trabajo. Nos vemos pronto."

CUARENTA Y CUATRO

QUINN

"Adelante." Riley retrocedió hasta el pasillo. "¿Qué opinas?" Riley parecía nerviosa mientras esperaba la respuesta de Quinn. "Si prefieres guardarlo todo en el sótano, puedo volver a ponerlo allí. Pensé que hasta que decidas qué hacer con los muebles, sería mejor pulirlos y ponerlos aquí, ¿verdad? Es una pena tenerlos ahí abajo cubiertos de polvo, cuando aquí lucen tan perfectos. Si quieres, incluso puedes hacer que los tasen y yo te los compraré."

Quinn admiró el pasillo con la boca abierta. Los muebles estaban en su lugar, como si nunca se hubieran ido y, por un instante, se sintió otra vez en casa. Como si su abuelo fuera a bajar las escaleras en cualquier momento acompañado del rítmico clic de su bastón. "Es perfecto," susurró. "¿Cómo sabías dónde ponerlo todo?"

"Recordé cómo estaba distribuido en las fotos que me enseñaste." Riley abrió la puerta de la sala de estar. "Aquí es un poco diferente sin la alfombra ni el papel de la pared, pero aún así, se ve bien, ¿verdad? Las alfombras estaban un poco mohosas pero logré devolverlas a un estado decente con un vaporizador de alfombras. Compraré algunas nuevas pero, por ahora, hace que el espacio suene menos hueco."

Quinn estaba demasiado emocionada para decir nada. El sofá de esquina blanco moderno de Riley estaba cubierto de mantas y cojines y su mesa de café de vidrio había sido sustituida por la cómoda antigua de sus abuelos. El largo aparador chino estaba colocado a lo largo de la pared lateral, rematado con la colección de jarrones que ahora estaban llenos de lirios blancos. Riley había subido también la mesa del comedor y las sillas. Sobre la mesa había un mantel de brocado y dos candelabros plateados con velas blancas que nunca antes había visto.

"Compré algunas piezas antiguas por internet para adornarlo. ¿Te resulta raro? ¿O incómodo? Puedo devolverlo todo a su lugar si es así."

"Un poco raro sí, pero no incómodo. ¿Cómo has conseguido hacer todo esto?"

"Gareth vino a ayudarme esta mañana. También he contratado a una limpiadora. Ha estado puliendo y limpiando durante horas."

"Está precioso," dijo Quinn mientras acortaba la distancia entre ambas y le rodeaba la cintura con sus brazos. Había estado queriendo hacer eso desde el momento en que se fue. "Absolutamente precioso. Por favor, déjalo aquí todo el tiempo que quieras. No estoy preparada para decirle adiós todavía así que, mientras tanto, tú también puedes disfrutarlo."

Riley asintió mientras la miraba a los ojos y sonrió. "Es maravilloso verte de nuevo."

"Sí. He estado pensando en ti." Quinn tomó su rostro entre sus manos y la acarició con los pulgares, haciendo que los ojos de Riley se cerraran. Era tan increíblemente preciosa y elegante que casi dolía mirarla. Sintió la suavidad de su cabello al pasar su mano por él. Llevaba un vestido azul marino ceñido y sus zapatos de tacones negros matadores. Si estaba intentando seducirla, lo había logrado. "Tenía planeado besarte en cuanto entré, pero me has cogido por sorpresa con todo el trabajo que has estado haciendo."

"Puedes besarme ahora," susurró Riley, ladeando la cabeza y acercándose poco a poco para que sus labios se rozaran. Ambas gimieron suavemente y se les escapó un suspiro por el roce electrizante.

Quinn presionó su cuerpo contra el de ella y su sexo se tensó por el contacto. Con cada palabra o mirada que intercambiaban, sentía la necesidad de estar sobre ella y le resultó difícil contenerse una vez que empezaron. Pasó sus manos por el trasero de Riley y la apretó, juntando sus caderas. "Me estás matando con ese vestido," dijo con voz entrecortada.

"Esperaba que te gustara." Riley sonrió con picardía y pasó una mano por el cabello de Quinn. "¿Tienes hambre? He cocinado y la comida estará lista en unos diez minutos."

Quinn se rió entre dientes. "Me gustaría comerte a ti primero," bromeó, empujando a Riley contra el sofá hasta que cayó de espaldas. Le subió el vestido con un movimiento rápido y Riley jadeó cuando recorrió el interior de sus muslos con los dedos. "Y no te preocupes porque la comida se enfríe," añadió. "Solo necesito cinco minutos."

LAS MEJILLAS de Riley estaban sonrojadas cuando se sentaron a la mesa del comedor en la sala de estar. Sus ojos se dirigieron al sofá, reviviendo lo que acababa de suceder.

Estaba algo nerviosa y agitada, al haberse olvidado de los cubiertos y los vasos, pero tenía una sonrisa maravillosa y un brillo de satisfacción en su rostro. Quinn la había hecho gritar y tenía intención de hacerlo una y otra vez, hasta que a Riley no le quedara energía para moverse o hablar.

"Esto tiene una pinta estupenda," dijo, sirviéndose la empanada de pescado que Riley había preparado. "Te estás convirtiendo en toda una chef."

"Contra todas las expectativas, me gusta cocinar y disfruto haciéndolo," Riley puso un poco en su plato y sirvió el vino. "Pero no estoy segura de poder comer ahora. Me has hecho sentir muy rara por dentro."

"Deberías comer. Necesitarás fuerza para luego," respondió Quinn lamiéndose los labios. Todavía podía saborearla y no podía esperar a tener más de ella.

Riley se sonrojó aún más y se cubrió la cara con las manos. "Oh Dios, ¿qué me has hecho? No puedo comer, no puedo dormir, no puedo pensar. Soy un desastre."

"Si eres un desastre, entonces eres el desastre más hermoso del mundo." La expresión de Quinn se volvió seria cuando Riley negó con la cabeza. "Lo digo en serio. Me encanta todo de ti. La forma en que hablas y te mueves y sonríes y te ríes...y la forma en que frunces el ceño cuando te concentras en algo. Me encanta lo valiente que eres, cómo has dejado todo lo que conocías atrás para empezar de nuevo y tratar de sacar lo mejor de una situación difícil. También me encanta lo amable que eres y tu ingenuidad en algunos aspectos, aunque eres muy inteligente. Eres una persona preciosa por dentro y por fuera. Te adoro."

Riley dejó caer su tenedor y los ojos se le llenaron de lágrimas mientras miraba a Quinn, quien nunca antes la había visto tan emocionada, no parecía una persona vulnerable. Quinn rara vez se abría así, pero era como si se hubiera abierto una compuerta y las palabras hubieran salido disparadas.

"Y para que conste," continuó, "yo tampoco puedo comer ni dormir ni pensar, así que tal vez deberíamos hablar de lo que está pasando."

"Sí. Creo que necesitamos hablar." Riley alargó el brazo sobre la mesa y tomó la mano de Quinn. "Me encanta lo amable que eres, cuánto quieres a tu familia y cómo me haces sonreír por dentro cada vez que te veo. Me encanta cómo me haces sentir, como si estuviera flotando y mis emociones y mis sueños estuvieran entrelazados. Esto puede sonar cursi, pero me has levantado y has despertado mi cuerpo. Ha estado dormido durante mucho tiempo y ahora estoy viva de nuevo, quizás viviendo de verdad por primera vez." Sonrió. "Y además de todo eso, me atraes muchísimo y te deseo muchísimo."

Quinn se conmovió por las palabras de Riley y le apretó la mano. "¿Crees que estás preparada para tener algo conmigo?" Dudó. "Estoy hablando de ser exclusivas, ponerle nombre a esto tal vez. Porque si necesitas más tiempo, lo entendería y nunca te metería prisa para hacer nada."

"Nunca he estado preparada, pero ahora sí lo estoy," susurró Riley. "He desperdiciado la mejor mitad de mi vida haciendo algo que, esencialmente, no tenía importancia, aunque en ese momento parecía que lo era todo. He estado viviendo en piloto automático, trabajando cada minuto del día, evitando las conexiones emocionales porque se interponían en mi ridículo objetivo de hacer crecer mi empresa. No quiero volver a hacer eso nunca más." Hizo una mueca. "Terminar en cuidados intensivos la primera vez debería haber sido una llamada de atención, pero no lo fue. Seguía preguntando cuándo podía volver al trabajo, y cuando me dijeron que tenía que parar y tomarme las cosas con calma, no escuché. No fue hasta la segunda vez que me di cuenta de que no sobreviviría si mantenía mi estilo de vida. Eso fue devastador porque no creía que tuviera nada más por lo que vivir."

"¿Y ahora sí?" preguntó Quinn.

"Sí. Estoy empezando a aprender lo que es tener amigos y ser parte de una comunidad, y me he dado cuenta de que las experiencias son mucho más valiosas que el margen bruto." Riley suspiró cuando la miró a los ojos. "Así que sí, me encantaría ponerle un nombre a esto y ver adónde nos lleva. Ya estoy harta de perder el tiempo."

"Pues no lo hagas entonces," dijo Quinn. "Yo también he perdido el tiempo. Nunca senté cabeza porque siempre estaba trabajando por algo que no podía tener, sintiéndome una fracasada cada vez que esta casa cambiaba de dueño. Pero ahora ya estoy en paz conmigo misma. Ha sido catártico venir aquí, así que gracias."

"¿Me estás dando las gracias por robarte tu sueño?"

"Te estoy dando las gracias por abrirme los ojos. Quería que todo fuera como solía ser, pero los cambios son buenos. Todavía amo la casa y siempre lo haré. Pero las paredes son blancas ahora y el mundo no se ha derrumbado. De hecho, me siento más feliz y contenta porque he podido dejarlo ir. Eres buena para mí, Riley." Quinn era consciente de que si funcionaba con Riley, este podría ser un nuevo capítulo en sus vidas, pero la casa no tenía parte en eso. Esto era entre ella y Riley y los sentimientos que compartían. Era una cuestión de corazón, no de un lugar.

Riley empezó a dibujar una sonrisa mientras asentía. "Te lo recordaré cuando empiece a cambiar los dormitorios, novia." Soltó una risita. "¿O debería decir pareja? Esto es nuevo para mí, así que tendrás que ayudarme."

"Puedes llamarme como quieras. Con lo que te encuentres más cómoda." Quinn se levantó y se inclinó sobre la mesa para besarla. "Pero me gusta cómo suena novia."

CUARENTA Y CINCO

RILEY

"Háblame de tu vida amorosa," dijo Riley, acurrucándose en el brazo de Quinn y disfrutando de su calidez. La ventana de su dormitorio estaba abierta y, aunque la brisa de la noche de abril era fresca, le gustaba el sonido del río y el susurro de los grandes sauces del jardín. Lo que antes la había asustado, ahora era romántico y reconfortante, y como estaba creando nuevos y buenos recuerdos aquí, estaba empezando a ver la casa bajo una luz diferente.

"¡¿Mi vida amorosa?!"

"Sí, quiero saberlo todo. O al menos lo que te sientas cómoda compartiendo."

"Vale, a ver." Quinn entrecerró los ojos y le acariciaba el hombro mientras miraba al techo. "Cuando tenía catorce años fue Jane. Fue mi primer amor. Jane vivía cerca, en la granja junto al cruce, y era madura para su edad." Se rió entre dientes. "Con eso quiero decir que tenía los pechos desarrollados antes que cualquier otra chica de mi clase y yo no podía dejar de mirarlos."

Riley se rió. "¿Era tu novia?"

"No. Nunca le hablé de mis sentimientos por ella y sufrí

en silencio cada vez que tenía un novio nuevo. Éramos una especie de amigas. Nuestros padres eran amigos, así que nos veíamos con regularidad, pero creo que ella sabía que yo sentía algo porque nunca sugirió que hiciéramos nada juntas sin nuestros padres cerca. Estuve enamorada de ella durante años, hasta que mi atención se centró en Stephanie, que estaba aquí de vacaciones con sus padres. Era un año mayor que yo, la primera chica que conocí que estaba fuera del closet y la primera con la que me besé. Me persiguió durante un tiempo después de irse, pero nunca volví a saber de ella." Quinn suspiró. "Luego fui a la universidad y tuve varias novias, la mayoría en el closet. Me di cuenta de que le gustaba a las mujeres y supongo que me gustaba jugar cuando era más joven."

"No me sorprende."

"¿En serio? ¿Por qué?"

Riley sonrió. "Das el tipo." Besó a Quinn suavemente y se demoró en los labios mientras continuaba. "Eres una persona segura y eso es sexy."

"No tanto. No cuando realmente me gusta alguien," aseguró Quinn.

"¿Estás segura?" preguntó Riley levantando una ceja. "Porque me parece que eres bastante confiada conmigo."

"Eso es solo fachada. Puedo asegurarte que he pasado noches sin dormir por ti."

"Vale..." Riley le pasó un dedo por el estómago y se mordió el labio al sentir que temblaba. "Bueno, ¿y quién vino después de tus universitarias en el closet?"

"Principalmente turistas e inquilinas de temporada," dijo Quinn. "Solo mujeres que estaban presentes en el momento justo."

"¿Y eran todas heteros?"

Quinn hizo una mueca. "¿Con quién has estado

hablando? Tengo la sensación de que piensas que tengo mala reputación o algo así. ¿Fue Lindsey?"

"No..." Riley sintió cómo se sonrojaba. "O sea, puede que haya hablado con ella en la panadería, pero no lo hizo con mala intención. Solo estábamos charlando."

"Por supuesto. Lindsey nunca tiene maldad, pero necesita aprender a guardarse ciertas cosas para ella." Quinn puso los ojos en blanco. "Bueno, para responder a tu pregunta, sí, la mayoría eran heteros."

"¿Te gusta eso? ¿Convertir a mujeres heteros?"

"No necesariamente," dijo Quinn. "Simplemente flirteo con las mujeres en general y resulta que la mayoría de ellas son heteros. Te sorprendería saber cuántas sienten curiosidad y buscan la oportunidad para probarlo."

"Y Rebecca era una de esas mujeres..." Riley sabía que era una tontería mencionar a esa mujer, pero, por alguna razón, sentía celos de ella en particular. "¿Sientes algo por ella todavía?"

"No," dijo Quinn con rotundidad. "Me arrepiento de haberme involucrado con ella, pero supongo que, en cierto modo, mejoró su vida, porque ahora está feliz con otra persona y quiero eso para ella. Pero me siento mal por Martin. No se merecía que lo engañara, y todavía me siento culpable por haber roto su matrimonio, a pesar de que ella habría descubierto su verdadera sexualidad con el tiempo, conmigo o sin mí. En resumen, lo pasamos bien, pero desearía no haber sido yo."

Riley asintió. "Martin parece un hombre agradable."

"Lo es. Por lo menos, *era* amable conmigo antes de que sucediera." Dijo, encogiéndose de hombros. "Todavía tengo que afrontar las consecuencias cuando nuestros caminos se cruzan y supongo que me lo merezco. Normalmente me ignora. Algunas veces me asiente cortésmente, pero es esa mirada en sus ojos la que me atraviesa el corazón cada vez que pasa."

"¿Juicio?"

"Sí." Quinn sonrió con tristeza. "Suficiente sobre mí. Ahora es mi turno. Cuéntame sobre tu corazón." Se encontró con los ojos de Riley y ésta notó algo de preocupación en su expresión. "Porque eso es realmente lo que *yo* quiero saber. No hablas mucho de ello."

"Mi corazón..." *Mi corazón te pertenece*, era lo que quería decir, pero sabía que no era el momento para hacer una broma. "Se llama cardiomiopatía por estrés y es poco común. La afección causa debilidad grave del músculo cardíaco bajo estrés emocional o físico. Probablemente sea genético, porque mi padre también lo tiene. Fue ingresado en el hospital después de morir mi madre. En mi caso, el desencadenante es el estrés físico. He estado ingresada dos veces y pasé semanas en la UCI. Estoy tomando medicación y estoy monitoreada, así que espero que esté bajo control, siempre y cuando no me estrese demasiado."

"¿Como renovar una casa enorme?"

Riley se rió entre dientes. "La renovación no es estresante. La encuentro relajante y no he tenido palpitaciones desde que me mudé a Mystic."

"Bueno. Siempre y cuando tengas cuidado. ¿Has hablado con tu padre sobre ello?"

"No. Ni siquiera sabe que tengo el mismo problema. Fui diagnosticada hace solo un año. No quiero preocuparlo. Es mi problema y decírselo podría causarle estrés *a él* y provocarle insuficiencia cardíaca, así que no tengo intención de decírselo, nunca."

"¿Y tu hermana?"

"Tampoco lo sabe," admitió. "No se lo he contado a nadie de mi familia. Parecía más fácil así."

"¿Estuviste sola en el hospital?"

"No. Mi asistente lo sabía. Ella estuvo a mi lado pasando las cosas del día a día conmigo." Puso los ojos en blanco. "Ahora parece una locura, pero continuamos como siempre desde mi cama de hospital."

"¿Pero no la familia? Eso es muy triste. No deberías haber pasado por todo eso sola."

"Quería hacerlo así. Desde que salí de casa, siempre he hecho todo sola. Fui independiente desde muy joven. Quería tener una carrera de éxito para poder ayudar a mis padres financieramente, pero supongo que durante el proceso, olvidé que preferían tenerme *a mí* en sus vidas antes que mi dinero." Riley suspiró profundamente. "Cuando mi madre falleció, hacía tiempo que no la veía. Pagué su residencia porque tenía problemas de movilidad y le di todo lo que necesitaba, pero no la visité y eso me provocó mucha culpa. Está claro que no aprendí la lección porque he estado haciendo lo mismo con mi padre y mi hermana."

"Hiciste lo que creíste correcto," dijo Quinn. "No te culpes. Tu madre habría sabido que solo intentabas hacer que su vida fuera mejor." Acercó a Riley y la tomó entre sus brazos. "Todo el mundo se arrepiente de algo, pero hay que intentar dejarlo ir. Es la única manera de seguir adelante."

Riley inspiró profundamente contra la piel de Quinn y le pasó la mano por la espalda. "Siempre me arrepentiré," susurró. "Pero algo de lo que no me arrepentiré nunca es de esto. No importa lo que pase."

CUARENTA Y SEIS

QUINN

"Quiero tocarte." La caricia de Riley continuó hasta el triángulo de cabello oscuro entre los muslos de Quinn y la provocó. "¿Me dejas, por favor?" Dudó un momento. "Quiero hacerte sentir bien a ti también."

El sexo de Quinn se puso tenso por el contacto y apretó los muslos. Sí, quería que Riley la tocara, no quería otra cosa, pero había pasado mucho tiempo desde que se había entregado a alguien.

"Ha pasado un tiempo," dijo finalmente.

"¿Importa eso?" Riley le besó el cuello y la mandíbula, para encontrarse con su boca en un beso abrasador.

Quinn gimió mientras se ahogaba en el beso, encontrándose con la lengua de Riley y abrazándola. Riley se puso encima de ella, su piel cálida la cubrió, lo que la llevó hasta lo más alto. "No..." Se estremeció y se rindió. "No, supongo que no importa." Agarrando la mano de Riley, Quinn la guió hacia abajo y jadeó ante la maravillosa sensación del contacto de Riley mientras sus dedos acariciaban sus labios sensibles. No esperaba que su cuerpo reaccionara de manera tan feroz y sus caderas se levantaron instintivamente para recibir su contacto.

Los labios de Riley se abrieron al sentir la humedad de Quinn. Sus ojos irradiaban deseo mientras la seducía con sus dedos, explorándola y rozando su clítoris.

"Oh, Dios..." Quinn cerró los ojos y se cubrió la cara con las manos. Solo la había dejado llegar hasta ahí porque Riley se lo había rogado y quería que experimentara cómo se sentía una mujer, pero no había estado preparada para el efecto que se produciría en ella. Aunque el contacto de Riley era suave y cuidadoso, parecía como si un rayo la hubiera alcanzado. Quinn escuchó el eco de su propia voz resonando por la habitación y rebotando en las paredes.

"Déjame verte," susurró Riley, separándole las manos de la cara y besándola mientras comenzaba a rodear su punto más sensible. "¿Está bien?" preguntó cuando notó que Quinn se estremecía.

"Sí," dijo Quinn entre respiraciones entrecortadas, la marea creciendo en su interior. "Perfecto. Es..."

"¿Qué?" Riley la miró de una manera completamente nueva, con curiosidad y fascinación, tal vez porque no esperaba que Quinn se dejara llevar tan fácilmente o que reaccionara con tanta fiereza. "¿Así?" Se movió más rápido y Quinn perdió el control. Sus brazos rodearon a Riley con más fuerza y cerró los ojos mientras hundía la cara en su cuello, temblando cuando llegó al clímax. Llegar a un orgasmo al que no se había llegado ella misma era una experiencia completamente nueva para ella y resultaba extraño rendirse de una manera tan íntima. Lo sentía hermoso y sagrado. Cuando Riley la besó y lentamente apartó su mano, todo lo que quería era mirarla a los ojos y decirle lo especial que era.

"Me matas," susurró, frunciendo el ceño mientras acer

caba a Riley. "Me haces algo que no puedo..." Su voz se apagó. No encontraba las palabras adecuadas porque lo que sentía era algo desconocido para ella y no tenía idea de cómo describirlo. "Es..."

"Lo sé," dijo Riley cuando, una vez más, Quinn no pudo terminar su frase. "No hace falta que digas nada. Gracias por confiar en mí." Moviendo la mano hacia su mejilla, la acarició suavemente y sonrió. "¿No es extraño? ¿Ese sentimiento de euforia cuando estás tan loca por alguien?"

"Totalmente." Quinn la rodeó con sus brazos y la apretó con más fuerza. "Me estoy enamorando de ti, Riley." Suspiró. "Me tienes atrapada."

Riley levantó la cabeza y sonrió. "Y no te vas a deshacer de mí. De ninguna manera."

Quinn se rió entre dientes y notó que, aunque sus brazos y piernas estaban débiles, estaba completamente despierta. "¿Tienes sueño?" preguntó.

"No, no mucho en realidad. ¿Por qué?"

"Quiero enseñarte algo." Quinn se levantó, se puso la bata y le tendió la mano para que se uniera a ella. "No necesitarás zapatos," dijo cuando Riley empezó a buscar sus zapatillas. "No vamos a salir. Bueno, no realmente."

"Ahora me tienes llena de curiosidad." Riley se rió entre dientes cuando Quinn las llevó a su antiguo dormitorio. "¿Más habitaciones ocultas que desconozco?"

"No, que yo sepa." Quinn abrió la buhardilla, colocó una silla debajo y saltó al techo inclinado. "Pero este es un lugar bastante especial." Ayudó a Riley a salir y dio unas palmadas al espacio que quedaba a su lado. "Ten cuidado. Algunas de las baldosas podrían estar sueltas." Hacía años que no venía aquí, desde que tenía catorce años y tenía problemas para dormir. Sin embargo, esta vez no era para pensar en las chicas guapas que no le dedicaban ni una mirada o para recuperarse de un enamoramiento adolescente que le había dejado el corazón roto. Era una mujer adulta, sabía quién era y a su lado estaba la mujer más hermosa del mundo.

"¡Guau! La vista es impresionante desde aquí arriba." Riley se acercó un poco más a ella y apoyó la cabeza sobre su hombro. Ante ellas estaba el jardín trasero, el río Mystic y la ciudad de Mystic, tranquila y adormecida. Por la forma en que sus luces parpadeantes se fusionaban con las estrellas, era difícil decir dónde terminaba la ciudad y dónde comenzaba el cielo. "¿Pasaste mucho tiempo aquí?"

"Durante un tiempo," dijo Quinn, recordando esas noches en las que la vida le parecía tan dramática a su yo adolescente. Pero estar sentada aquí con Riley era diferente. Sentía la paz. Perfecto. "Solo venía aquí cuando me sentía triste y esta es una buena noche."

"Tu primera buena noche en el techo de la Casa Aster." Riley la miró fijamente a los ojos y sonrió mientras se acercaba un poco más a ella. "Deberíamos sellarlo con un beso."

CUARENTA Y SIETE
RILEY

"¡Oh, Dios mío, qué diferencia!" Los ojos de Lindsey se abrieron de par en par cuando se bajó del coche. "El jardín está maravilloso, justo como solía ser."

"Gracias. Gareth ha hecho un gran trabajo, estoy muy contenta con él." Riley sonrió mientras pasaban por las fuentes y caminaban hacia el jardín trasero. Por fin funcionaban y le encantaba el suave sonido del agua y ver a los pájaros beber de ellas. El césped estaba impecable, los caminos de adoquines que serpenteaban a través del jardín habían sido despejados y limpiados, los setos estaban alineados y los parterres de flores que rodeaban los muros estaban llenos de narcisos. Sus muebles de exterior habían llegado esa mañana y había instalado una zona para sentarse y comer junto a la orilla del río, a la sombra de la pérgola de madera que Gareth había traído del almacén de ferretería. Pronto, las enredaderas de rosas treparían en espiral sobre el enrejado y cubrirían el techo, pero, por ahora, había usado una tela blanca para crear sombra. En un día soleado como hoy, era el lugar perfecto para sentarse y disfrutar del atardecer mientras comían y bebían.

"Me encanta poder ver la barcaza de Quinn desde aquí," dijo Lindsey, protegiéndose los ojos del sol mientras miraba hacia el río. "¿Crees que estará en casa?"

"Estoy aquí." Quinn apareció con una bandeja en las manos y se rió al ver la expresión de desconcierto en Lindsey. "¿Os importa si me uno a vosotras, chicas?"

"¡Quinn!" Lindsey sonreía mientras miraba de una a otra. "Guau...Vale. No, por supuesto que no. ¿Por qué iba a importarme?" Movió la cabeza y miró fijamente a Quinn, quien colocó la bandeja de madera con pan y salsas sobre la mesa antes de servirles vino. "Estás aquí."

"Terminé de trabajar pronto," dijo Quinn, concentrándose en la comida y reorganizando todo como si fuera de una enorme importancia. Detrás de su sonrisa de seguridad y confianza, Riley detectó algo de inquietud. Sospechaba que Quinn no estaba acostumbrada a tener a Lindsey cerca cuando estaba con mujeres con las que salía.

"Se ha ofrecido para cocinarnos," dijo Riley. "¿No es bonito?" Ella y Quinn se habían visto casi todas las noches desde su segunda cita y se sentía muy natural tenerla aquí.

Lindsey le dedicó una mirada de incredulidad a Quinn. "Tú nunca terminas pronto, y nunca cocinas para *mí*."

"Ahora sí," dijo Quinn encogiéndose de hombros. "Es una tarde preciosa y..."

"Y estoy segura de que preferiríais pasarla juntas," Lindsey terminó la frase en tono burlón. "Así que...decidme si preferís tener un poco de privacidad. Puedo venir en otro momento." Se acomodó en una de las sillas y apoyó los pies en un banco. "En realidad, no, lo retiro. Esa ciabatta tiene una pinta deliciosa y tengo muchas ganas de un trago, así que tendréis que aguantarme."

Riley se echó a reír. "Ni se me ocurriría echarte. ¿Vino?"

Lindsey asintió con entusiasmo y Riley le dio una copa. "¿Cómo te ha ido el día?"

"Ocupada. Gracias a Dios que es viernes." Lindsey estiró los brazos por encima de la cabeza y bostezó. "He estado literalmente yendo de un lado para otro sin parar. El comienzo de la primavera es nuestra temporada alta y las reservas para alquileres de larga duración se están volviendo locas en este momento."

"Pero eso es bueno para tus comisiones, ¿no?" preguntó Quinn.

"Eso es verdad. No debería quejarme, pero apenas he tenido tiempo de charlar con Marcellus."

"¿Marcellus el farsante?" Quinn negó con la cabeza. "Déjalo ir, Lindsey."

"No." Lindsey dio un sorbo a su vino y luego se sirvió un trozo de pan. "Me gusta hablar con él. Él me entiende. Es como si nos conociéramos desde siempre."

"Probablemente te ha buscado en internet para pretender que tiene los mismos intereses y gustos que tú." Quinn frunció el ceño y la miró fijamente. "Lo siento. No quiero ser negativa, pero estoy preocupada."

"No lo estés. Confío en él."

Riley no se interpuso en la conversación, pero estaba totalmente de acuerdo con Quinn. Desde su breve paso por una aplicación de citas, había visto más perfiles potencialmente falsos de los que podía contar, y sabía que había muchas posibilidades de que Marcellus no fuera quien decía ser. Estaba a punto de cambiar de tema para cortar la tensión cuando Lindsey se le adelantó.

"Bueno, no hablemos de Marcellus. ¿Cómo van las renovaciones, Riley? ¿Has decidido qué vas a hacer con todas las habitaciones?"

"Ya he hecho tantas cosas que estoy sorprendida de mí

misma," dijo Riley, cogiendo un trozo de pan y mojándolo en el delicioso tzatziki que Quinn había preparado. "Luego te enseño mi progreso. Tengo curiosidad por saber qué piensas. Ahora mismo estoy ocupada preparando dos dormitorios porque mi hermana y mi sobrina vendrán de visita en unas semanas."

"¡Qué bien!" dijo Lindsey sonriendo. "¿Cuántos años tiene tu sobrina?"

"Cinco. Es muy mona."

"Deberías traer a los niños cuando estén aquí," dijo Lindsey a Quinn. "Sería bueno para la sobrina de Riley tener amigos con los que jugar."

"Sí, tráelos." Riley miró a Quinn a los ojos y ésta le dedicó una tímida sonrisa. "Quiero que conozcas a mi hermana y a Mindy y sería genial reunirlos a todos."

"¿Tu hermana sabe algo sobre Quinn?" preguntó Lindsey.

"No, no le he dicho que estoy saliendo con una mujer. Creo que se sorprenderá, y no solo por Quinn." Dijo Riley encogiéndose de hombros. "Mi vida es tan diferente ahora que no creo que lo entienda aunque se lo explique." Hizo una mueca al recibir el sol en la cara mientras miraba al río. Se dio cuenta de que ya no se arrepentía de haber comprado la Casa Aster. Estaba en el jardín trasero con su nuevo amor y su nueva amiga y ante ella había una vista preciosa y serena, una vista que era solo suya. Era capaz de relajarse sin los constantes pensamientos sobre los próximos pasos a dar en su mente y simplemente tomar los días tal como iban viniendo.

Quizás esa era la lección más importante que había aprendido. Las cosas simples eran a menudo las mejores cosas de la vida. Los pequeños momentos, fugaces pero importantes como esta noche, eran los que apreciaría cuando fuera mayor y recordara su vida. No reviviría el lanzamiento global de una marca de belleza o la publicidad de una nueva zapatilla. Pero recordaría esta noche, con el aroma de la primavera en el aire, su jardín floreciente, la mano de Quinn alrededor de la suya, la dulce sonrisa de Lindsey y el cielo que se volvía carmesí sobre el río Mystic. Esto, pensó, era lo que se sentía al vivir realmente.

CUARENTA Y OCHO

QUINN

"Si de verdad quieres mi opinión, creo que este amarillo mate quedaría estupendo en el pasillo," dijo Quinn señalando un cubo de pintura en el almacén. "Es un tono soleado y le quitará la sensación de hospital." Lo cogió y estudió la etiqueta. "Solo necesitarás una capa porque ya tienes la base de blanco."

"Sí, veo cómo quedaría." Riley sonrió y la besó en la mejilla. "Y sí, quiero tu opinión." Colocó tres cubos en su carrito. "Gracias. He pasado horas retrasándolo durante el último mes y tú lo has hecho simple. ¿Será suficiente esto?"

"Eso debería estar bien." Quinn miró a su alrededor para asegurarse de que no había nadie mirando. Tomó la cara de Riley entre sus manos y la besó en los labios. "Te pones mona cuando estás tomando decisiones. Frunces el ceño un poco."

Riley se rió y metió la mano bajo la camisa de Quinn para acariciarle la espalda. "Ah, ¿sí? Bueno, tú también eres muy mona. ¿Estás segura de que no te estoy quitando mucho tiempo?"

"En absoluto. ¡Esto es divertido!" Quinn dio un paso atrás cuando un miembro del personal pasó por allí. Estaba divirtiéndose de verdad y, aunque la idea de ayudar a Riley a decorar su antigua casa habría parecido absurda antes, ahora parecía algo completamente natural. Le encantaba hacer cosas con Riley, cosas normales y cotidianas. "¿Qué más necesitas? ¿Pintura para los dormitorios?"

"Sí. Y ropa de cama bonita y alfombras y cortinas. Y probablemente también necesite algunos muebles adicionales para renovarlas. Quiero que las habitaciones sean bonitas y románticas."

"Bonitas y románticas. Suena perfecto." Quinn sonrió. "Podemos encontrar la mayoría de las cosas aquí, pero hay una tienda de muebles de segunda mano a unos veinte minutos en coche hacia el norte. ¿Quizás podríamos ir allí después? Tal vez encuentres algunas antigüedades bonitas y yo puedo llevarlo todo en la camioneta."

"¿En serio? ¡Me encantaría!" Los ojos de Riley se abrieron como platos y asintió con entusiasmo, era adorable. Era una persona diferente a la mujer que había conocido por primera vez en el restaurante. Atrás quedaron los trajes que exudaban poder y una conducta seria y sensata. Vestida con pantalones vaqueros, zapatillas de deporte y una sencilla camiseta gris, ahora tenía una vibra de una chica común, aunque una chica común preciosa. Llevaba el pelo recogido en una cola de caballo y estaba bronceada de sus ratos disfrutando en el jardín. Parecía más joven y saludable que cuando llegó a Mystic y, desde luego, más feliz. "¿Si no te importa?"

"Por supuesto que no. Es sábado y no tengo otro sitio donde estar, así que podemos hacer lo que quieras, preciosa." Quinn observó a Riley regresar al pasillo de las pinturas con ese lindo ceño fruncido. Realmente estaba involucrada en las renovaciones del hogar y sus habilidades habían avanzado a pasos agigantados a medida que crecía su confianza.

"Gracias." Riley le dedicó una mirada agradecida. "¿Qué te parece el azul claro para el dormitorio pequeño? Creo que a Mindy le gustará y este es un tono dulce que podría funcionar para niños y adultos. No quiero que sea demasiado infantil porque no tendré a muchos niños en casa con tanta frecuencia."

"Adelante," dijo Quinn. "Definitivamente es un color romántico." Hizo una pausa mientras examinaba las tarjetas con los diferentes tonos que colgaban delante de los estantes. "Yo dejaría los alféizares en blanco. Dará la sensación de frescura." Aunque estaba feliz de ayudar y asesorar a Riley con cualquier cosa que necesitara, también se dio cuenta de que se estaba involucrando más de lo que debería y ya podía imaginarse cómo sería la casa si dependiera de ella.

Este no era el plan, seguir hasta el final con Riley y decorar la Casa Aster como si fuera suya. ¿Se estaba dejando llevar? Estaba disfrutando muchísimo el proceso y viendo la transformación. La casa estaba floreciendo y entrando en una nueva era, fresca y luminosa con energías renovadas. Ya no le molestaban las paredes limpias y las alfombras quitadas. Desde que habían descubierto las reliquias familiares en el sótano, tenía todos los recuerdos que necesitaba, pero había una cosa que quería restaurar de verdad.

"¿Te importa si hago un columpio?" preguntó.

"Por supuesto que no. A Mindy le encantaría," contestó Riley.

"¡Genial! Voy a buscar un poco de madera. Está al otro lado de la tienda."

"¿Podemos hacer esto primero? Aún tenemos que

decidir los colores para las otras habitaciones." Dio un resoplido y movió la cabeza. "Hay que tomar tantas decisiones y queda tanto por hacer."

"Creo que deberías concentrarte primero en esas dos habitaciones y tal vez en tu dormitorio. No quiero que te estreses."

"Oooh." Riley sonrió con dulzura. "No necesitas preocuparte por mí."

"Se supone que tienes que tomártelo con calma."

"Estoy bien, te lo prometo. Ya no tengo palpitaciones y, desde luego, no me siento estresada." Le tomó la mano. "Pero tienes razón. Una cosa a la vez. El resto de la casa puede esperar."

"Buena chica." Quinn le guiñó un ojo y la rodeó por la cintura, mientras la alejaba del pasillo de las pinturas y se dirigían a la sección de la madera. "¿Sabes cuál es una actividad fantástica y relajante?"

"¿El sexo?" Riley le sonrió de manera sugestiva. "¿O te refieres a comprar antigüedades?"

Quinn se rió. "Sí, eso también, pero en realidad me estaba refiriendo a sentarte en un columpio y disfrutar del aire en tu cara. Te lo juro, es terapéutico."

"¿No somos un poco mayores para eso?"

"Nunca. Haré un columpio doble para que podamos usarlo y disfrutarlo juntas."

"Bien, ahora sí que me interesa. ¿Dónde va el columpio? ¿En el dormitorio?" Riley se llevó la mano a la boca cuando una anciana dobló la esquina de repente. Estaba claro que había oído la conversación y se las quedó mirando fijamente, con los ojos abiertos de par en par. "¡Ups!" Se rió y se sonrojó mientras se alejaban rápidamente de otros oídos.

Quinn no podía dejar de reírse. "Riley Moore, tienes una mente sucia y no te asusta compartirla con el mundo."

"Es todo culpa tuya. *Tú* eres la que me ha dado una mente sucia," replicó Riley, dándole un codazo. "Y ahora me estoy avergonzando delante de ancianas. ¿Qué me está pasando?"

"Me temo que el tasador llegará un poco tarde," dijo la madre de Quinn cuando miró el teléfono. "Espero no estar quitándote demasiado tiempo."

"En absoluto. Es un placer tenerla aquí, señora Kendall." Riley le acercó una silla de la cocina y preparó dos cafés.

"Por favor, llámame Audrey. No quiero seguir diciéndotelo."

"Por supuesto...Audrey." Riley cortó un trozo del pastel de chocolate que había comprado y se lo sirvió. "Quinn me dijo que te gustaba el chocolate." Estaba un poco aprensiva por estar a solas con la madre de Quinn, ya que no sabía que estaba saliendo con su hija. Quinn iba a decírselo a sus padres pero, había pasado tanto tiempo con Riley, que no los había visto desde la última vez que estuvieron aquí.

"Cariño, no deberías haberlo hecho." Audrey dio un mordisco y sonrió mientras masticaba. "Pero me lo comeré. ¿Es de la panadería de Martin? Hace el mejor pastel de chocolate."

"Sí. Es adictivo. He estado comiendo tanto pastel y

tanto pan desde que me mudé aquí que me está dando indigestión."

Audrey se rió entre dientes. "Oye, pero merece la pena. Hay que disfrutar de la buena comida."

"Eso es verdad." Riley también tomó un trozo de pastel, acompañándolo de un sorbo de café. "¿Conseguiste guardar todas las fotografías y los documentos?"

"Más o menos. Tuvimos que alquilar un almacén pequeño y algunas cajas están en el ático de Rob y Mary." Audrey sonrió. "¿Te pasó Quinn la invitación para venir a cenar a casa? Solo he hablado con ella por teléfono unos diez minutos esta semana. Ha estado muy ocupada con el trabajo."

Riley se sonrojó mientras asentía. "Lo hizo, muchas gracias. Me encantaría ir."

"Entonces, ¿has hablado con ella?" le preguntó Audrey entrecerrando los ojos. "¿O la has visto?"

"Sí la he visto." Riley no quería mentirle pero, al mismo tiempo, no le correspondía a ella decirle que estaban saliendo, así que no dijo nada más.

"Qué bien." Audrey vaciló un momento. "¿Os habéis visto mucho últimamente? Es una pena que no pueda estar aquí hoy."

Riley se mordió el labio y centró su atención en el café. Audrey estaba intentando sacar información y no sabía cómo manejar la situación. "Tenía un trabajo urgente esta mañana," dijo, evitando la primera pregunta. "¿Y tu marido?"

"Tenía un torneo de pickleball," dijo Audrey en tono de humor. "Son sagrados. Nada se interpone entre él y su juego. No es exactamente un profesional, pero lo disfruta," dijo y se encogió de hombros. "Pero es agradable que seamos solo nosotras dos. Me da la oportunidad de conocerte mejor porque algo me dice que te veré más en el futuro."

"Eso espero." La mente de Riley estaba haciendo horas extras intentando encontrar un cambio de tema. "¿Cómo os conocisteis tu marido y tú?" preguntó, a falta de una idea mejor.

"Robert era chef en un restaurante que yo dirigía en ese momento. Yo era muy joven, solo veintiún años. Era un lugar pequeño en el centro de la ciudad, con comida sencilla pero muy buena y con un gran ambiente. De hecho, fui yo quien lo contrató." Arqueó una ceja. "Y echando la vista atrás, puede que lo contratara por su aspecto, porque su CV no era espectacular. Estuve enamoriscada de él durante un año. No podía creer mi buena suerte cuando por fin me invitó a salir."

"Qué tierno," dijo Riley. "Parecéis muy felices juntos."

"Todavía lo somos, después de cuarenta y cinco años. Hemos pasado por mucho juntos. Con la ayuda de mi padre, abrimos The Harbor House y tuvimos un éxito increíble. Ese restaurante era nuestro orgullo y alegría." Audrey se encogió de hombros y se estremeció ligeramente. "Luego tuvimos a Quinn y, años más tarde, a Rob. Trabajábamos tanto que no sabíamos cómo equilibrar nuestro trabajo con nuestra vida privada pero, afortunadamente, a los niños les encantaba quedarse con sus abuelos durante la temporada alta. Sin embargo, eso es algo de lo que me arrepiento. No haber pasado más tiempo con ellos cuando eran pequeños. Nunca puedes recuperar ese tiempo perdido."

"No deberías culparte. Quinn parece tener muy buenos recuerdos de su infancia."

"Gracias a mis padres. Mi padre era muy bueno con ellos y Quinn estaba loca por él. Después de que perdiéramos el restaurante, estuve furiosa con mi padre. Ese restaurante era nuestra vida, un sueño que Robert y yo habíamos construido juntos. No le hablé durante años y, entonces, de repente, un día se fue. Ese es otro arrepentimiento." Suspiró y dibujó una sonrisa. "Pero, oye, así es la vida. Todos nos arrepentimos de algo, ¿no?

"Yo tengo muchos arrepentimientos," dijo Riley. "No he estado mucho en contacto con mi hermana ni con mi padre, pero tengo la intención de cambiar esa situación."

Audrey asintió. "Háblame de tus padres. Todo lo que sé es que naciste en Florida."

"Mi madre falleció hace dos años. Pero mi hermana y mi padre todavía viven allí."

"Siento lo de tu madre."

Riley sonrió con tristeza. "Creo que nunca me di tiempo para procesarlo. He estado pensando mucho en ella últimamente. Mi padre tiene ahora ochenta y cinco años, era diez años mayor que mi madre." Se hundió en el recuerdo y su mente regresó a su pequeño bungaló de dos dormitorios. "Estábamos lejos de ser adinerados. Mi padre trabajaba en una fábrica y mi madre era ama de casa. Cuando mi hermana y yo tuvimos la edad suficiente para quedarnos solas en casa, trabajó como limpiadora por las noches. Nuestros padres trabajaban muy duro pero, aún así, tenían dificultades económicas. Luego, la fábrica cerró y despidieron a mi padre. Eso les afectó mucho. Apenas había dinero suficiente para poner comida en la mesa. A menudo dependíamos del banco de alimentos y mi hermana y yo crecimos usando ropa usada de vecinos y parientes."

"Eso debió de ser duro." La mirada compasiva de Audrey se encontró con los ojos de Riley. "Pero mírate ahora."

"Sí, lo hice bien. Afortunadamente, era inteligente,"

dijo Riley. "Me las arreglé para conseguir una beca y estudié negocios y marketing. Estaba decidida a hacer algo por mí misma para poder darles una vida mejor porque ya no eran jóvenes y necesitaban de verdad un respiro. Después de graduarme, conseguí una interinidad en una agencia de marketing de Nueva York. Me abrí camino, ahorré hasta el último centavo y, después de cinco años, fundé una empresa pequeña de marketing que se convirtió en la más exitosa de la ciudad."

"Y todo por ti misma. Eso es admirable."

"Estoy orgullosa de lo que construí. Compré una casa bonita para mis padres y los ayudé, pero en el proceso, perdí la noción de lo que es realmente importante en la vida porque casi nunca los veía."

"Estoy segura de que estaban muy orgullosos de ti." Audrey se inclinó sobre la mesa y le apretó la mano. "¿Echas de menos tu trabajo?"

"Sí, pero también estoy descubriendo que hay mucho más en la vida y eso ha sido una revelación. ¿Tú echas de menos trabajar?"

"A veces." Audrey hizo una pausa. "Pero la hostelería es un negocio difícil. Era hora de jubilarse. Robert no tuvo ningún problema en adaptarse. Ha adoptado hobbies nuevos y cocina en casa todo el tiempo. Ha sido un poco más duro para mí, pero he decidido buscar un trabajo a tiempo parcial. Necesito mantenerme ocupada o me volveré loca," dijo con una risa entre dientes. "Si necesitas ayuda con la casa, soy muy manitas."

"Gracias. Podría aceptar la oferta." Le gustaba mucho la madre de Quinn. Era una mujer muy cálida y abierta y con quien era muy fácil hablar.

Sonó el timbre de la puerta y Riley se levantó para

presionar el intercomunicador del pasillo. "Ese será el tasador," dijo. "Veamos cuánto vale esa increíble colección de vinos."

CINCUENTA

QUINN

"¿Recuerda esto, señora Kendall?" Quinn ayudó a su abuela a salir del coche mientras Riley sostenía la silla de ruedas para que se pudiera sentar. La residencia le había dado permiso a Quinn para sacarla por el día y ella había querido traerla a la Casa Aster por un tiempo. Quizás era una mala idea, los flashbacks de su abuela eran impredecibles y era posible que ni siquiera reconociera la casa o le trajera malos recuerdos. La otra preocupación de Quinn era que pudiera retroceder en el tiempo, que se asentara en su pasado y que se negara a salir de la casa de nuevo. Pero era un riesgo que valía la pena correr porque tenía la sensación de que haría feliz a su abuela volver a su antiguo hogar, aunque solo fuera por un rato.

La anciana miró alrededor del jardín y levantó la vista hacia la casa. "Es preciosa, ¿verdad?" dijo, sus delgados labios formando una leve sonrisa.

"Desde luego que lo es. ¿Vamos al patio trasero a tomar una taza de té?" sugirió Riley.

"Sí. ¿Por qué no? ¿O quizás algo más fuerte? No me importaría una copa de oporto. Ha sido un día largo."

Riley se volvió hacia Quinn, que se encogió de hombros. Solo eran las diez de la mañana, pero si su abuela quería una copa de oporto, no se le ocurría ningún motivo para no complacerla. Si Quinn tuviera noventa y seis años y deseara tomar una copa, esperaba que alguien hiciera lo mismo por ella. "Una pequeña," murmuró y le dedicó una dulce sonrisa.

"Ahora mismo le traigo su copa de oporto," dijo Riley. "¿Y tú, Quinn?"

"Creo que tomaré lo mismo que la señora Kendall."

"Muy bien, entonces me tomaré una yo también." Riley desapareció en el interior de la casa y Quinn llevó a su abuela al jardín trasero.

"No recuerdo esto," dijo la anciana, señalando la pérgola. "¿Cómo ha llegado hasta aquí?"

Quinn se dio cuenta de que no había pensado bien esto. Todo parecía diferente, especialmente dentro, y eso podría resultar confuso. "Se instaló esta mañana," dijo, a falta de una mejor explicación. "Fue una sorpresa de su marido. Le envía su amor. Volverá mañana."

"Mi Arthur. Eso es muy bonito de su parte." Su abuela aplaudió y su sonrisa se hizo más amplia cuando Quinn acercó la silla de ruedas junto a la mesa. "Qué carpintería tan excelente y parece muy moderna." Entrecerró los ojos mientras estudiaba la construcción. "Dios mío. Nunca he visto nada igual."

"Solo lo mejor de lo mejor para usted," dijo Quinn, aliviada de que todo estuviera yendo tan bien de momento. "¿Cómo le ha ido el día?"

Su abuela miró hacia el río, y por una fracción de segundo se estremeció, como si no supiera qué responder. "Fui al mercado," dijo por fin. "¡Sí, eso es!" su rostro dibujó una sonrisa de triunfo como si ese recuerdo aleatorio le llegara con claridad. "Fui al mercado y compré cerezas frescas. Voy a hacer un pastel de cerezas después de la iglesia antes de que llegue mi Arthur. Está en Nevada en un viaje de negocios."

"Debe ser un hombre importante," dijo Quinn.

"Oh, sí. Es amigo de todos los hombres importantes. Se reúnen todos los sábados por la noche en nuestra casa."

"¿En el sótano?" preguntó Quinn, el corazón latiéndole muy rápido.

"Sí. ¿Cómo sabes sobre el sótano? Pensé que era el secreto mejor guardado de Mystic."

"Su marido me lo enseñó," contestó Quinn vacilante. "Me hizo un recorrido por la casa y también me enseñó el sótano."

"Oh." Su abuela pareció desconcertada. "No creo que haya llevado nunca a una mujer allí. Es un club privado de caballeros, por así decirlo. Pero, bueno, podría haberte confundido con un hombre por tu cabello corto."

Quinn se rió entre dientes. "Es posible. ¿Sabe usted para qué se usa el sótano cuando su marido invita a sus amigos?" Se había estado preguntando si su abuela estaba al tanto de los juegos de su marido y no podía dejarlo ir. Si alguna vez había un momento perfecto para hacer preguntas, era ahora.

"¿Quién sabe?" contestó su abuela encogiéndose de hombros. "Podrían estar bebiendo o jugando. Probablemente ambas cosas, pero una buena esposa nunca cuestiona a su marido y, sea lo que sea, estoy segura de que es algo perfectamente inocente. Ninguna mujer aparte de mí y ahora tú también," añadió con una sonrisa divertida "ha puesto un pie allí. Lo único que importa es que Arthur me ama y me cuida." Se inclinó y bajó la voz hasta convertirla en un susurro. "Te contaré un secreto, pero tienes que prometerme que quedará entre nosotras."

"Lo juro," dijo Quinn y se hizo una cruz sobre el corazón.

"Estoy embarazada." Su abuela mostró una gran sonrisa. "Según el médico, estoy de tres meses y no puedo esperar a decírselo a mi Arthur."

"¡Eso es fantástico! Felicidades." Quinn levantó la mirada cuando vio acercarse a Riley llevando una bandeja con tres copas pequeñas de oporto y un cuenco con trozos de queso. Eran los aperitivos más antiguos que había podido encontrar. Su abuela los atacó felizmente con sus frágiles manos.

"Gracias, querida. Dios nos ha honrado y por fin vamos a tener nuestra pequeña familia."

"¿Está embarazada? Felicidades," intervino Riley.

"Probablemente no debería beber alcohol si está embarazada." Quinn miró las copas sobre la mesa. Lo había comprado por si su abuela quería uno.

"¿Por qué?" Su abuela parecía confundida y Quinn se dio cuenta de que estaba estancada en una época donde nadie consideraba que fumar o beber podría ser mala idea durante el embarazo.

"Tiene razón. Solo estoy bromeando," dijo dándole una copa. "Y ahora, ¿brindamos por su bebé?"

"Sí, hagámoslo."

Riley cogió una copa también y la levantó, la chocó con cuidado contra las manos inestables de la anciana. "Salud para usted, Dorothy. Estoy segura de que tendrá una familia preciosa."

CINCUENTA Y UNO
QUINN

Quinn estaba un poco conmocionada después de colgar. El subastador de vinos la había llamado para informarle sobre la subasta y se sorprendió al saber que ella, su hermano y su madre habían ganado poco más de ciento cincuenta mil dólares por la venta de los vinos raros del sótano de la Casa Aster. Aunque había una reserva considerable de la colección, no esperaba un resultado tan espectacular y eso supondría una gran diferencia en su situación financiera. Junto con sus ahorros, ahora tendría suficiente para comprar una casa, sin hipoteca, lo cual era una perspectiva agradable.

Miró por una ventana hacia la Casa Aster y sonrió cuando vio una mota pequeña moviéndose en la distancia. Riley estaba en casa y estaba sentada junto al agua. Al vivir enfrente, era difícil no buscarla con la mirada constantemente, y en los días en que no estaba con ella, Quinn se encontraba obsesionada con la casa, esperando poder verla, aunque solo fuera un poco. Marcó el número de Riley y salió al techo de su barca para saludarla. "Está vendido," dijo, y se rió cuando Riley levantó el puño en señal de victoria. "Fue bien, muy por encima de nuestras expectativas."

"Increíble. ¡Lo sabía! ¿Quieres venir a celebrarlo?" preguntó Riley, y Quinn la vio moverse hacia la orilla del río. "Espera..."se rió entre dientes. "¿Esa barca tuya navega? Quiero decir ¿de verdad se mueve si tú quieres?"

"Claro. Normalmente no la muevo, pero hoy no hay viento, así que supongo que podría." Quinn se rió. "¿Por qué? ¿Quieres que cruce?"

"Parece una idea divertida. Hay un anillo de amarre viejo aquí, pero si es mucho trabajo, podría ir yo..."

"No, yo voy," dijo Quinn. "Dame veinte minutos. Solo necesito soltar la barca y poner el motor en marcha."

RILEY LA ESTABA SALUDANDO con la mano, esperando con una botella de champán y dos copas. Llevaba unos vaqueros manchados de pintura y una camiseta ajustada. Las manchas de pintura en los brazos y las salpicaduras en la mejilla izquierda la hacían adorable. Tenía el pelo recogido en un moño con mechones sueltos enmarcando su rostro y estaba descalza, con las uñas de los pies pintadas de un tono rojo intenso.

"Hola, preciosa. Parece que has estado ocupada," dijo Quinn, saltando a tierra una vez que aseguró su embarcación.

"Sí. He estado trabajando en la habitación de Mindy." Riley le rodeó la cintura con sus brazos y la besó. "Acababa de terminar por hoy cuando has llamado. Felicidades. Debes estar muy feliz."

"Sí. Mucho más ahora que puedo besarte."

"Mmm..." Riley separó los labios y la besó más profundamente. Para Quinn era como volver a casa. Si dependiera de ella, pasaría cada minuto libre con Riley, pero no quería que pensara que la necesitaba demasiado. "He estado pensando en ti," dijo Riley. "¿No puedes dejar la barca aquí y así seríamos vecinas y podría verte todo el tiempo?" Bromeó, como si le hubiera leído la mente.

"Me encantaría, pero me temo que necesitaré electricidad." Cuando Riley dio un paso atrás, Quinn le cogió la botella. "¿Quieres que la abra?"

"Sí, por favor. ¿Estás libre esta noche?"

"De hecho, iba a ir a cenar a casa de mi hermano más tarde. Acaba de invitarme." Quinn descorchó la botella y les sirvió una copa a ambas. "¿Te gustaría venir?"

"¿Esta noche?" Se sonrojó. "¿Estás segura?"

"Sí. No les he hablado de nosotras todavía, y mis padres tampoco lo saben, porque he estado ocupada con..." Quinn sonrió mientras ponía la botella sobre la mesa. "Bueno, contigo."

"Sí, hemos estado ocupadas, ¿verdad?" La forma sugerente en que la miraba hizo que Quinn se derritiera por dentro. En las pocas noches que habían pasado separadas desde su primera noche hacía dos semanas, se había quedado despierta sobre la cama, echando de menos a Riley y fantaseando con ella y pensando en que, cuando estaban juntas, tendía a olvidarse de todo lo demás. "Me encantaría ir contigo," dijo Riley, dando un sorbo a su champán.

"Genial. Le mandaré un mensaje a Rob para hacérselo saber." Quinn sacó su teléfono del bolsillo trasero y dudó por un momento mientras levantaba la vista. "Debo advertirte. No he llevado a una mujer allí antes, así que podrían armar un poco de revuelo."

"¿No? ¿Por qué?"

"No acostumbro a presentarles a mi familia a las mujeres con las que salgo. Nunca ha sido lo bastante serio como para hacerlo."

"Entonces, ¿por qué yo?" preguntó Riley. "No hace mucho que nos conocemos."

"No, pero parece perfecto, ¿no crees?" Quinn hizo una pausa. "Simplemente es perfecto."

"Sí." La sonrisa de Riley se hizo más grande cuando se acercó un poco más y acarició la mejilla de Quinn. Sus largos dedos se curvaron alrededor de su cuello y rozaron suavemente su cabello, haciendo que Quinn se estremeciera. "¿Cuánto falta para que tengamos que irnos?"

"Dos horas," susurró cuando sus labios se rozaron. "¿Te viene bien?" tomó el labio inferior de Riley entre sus dientes y tiró de él, la besó de nuevo, saboreando el champán en su lengua.

"Hmm. Necesito darme una ducha, pero hay otras cosas que prefiero hacer ahora mismo." Sonrió con picardía mientras retrocedía poco a poco y pasaba un dedo por el pecho de Quinn. "Pero soy buena haciendo múltiples tareas. ¿Quizás podríamos ducharnos juntas?"

"Me gusta esa idea," dijo Quinn, moviéndose en el acto cuando una tensión se extendió entre sus muslos. "¿Alguna vez has tenido sexo en la ducha?" Se mordió el labio e hizo una pausa. "Agua caliente, mucho jabón, piel resbaladiza..."

"No."

"¿No?" La voz de Quinn se elevó un poco y pronunció la palabra lentamente y en tono burlón mientras arqueaba una ceja. "Bueno, eso es pecado. Será mejor que lo tachemos de tu lista."

"¿Qué tal si llevamos la botella al baño?" Sugirió Riley. Sus ojos bajaron a los labios de Quinn. "Podemos brindar por los vinos raros, por las duchas calientes y por todo lo que nos hace sentir bien."

CINCUENTA Y DOS

RILEY

"¡Riley!" Lila vino corriendo hacia ella y le dio un abrazo.

"¡Oh! Hola, cariño. Pero ¡mírate!" Riley dio un paso atrás y puso sus manos sobre los hombros de la niña. "Estás preciosa, como una princesa."

"La tía Quinn me compró este vestido," dijo Lila con una sonrisa sin dientes. "Es un vestido de hadas, pero mamá no me deja ponérmelo para ir al colegio."

"No creo que ninguna de tus amigas lleven vestidos de hadas para ir al colegio, ¿verdad?" Mary besó a Riley en la mejilla y le acercó una silla. "Es un placer verte de nuevo."

"Gracias por invitarme." Riley saludó a Rob y a Tommy, que entró en la cocina con un iPad en las manos. "¿A qué estás jugando, Tommy?"

"Es un juego de carreras. Soy muy bueno. Soy el número tres en mi liga."

"Por favor, guarda eso, Tommy," dijo Rob. "No se permiten los juegos durante la cena, ya conoces las reglas."

"Pero no he terminado todavía y si paro ahora, yo..."

"Lo digo en serio, Tommy." Rob le quitó el iPad y lo

colocó encima del frigorífico, donde no podía alcanzarlo. "Puedes volver a usarlo después de la cena."

Tommy se sentó a la mesa enfadado y se cruzó de brazos. "Nunca me dejas hacer nada."

"Pobrecito. Debe ser muy duro para ti," bromeó Quinn, haciendo un puchero. Miró a Riley, le puso la mano sobre el muslo por debajo de la mesa y, moviendo la boca, le dijo "¿Estás bien?"

Riley sonrió y asintió, un poco nerviosa por la noche que tenía por delante. No porque Mary o Rob la hicieran sentir incómoda, sino porque sabía que traerla aquí era importante para Quinn.

La cocina era acogedora y estaba desordenada, un lugar típico para personas con niños. Estaba lleno de juguetes, había dibujos en el frigorífico sujetos con imanes llamativos y un calendario grande en la puerta lleno de garabatos. El fregadero estaba repleto de tazas y platos y una capa nueva de pintura en la pared aún mostraba el contorno de un rotulador que uno de los niños había usado para pintar en ella. "Tienes una casa preciosa," le dijo a Mary.

"Gracias. Nos encanta, aunque me disculpo por el desorden." Mary colocó una tabla grande de cortar de madera con antipasti sobre la mesa y se sentó con un suspiro de alivio. "Y será aún mejor ahora que podemos permitirnos hacer algunos arreglos." Sonriendo, señaló la pared. "Y eso incluye reparar todo el daño creativo que estos dos han causado a lo largo de los años."

Riley se rió. "Estoy segura de que ha llegado en un buen momento."

"Sí. Definitivamente es un buen motivo para celebrar," dijo Rob. "Nuestros padres no han podido venir esta noche, pero nos reuniremos todos la próxima vez. Papá tiene un torneo de pickleball y le gusta tomar una copa con su equipo después del juego, así que mamá lo llevará. Me temo que no tenemos champán en casa, pero tenemos un Bartolo espléndido que ha estado esperando para ser probado en una ocasión especial y combina perfectamente con la mozzarella de búfalo."

"Tiene todo una pinta deliciosa." Riley le entregó su plato y él se lo llenó de alcachofas marinadas, mozzarella, alcaparras, mortadela y ensalada de tomate. Había sobre la mesa también pan ciabatta con aceite de oliva y pesto y una selección de verduras asadas. Cerró los ojos al tomar un trozo de la mozzarella, seguido de un sorbo del vino que Rob le había servido. "Tienes razón, esto es como estar en el cielo."

"Has venido en una buena noche." Mary le pasó las verduras y el pan para que pudiera servirse ella misma. "Normalmente lo hacemos sencillo. Es más fácil con los niños."

"No quiero eso. Quiero pizza," se quejó Tommy.

Lila miró a su hermano y asintió. "Yo quiero pizza y helado. No he tomado helado desde..."

"Desde ayer, así que deja de enfadarte y come tus verduras," dijo Mary con la boca llena y apuntando a los niños con el tenedor. "Un día, aprenderéis a apreciar la buena comida y me agradeceréis por no haberos criado con comida basura insípida y frita." Se volvió hacia Quinn y Riley y las observó con curiosidad. "Bueno, decidme. ¿Qué está pasando con vosotras dos? Parecéis..." Se rió entre dientes mientras miraba a los niños y asegurarse de que no estaban escuchando. "Cómodas."

Riley se dio cuenta de que se estaba inclinando hacia Quinn y retrocedió un poco. No se había dado cuenta de que lo había estado haciendo todo el tiempo y que se había convertido en un hábito. Le encantaba el contacto corporal, la calidez que le brindaba y cómo la hacía sentir tenerla cerca. Esa necesidad era una sensación nueva y maravillosa, pero también era extraño en ella, y ver a Mary mirándola como si pudiera leerle la mente la sobresaltó un poco. Esperó a que Quinn respondiera, pero Quinn parecía igualmente desconcertada, así que le dedicó una sonrisa tonta a Mary y guardó silencio, igual que Quinn.

"Vale, eso dice bastante," dijo Rob riendo. "Sea lo que sea, me alegro por vosotras."

"Sí. Está claro que no es algo para que los niños lo oigan," intervino Mary. "Continuemos esta conversación más tarde."

"¿Qué no es para que los niños lo oigan?" Tommy los miró con curiosidad. "¡Decídmelo! ¡No soy un bebé!"

"Vale, Tommy. Tienes razón, no eres un bebé," dijo Mary. "Parece que la tía Quinn y Riley se gustan. Eso es lo que estábamos hablando."

"Pero son amigas." La mirada inocente de Lila era increíblemente dulce mientras se metía un trozo de pan en la boca. "Por supuesto que se gustan."

"Significa que tienen sexo, tonta." Tommy puso los ojos en blanco hacia su hermana pequeña. "Las mujeres también pueden tener sexo. Ilse y Patty de mi clase tienen sexo todo el tiempo."

"Ah, ¿sí?" Quinn se echó a reír. "¿Estás seguro de eso? Solo tienen ocho años, ¿verdad?"

"Estoy seguro. Ellas mismas me lo dijeron," dijo Tommy con total naturalidad. "Se besan en la boca. Es asqueroso." Se metió el dedo en la garganta y sintió arcadas. "Y ahora están enamoradas. ¡Puaj!"

"¿Cómo van las renovaciones, Riley?" Rob intentó cambiar de tema, sorprendido por lo informado que estaba su hijo. Lila se reía y seguía repitiendo la palabra "sexo", mientras su pobre padre empezaba a sudar.

Aunque las payasadas de Lila la hacían reír, Riley intentó ignorarla, siguiendo el ejemplo de sus padres. "Muy bien, gracias," contestó Riley. "Mi hermana y mi sobrina vienen de visita, así que estoy tratando de acelerar el proceso. ¿Por qué no venís cuando ellas estén aquí? Su hija es de la misma edad que Lila, así que pueden tener un rato de juegos."

"Sí, definitivamente lo haremos. ¿Has oído eso, Lila?" le preguntó Mary, tratando de distraer a su hija de la palabra nueva que había aprendido. "La sobrina de Riley tiene tu misma edad. Así podréis jugar juntas."

"Podemos hacer sexo." Lila se reía tanto que casi se cae de la silla. "¡Sexo, sexo, sexo!"

Tommy le dio un codazo. "Para, eres asquerosa."

"Madre mía." Mary suspiró y se tapó la cara con las manos. "Y así comienza..."

"Pronto se aburrirá," dijo Rob con optimismo.

"Lo dudo. Ha estado repitiendo la palabra "coquetear" toda la semana." Mary se levantó para echar un vistazo a la lasaña que estaba en el horno. "¿Cómo lidian otros padres con estas cosas?"

"Solo hay una manera..." Quinn puso a Lila sobre sus piernas y empezó a hacerle cosquillas hasta que la niña gritó. "¡Se lo quitaré haciéndole cosquillas!"

Riley se rió mientras veía a Quinn y su sobrina juntas. Era una visión tierna y preciosa y sintió una calidez en lo más profundo de su ser, una sensación nueva que no podía analizar del todo. Algo al ver a Quinn tan estupenda con los niños tocó la fibra sensible de su corazón y despertó pensamientos que nunca antes había tenido. ¿Cómo sería Quinn como madre? ¿Cómo sería *ella* como madre? Dejó esos pensamientos para más tarde. Ya tenía bastante que procesar, e incluso pensar en un tema tan serio como ese era demasiado por ahora.

CINCUENTA Y TRES
QUINN

La casa pequeña en el centro de Mystic era pintoresca y tenía mucho carácter. Ubicada entre una cafetería y una tienda de velas artesanales, la propiedad de dos plantas tenía dos dormitorios y una terraza en la azotea con vistas a la calle principal.

"Es bonita, ¿verdad?" Lindsey dio un golpecito sobre la repisa de la chimenea. "No hay nada mejor que esto. Es raro que salgan a la venta casas en la calle principal, así que tienes suerte de que tu mejor amiga sea agente inmobiliaria."

"Sí, es muy agradable." A Quinn le gustaban las paredes de ladrillo visto de la sala de estar y la chimenea abierta, que sería acogedora en invierno. El baño principal en suite tenía una bañera espaciosa y una ducha a ras de suelo y la cocina de estilo rural, recientemente renovada, era encantadora y estaba en excelentes condiciones.

"¿Y sabes qué es lo mejor?" Lindsey la llevó hasta la ventana y señaló la oficina inmobiliaria situada enfrente. "Mira, esa es mi mesa. ¡Nos podemos saludar!"

Quinn se rió. "¿Eso es lo mejor? ¿Tú espiándome?"

"Yo lo veo más como un control social," dijo Lindsey con una sonrisa. "Bueno, ¿qué? ¿Estás interesada en hacer una oferta? Podría enseñarte más propiedades pero esta es una joya. Además, te conozco muy bien y sé lo que te va bien."

"Tendría que pensarlo. No estaba pensado exactamente comprar nada *ahora mismo*."

"Vale. Pero no hablo como agente inmobiliaria que está persiguiendo una comisión. Te hablo como amiga y te digo que esto volará en unos días, una vez que salga oficialmente al mercado. Es la única razón por la que insistí en que vinieras hoy."

"Lo sé. Es absolutamente impresionante pero, aún así, tengo que pensar en ello." Quinn vaciló un momento. "No sé qué es, pero algo me está frenando."

"¿Es Riley?", preguntó Lindsey, ladeando la cabeza mientras la miraba. "Si la cosa funciona entre vosotras y decidís que preferís vivir juntas en otro sitio, siempre puedes alquilar esta casa a turistas. Ganarías una fortuna en verano. O tal vez a Riley también le gustaría vivir aquí con el tiempo. Creo que se siente un poco perdida en esa casa tan grande."

"Aún es demasiado pronto para tener ese tipo de conversaciones."

"Claro, pero no puedes negar que te ha rondado por la cabeza. No hay por qué sentir vergüenza de admitirlo." La sonrisa de Lindsey se hizo más suave. "Mira, esto es lo que pienso. Habla con Riley. No de iros a vivir juntas ni nada de eso, por supuesto. Solo dile que has visto una casa que te gusta. Es lo que haces cuando estás saliendo con alguien. Hablas de las cosas."

Quinn asintió. "Lo haré."

"Solo que no esperes demasiado porque..."

"Lo sé, lo sé. Habrá desaparecido." A Quinn no le gustaba la presión, pero sabía que Lindsey solo estaba intentando ayudarla. Mirando alrededor de la sala de estar, trató de imaginarse viviendo aquí. Aparte de la Casa Aster, nunca había vivido en ningún otro lugar que no fuera el campus o su barca, y sería bueno volver a tener más espacio. "Bueno, será mejor que vuelva al trabajo, pero muchas gracias. Te lo agradezco de verdad."

"De nada. Mándame un mensaje si tienes alguna pregunta," dijo Lindsey mientras salían de la casa. "¿Qué vas a hacer esta noche? ¿Vas a ver a Riley?"

"Sí, la veré más tarde. Me preocupaba que tal vez estuviéramos yendo demasiado rápido, pero la verdad es que queremos vernos, así que parece una estupidez no hacerlo."

"No creo que haya nada malo en eso. Es mono." Lindsey le rodeó los hombros con el brazo y la apretó. "Me encantó verte tan feliz con ella."

Quinn le sonrió. "¿Sigues enviándote mensajes con el farsante?"

Lindsey le dio una bofetada de broma. "¡Marcellus no es un farsante!" Se echó a reír. "Bueno, quizás sí. Siguió posponiendo nuestra cita, así que le di un ultimátum. Le dije que no estaba interesada en una relación por WhatsApp y que si esperaba tener alguna oportunidad conmigo, tendríamos que conocernos en persona."

"¿Y?"

"Y aceptó reunirse conmigo para tomar un café el fin de semana. Esperemos que aparezca."

"¿Estarás bien? Estoy un poco preocupada. Puedo ir y quedarme por allí, como hablamos."

"No, está bien. Sugirió que quedáramos en la panadería y Martin me dijo que cuidaría de mí." Lindsey se rió entre dientes. "Probablemente es mejor que te mantengas alejada de él."

"Sí." Quinn frunció el ceño. "No sabía que Martin y tú estuvierais tan unidos. Nunca lo nombras."

"No estamos *tan* unidos, pero siempre tenemos una charla agradable cuando voy por allí y le dije que tenía una cita. Además, ¿por qué lo iba a nombrar delante de ti? Sigue siendo un tema delicado."

"Mientras no creas que me supone un problema que tú y Martin seáis amigos. Eso sería una tontería," dijo Quinn. "Quiero decir que es poco probable que alguna vez salgamos los tres juntos. El tipo me odia. Pero lo que tú hagas es asunto tuyo."

"Lo sé." Atravesaron la calle y Lindsey se demoró delante de su oficina. Parecía perdida en sus pensamientos mientras miraba la panadería al final de la calle principal. "No entiendo por qué sigue soltero, es un tipo muy agradable. Y tampoco está mal."

"¿Cuánto te gusta?" preguntó Quinn. "¿Te atrae?"

"Dios, no. Lo conozco desde el instituto. No lo veo en ese sentido. Es demasiado familiar." Lindsey movió la cabeza y sonrió. "Es solo un tipo agradable que hace unas galletas deliciosas."

"Tendréis en común vuestro amor por las galletas." Quinn se encogió de hombros y le sonrió. "Y con tu amor eterno por ellas, sobre el papel, es una combinación perfecta."

"¡Para!" Lindsey siseó cuando una pareja pasó junto a ellas. "Alguien podría oírte. Ya sabes cómo habla la gente." Le sonó el teléfono con un mensaje y jadeó. "Oh, Dios. Se me olvidó que tenía que reunirme con alguien para un alquiler. Será mejor que vuele." Levantó la voz y miró por encima de su hombro mientras corría hacia su coche, aparcado delante de su oficina. "Piensa en la casa. ¡No quiero que la pierdas y te arrepientas!"

CINCUENTA Y CUATRO

RILEY

"Creo que a Mindy le gustará esto." Riley se secó las manos en los vaqueros y sonrió mientras miraba por la habitación. "Estoy contenta con el resultado."

"Te has superado a ti misma," dijo Quinn, entrando. "La transformación es asombrosa."

Riley se sintió orgullosa al ver el duro trabajo de los últimos días. Las paredes del antiguo dormitorio de Quinn habían sido rasgadas y pintadas en un hermoso tono azul claro. Cortinas de lino blanco adornaban los grandes ventanales, debajo de ellos había una antigua chaise-longue que había comprado en la tienda de muebles de segunda mano y una mesa de café con algunos libros y un jarrón lleno de rosas blancas. Había pintado el armario grande de blanco y había tomado prestada una cama enorme con dosel del sótano, que estaba cubierta con un colchón nuevo y ropa de cama blanca y azul. Había puesto sus obras de arte de Nueva York en las paredes, porque las pinturas modernas en tonos neutros lucían bien aquí, y había adornado la cama con almohadas decorativas que había comprado en el almacén. Había colocado también un bonito tocador con un taburete de terciopelo, un gran espejo antiguo y las mesitas de noche tenían unas lámparas de lectura muy monas que proyectaban estrellas en el techo. No era necesariamente una habitación para niños, pero estaba segura de que Mindy estaría encantada con su tocador y su cama de niña mayor en la que cabrían al menos siete niños de su tamaño. La alfombra de tonos blancos que cubría la mayor parte del suelo era gruesa y suave, con una leve mota azul claro que la recorría y que supuso el toque final para unirlo todo en perfecta armonía. Riley notó que la luz en el antiguo dormitorio de Quinn era maravillosa cuando el sol entraba por las ventanas. Pero lo mejor de todo era la vista sobre el jardín y el río. "Te debía encantar esta habitación."

"Sí. Te da paz, ¿verdad?"

Riley asintió. Tener a Quinn aquí le había enseñado a apreciar la casa, y ahora que poco a poco se estaba levantando de nuevo, se sentía cada vez más como en casa en la mansión, la mansión que tanto se había arrepentido de comprar hacía solo dos meses y medio. "Aún no he empezado con el cuarto de baño adyacente, pero es un trabajo grande, así que tendrá que esperar. Funciona y está limpio."

"Va a estar muy contenta." Quinn se volvió hacia el marco de la puerta y se llevó la mano al corazón cuando vio los surcos. "Has dejado mis marcas."

"Lo pinté muy ligeramente y luego quité la pintura de los surcos," dijo Riley. "También logré restaurar lo que había escrito al lado. Me llevó mucho tiempo porque tuve que usar un imperdible."

"Eso es muy bonito de tu parte. No tenías por qué hacerlo." Quinn se acercó un poco más a ella y le tomó la cara.

"Tenía que hacerlo. Es tu historia y es una de las cosas que hacen que esta casa sea especial, incluso para mí." Riley se inclinó para besarla y, cuando sus labios se rozaron, una calidez la invadió. "Quiero que sepas que respeto tu historia y que veo la Casa Aster bajo una luz diferente ahora que te conozco mejor." Sonrió con timidez. "Estoy loca por ti, Quinn." Riley no era de las que expresaban sus sentimientos así como así, pero era fácil ser abierta y honesta con Quinn y no tenía miedo de sentirse vulnerable con ella.

"Yo también estoy loca por ti, cielo." Quinn le pasó los dedos por el cabello y la miró a los ojos. "¿Cómo no podría estarlo?"

Riley se ablandó con su mirada. El impacto que esos ojos tenían sobre ella era algo a lo que quizás nunca se acostumbraría. "Me alivia mucho que estés de acuerdo con mis cambios." Hizo una pausa. "He estado pensando mucho últimamente en la casa..."

"¿Qué quieres decir?"

"En cuanto a los ingresos. Estaré bien durante los próximos diez años, pero si quiero vivir cómodamente a largo plazo, necesitaré algún tipo de ingreso. Y me preguntaba si sería una buena idea convertir la Casa Aster en una casa de huéspedes, solo para las temporadas de verano. Si la tuviera para mí solo en invierno, no sería un gran compromiso."

"Una casa de huéspedes..." Quinn frunció los labios mientras pensaba en ello. "¿Quieres decir como un bed and breakfast?"

"Exactamente. Simplemente un lugar tranquilo para pasar la noche para las personas que visitan Mystic." Riley se encogió de hombros. "Tengo que tener cuidado de no estresarme demasiado, pero ya tengo una persona para la limpieza, y si contrato a una asistenta adicional, podría encargarme fácilmente."

"Hmm." Quinn frunció el ceño. "Me pregunto por qué

ninguno de los propietarios anteriores pensó en eso. Es una idea fantástica."

"¿En serio? ¿Eso crees?"

"Sí. La Casa Aster tiene el diseño perfecto y todas las comodidades que se puede desear. Un jardín precioso, está en el agua y a un paseo del centro de la ciudad..." Quinn le lanzó una sonrisa traviesa. "Y si realmente quieres aprovecharlo al máximo, incluso podrías tener un bar pequeño inspirado en los años de la prohibición en el sótano. A la gente le encantaría."

Riley se rió. "¿A quién no le emocionaría entrar a un bar a través de una estantería, verdad?" Acercó a Quinn por la cintura y la besó de nuevo. "Me encanta tu idea y definitivamente lo pensaré un poco. Por cierto, ¿cómo te ha ido el día?"

"No tan productivo como el tuyo, pero ha estado bien. Mi equipo instaló una cocina y, en mi descanso, me reuní con Lindsey para ver una casa. Me llamó esta mañana porque acababa de recibir una lista nueva y pensó que sería perfecta para mí."

"Ah. No sabía que estuvieras buscando." Dijo Riley. La invadió un poco de inquietud pero no estaba segura de por qué.

"No estoy buscando," dijo Quinn encogiéndose de hombros. "Pero pensé que no estaría mal verla. Es una casa bonita."

"¿Solo bonita? No pareces muy interesada."

Quinn le pasó las manos por el trasero y levantó los ojos al techo mientras dejaba escapar un profundo suspiro. "No sé. Sobre el papel, es perfecta para mí, pero en realidad no lo sentía así."

"¿Porque no era la Casa Aster?" preguntó Riley, arrepintiéndose inmediatamente de haberlo mencionado. No

quería que la casa se interpusiera entre ellas, pero sospechaba que era inevitable. Estaban saliendo pero era *ella*
quien tenía lo que Quinn quería. Por lo tanto, no había
mucho equilibrio y eso, en ocasiones, la hacía sentir
incómoda.

"No…" Quinn vaciló, inmediatamente sonrió y negó
con la cabeza. "No tiene nada que ver con la Casa Aster.
Simplemente no la sentía."

CINCUENTA Y CINCO
QUINN

Era uno de esos días para recordar, pensó Quinn. Rodeó a
Riley con un brazo y besó su sien mientras caminaban hacia
la ciudad de Mystic. Era la primera noche del año que no
necesitaba abrigo o ropa que diera calor y con el sol poniéndose sobre el río, Riley a su lado y un fin de semana libre por
delante, no podía ser más feliz. La ciudad yacía tranquila-
mente a lo largo de la orilla del río, con las tiendas ya
cerradas y los restaurantes del muelle preparándose para la
noche, con los trabajadores colocando los muebles debajo de
los calentadores de las terrazas y sacando mantas.

"Es un pueblo precioso," dijo Riley. "Ahora lo veo."

"¿Lo sientes como tu hogar ya?"

"¿Sabes qué? Sí, la siento como mi casa." Riley sonrió
mientras la miraba. "Es mi primer hogar real desde que dejé
la casa de mis padres." Hizo una pausa. "Es extraño. Siento
Nueva York como un sueño lejano ahora, como si solo
hubiera ocurrido en mi imaginación. Nunca me tomé
tiempo para pasear por allí o para contemplar lo que me
rodeaba. Ahora me gusta ser más consciente de las cosas."

"Me alegra que te guste estar aquí," dijo Quinn. "Obviamente quiero que te quedes." Acercó a Riley, apreciando el olor de su champú y el calor de su cuerpo mientras cruzaban el puente levadizo, pasaban por la heladería y continuaban hacia la calle principal. "¿Te puedo enseñar la casa que miré? Ha estado en mi cabeza. Después de todo, parece que me siento un poco atraída por ella y no está lejos."

"Por supuesto. Me encantaría verla." Riley respiró hondo. "La ciudad huele diferente hoy."

"La primavera está en el aire. Es mi época favorita del año." Quinn observó que las copas de los árboles a ambos lados de la calle ahora estaban llenas y verdes, con sus ramas extendidas como brazos con dedos huesudos que casi se encontraban en el medio. "Mystic se verá inundada de turistas pronto. Te sorprenderá ver lo concurrida que se vuelve." Quinn entrecerró los ojos cuando pasaron por la panadería. Solía evitar mirar hacia dentro, pero sabiendo que Lindsey tenía allí una cita, no pudo resistir mirar por las ventanas. "¡Espera! Esa es Lindsey. ¿Por qué sigue ahí?"

Riley siguió su mirada. "Hmm. Tenía una cita, ¿verdad? Solo veo a Martin."

"Quizá su cita se fue cuando Martin cerró." Lindsey y Martin estaban sentados en una mesa junto a la ventana y el letrero de la puerta estaba en "cerrado".

"O quizás Marcellus la dejó plantada," dijo Riley. "No me sorprendería. Está claro que no es quien dice ser." Se paró y miró por encima del hombro. "Pobre Lindsey. ¿Deberíamos preguntarle si quiere cenar con nosotras más tarde?"

Quinn se quedó en el sitio y negó con la cabeza cuando vio a Riley reírse. "No. Me parece que está bien y algo me dice que deberíamos dejarlos solos."

"¿Qué? ¿Crees que se gustan?" Riley bajó la voz y sus ojos se abrieron de par en par. "Él habló mucho con ella la

última vez que la vi allí, pero no capté una vibra de coqueteo en su conversación. Él está soltero, ¿verdad? ¿O conoció a alguien después de...?" hizo una mueca y se calló.

"¿Después de Rebecca? No, que yo sepa." Quinn la tomó de la mano y sonrió. "¿Quién es la cotilla ahora, eh? Acabas de mudarte y ya estás especulando sobre posibles romances."

Riley se rió entre dientes y puso los ojos en blanco. "Oh, Dios. Tienes razón. Me estoy convirtiendo en una cotilla."

"No te preocupes, resulta mono." Quinn se paró y señaló la casa al lado de la tienda de velas. "Esa es. ¿Qué piensas?"

"¿Esa? Oh, guau, es preciosa. Tiene carácter y me encantan los alféizares azules y la fachada antigua de ladrillo. Entiendo por qué Lindsey quería que lo vieras." Riley miró por las ventanas. "Parece que los dueños siguen viviendo ahí."

"La propietaria es una señora mayor que busca reducir su tamaño porque tiene problemas con las escaleras. No tiene prisa por vender, pero Lindsey cree que desaparecerá en cuanto salga oficialmente al mercado."

"¿Así que estás pensando en hacerlo ahora?"

"No lo sé. Siento que estaría loca si no lo hiciera," dijo Quinn. "Es lo más sensato."

Riley asintió aunque parecía que quería decir algo más, pero cambió de opinión.

"¿No estás de acuerdo?"

Riley se encogió de hombros. "Ya sé que no soy nadie para hablar porque dejé que mi asistente eligiera mi casa, pero si tu corazón no está en ello, ¿quizás sea mejor esperar? Yo compré la Casa Aster por capricho y me arrepentí en el mismo momento en que crucé las puertas." Sonrió. "Ya no me arrepiento, por supuesto. Te conocí, y eso ha sido...

bueno, honestamente, ha sido lo mejor que me ha pasado en la vida. Pero piénsatelo."

Quinn le devolvió la sonrisa y tomó su cara entre sus manos. Escuchar a Riley decir eso la hizo derretirse de amor y todavía se pellizcaba por la suerte que había tenido de haberla conocido. "Te adoro," susurró y la besó con suavidad. Una pareja con un perro, a quienes reconocía vagamente, pasó junto a ellas pero los ignoró, y a Riley tampoco pareció importarle mientras la acercaba y le devolvía el beso.

Riley gimió suavemente mientras se separaba de ella. "Cada vez que me besas me vuelvo un poco loca," susurró. "No sé cómo lo has hecho, pero me tienes completamente entregada." Su expresión se volvió seria al mirarla a los ojos. "Si esto es tan real para ti como lo es para mí..." Tomó sus manos y dudó. "Bueno...quizás no sea mala idea esperar a comprar una casa. Es posible que queramos vivir juntas, dependiendo de cómo vayan las cosas entre nosotras."

Quinn asintió. "Sí. Yo también he estado pensando en eso, pero pensé que tal vez era demasiado pronto para mencionarlo. Me alegro de que tú lo hayas hecho."

"¿Entonces estás diciendo que eso es algo que podrías considerar?"

"Por supuesto. Quiero estar contigo todo el tiempo."

"Bien..." Su sonrisa se hizo más grande y sus ojos brillaron de emoción y alegría. "Resulta que tengo una casa muy, muy grande que da la casualidad de que te encanta."

Le dio un vuelco el corazón y apretó las manos de Riley. "No quiero que pienses que estoy contigo por la casa. Podríamos buscar algo juntas en el futuro y..."

"Eh, sé que no estás conmigo por la casa," dijo Riley interrumpiéndola. "Ya pasamos la mayoría de las noches juntas y la casa me gusta cada vez más. Incluso me atrevería

a decir que estoy empezando a amarla, y si las dos la amamos, ¿por qué íbamos a pensar siquiera en mudarnos a otro sitio?" Hizo una pausa. "Probablemente ambas necesitamos algo de tiempo, pero la casa no se va a ir a ninguna parte y yo tampoco."

Los labios de Quinn se abrieron y la miró fijamente mientras los pensamientos nublaban su mente. No era tanto la casa la que tenía su cabeza dando vueltas sino el hecho de que Riley iba tan en serio con ella y que quería que tuvieran una vida juntas. Mientras buscaba las palabras adecuadas, le llevó un tiempo darse cuenta de que alguien la estaba llamando.

"¡Quinn! ¡Riley!"

Miró por encima del hombro y vio a Lindsey cruzando la calle.

"¡Hola tortolitas!" Las mejillas de Lindsey estaban sonrojadas mientras les sonreía. "¿Le estabas enseñando la casa a Riley?"

"Sí, estábamos dando un paseo y..."

"¿Y?" preguntó Lindsey con interés, fijada en Riley. "¿Qué opinas?"

Riley se mordió el labio y reprimió una sonrisa. "Yo... uhm...creo que es preciosa." Se sonrojó, mirándose los pies para evitar su mirada.

"¿Lo ves? Te dije que le encantaría." Dijo al volverse hacia Quinn, sin tener ni idea de que acababa de interrumpir una conversación muy personal. "¿Lo has pensado? Va a salir al mercado en tres días, así que será mejor que te decidas."

Quinn negó con la cabeza. "No es para mí, pero a alguien le encantará esta casa."

"Ya." Lindsey parecía desconcertada. "¿Estás segura? Sería perfecta para ti."

"Estoy segura. Pero gracias por enseñármela, te lo agradezco. Por cierto, te he visto en la panadería con Martin. ¿Apareció tu cita?" preguntó Quinn, cambiando de tema. "¿Era real?"

"No, no era quien decía ser." Lindsey se cruzó de brazos. "Pero está bien. Al menos ahora lo sé."

"Lo siento, nena." Quinn le dio un abrazo. "¿Estás bien?" Tenía la impresión de que Lindsey estaba ocultando algo. "¿Te gustaría venir a comer algo con nosotras? Estábamos pensando en comer pizza."

Lindsey dudó. Estaba obsesionada con la comida y, en general, tenía miedo de perderse algo, por lo que el que tuviera que pensárselo resultaba sospechoso. "Claro, ¿por qué no?" dijo finalmente. "Mientras no hablemos de Marcellus. Solo quiero olvidarme de él."

"Muchas gracias por tu ayuda hoy." Riley enjuagó el último pincel, envolvió las cerdas con un poco de plástico y lo arrojó al cubo que estaba sobre la encimera de la cocina. "Me siento tan aliviada de que todo esté listo. He estado nerviosa por volver a ver a mi hermana. Por lo menos sus habitaciones son una cosa menos de las que preocuparse, y con dos semanas más que quedan, tal vez incluso tenga tiempo para arreglar la cocina."

"De nada, cielo." Quinn la rodeó con sus brazos por detrás y la besó en el cuello. "Quiero que te lo pases bien con ellas. Les va a encantar estar aquí." Sus labios viajaron hasta el hombro de Riley, extendiendo sus dedos sobre sus costillas.

Riley se estremeció cuando Quinn llevó la boca hasta su oreja y le mordió el lóbulo. "Me vuelves loca cuando haces eso. Es...mmm..." Su voz se desvaneció cuando Quinn bajó una mano hacia su trasero y lo apretó con fuerza. "Es tan sexy."

"Vas a ver lo que es sexy," susurró Quinn, deslizando su mano entre sus pantalones cortos. "Tú *me* vuelves loca cuando llevas ropa tan diminuta. He estado fantaseando con la idea de tenerte sobre esta encimera todo el día."

"¿Ah, sí?" Riley gimió mientras presionaba su trasero contra la pelvis de Quinn. La cálida mano que descendía la hizo estallar en llamas, estaba mojada y palpitando de anticipación. Arreglar las habitaciones juntas había sido divertido, pero los fuertes brazos de Quinn habían sido una distracción terrible mientras armaba la cama de su hermana, la flexión de los músculos bajo la suave piel completamente visible vestida con una camiseta blanca y vaqueros. Sabiendo que a Quinn le gustaba ver su piel, Riley se había puesto unos pantalones cortos y un suéter suelto que colgaba de un hombro. Todo el día había estado lleno de coqueteos y besos entre pintura y decoración, y ahora mismo estaba tan excitada que creyó que explotaría si Quinn la tocaba donde más lo necesitaba. "¿Qué te ha estado deteniendo hasta ahora?" preguntó con voz entrecortada.

"Me hago la misma pregunta." Quinn pasó una mano arriba y abajo de su espalda mientras la empujaba contra el mostrador. Su tacto era suave pero firme e hizo que las rodillas se le hicieran gelatina. La actitud de Quinn era enérgica y confiada de una manera que nunca había conocido con sus amantes y eso la volvió loca cuando Quinn tomó sus manos y las colocó sobre la encimera.

"Mantenlas ahí. Me encanta cuando te inclinas," dijo. "Tu trasero es exquisito." Riley sintió un movimiento contra su oreja y supo que Quinn estaba sonriendo. "¿Qué quieres? ¿Lento y suave o rápido y duro?"

Riley cerró los ojos y gimió al escuchar esas palabras. "Rápido y..." jadeó cuando la mano de Quinn se deslizó nuevamente dentro de sus pantalones sin previo aviso, esta vez por detrás. Entró lentamente en ella, al principio con dos dedos, y suspiró.

"Estás increíblemente mojada, Riley. ¿Todo esto es para mí?"

"Ajá." Riley gimió cuando los dedos de Quinn la llenaron, luego se retiraron antes de que comenzara a poseerla. Con embestidas profundas, Quinn se empujó contra ella mientras metía la otra mano debajo de la blusa y el sostén para acariciar sus pechos.

"¿Es bueno?", preguntó, pellizcando su pezón.

"Sí...Ahh..." Riley no sabía qué hacer cuando sintió los dedos de Quinn llenarla una y otra vez, notando que algo grande se estaba formando. "No pares," suplicó mientras sus uñas raspaban la superficie de madera. Bajó la frente sobre la encimera y apretó los dientes mientras Quinn movía su mano hacia su clítoris mientras la penetraba por detrás. Era deseo carnal en su estado más puro y la necesidad de liberación tiraba de ella mientras empujaba los dedos de Quinn y sus gemidos se hacían más y más fuertes.

"Córrete para mí, cariño." Echándose sobre ella y arañando con sus dientes la piel sensible del cuello de Riley, Quinn empujó más profundamente y curvó los dedos en su interior cuando la respiración de Riley se volvió pesada y entrecortada.

El sexo de Riley se puso tenso y cerró los ojos cuando se encontró con un orgasmo explosivo. Sabiendo que estaba demasiado débil para mantenerse en pie, Quinn la sostuvo mientras temblaba en sus brazos. Rozó los labios por su cuello, tomó su barbilla y giró su rostro para dejar suaves besos en su sien y su mejilla.

"Buena idea lo de la encimera," dijo Riley con una sonrisa, frotando su mejilla contra la de Quinn mientras recuperaba el aliento. Estaba sonrojada y estremecida por los efectos del orgasmo que acababa de disfrutar. Solo Quinn podía hacerle esto, hacerla sentir como si el mundo entero girara alrededor de ellas. Jadeó cuando Quinn salió de ella y le acarició el trasero. Girándolas y empujando a Quinn contra el mostrador, Riley se arrodilló y comenzó a desabrocharle la bragueta del pantalón. "Creo que a ti también te gustará la encimera."

Quinn gimió cuando Riley le bajó los vaqueros y los bóxers con un movimiento rápido. "Oh, Dios... ¡Espera!"

"¿Esperar a qué? ¿Vas a decir que no quieres esto? Porque sé que sí..." Riley pasó sus manos por las piernas de Quinn y llevó su boca entre sus muslos. Le encantaba el sabor de Quinn y cómo empujaba contra su lengua cuando la devoraba.

Quinn no respondió pero su lenguaje corporal le dijo que lo deseaba y mucho. Echando la cabeza hacia atrás, Quinn respiró hondo y levantó la cara hacia el techo, agarrándose al borde de la encimera hasta que sus nudillos se pusieron blancos. "¡Joder!"

Los labios de Riley se curvaron en una sonrisa mientras la atacaba con su lengua, agarrando su trasero y apretando sus glúteos, acercándola lo más que podía. Si alguien le hubiera dicho hace solo unos meses que llegaría a amar tanto el sabor de una mujer, no lo habría creído, pero ahora era todo lo que quería. Quinn se había rendido por fin a ella y quería darle tanto placer como pudiera. La deseaba a todas horas, día y noche. Cada vez que se veían, ella sentía ese potente deseo de estar lo más cerca posible de ella, y había llegado a darse cuenta de que había algo increíblemente hermoso en complacer a una mujer. Se sentía mucho más íntimo que con un hombre y sabía instintivamente lo que le gustaba a Quinn. Juntas eran intuitivas, a ella le encantaba entregarse y a Quinn le encantaba liderar.

Incluso ahora, sus dedos entrelazados en el cabello de Riley, le marcaban el ritmo mientras sus gemidos se hacían más fuertes. La explosión que siguió hizo que Riley se sintiera más realizada que después de haber firmado cualquier contrato importante, y el puro placer de escucharla gritar disparó de nuevo su libido. Riley sintió el orgasmo de Quinn en todas partes. Contra sus labios, en su sexo, en su corazón y en su alma. La energía de Quinn se extendió en ella, llenándola de esperanza para su futuro juntas. Porque ahora podía imaginarlo y prometía ser hermoso y emocionante.

Ordenando sus pensamientos, Riley se levantó lentamente y se estiró, se acercó poco a poco y apoyó su frente contra la de ella. Quinn sonrió entre respiraciones pesadas y cuando Riley pasó sus manos por su trasero. "Eres tan gay," murmuró.

"Lo sé." Dijo Riley con una risita. "Es lo mejor que me ha pasado jamás."

CINCUENTA Y SIETE

QUINN

"Esto es muy divertido." Lindsey estaba junto a Quinn mientras llevaba su embarcación a través del río. "Debe ser, con diferencia, la forma más fácil de mudarse de casa."

Quinn se rió. "Me estuve preguntando qué necesitaba organizar y luego me di cuenta de que todo lo que tenía que hacer era navegar hacia el otro lado. Pero no me voy a mudar. Guardaré mis cosas aquí, pero es más cómodo y así no tengo que seguir conduciendo de ida y vuelta a la ciudad porque, de todos modos, paso la mayor parte del tiempo aquí."

"Claro. Sigue repitiéndote eso." Dijo Lindsey guiñándole un ojo. "Es una maravillosa coincidencia que te hayas enamorado de la mujer que compró la casa de tus sueños y que, además, resulta que vive a cinco minutos en barco. Si no lo supiera, pensaría que lo tenías planeado."

"Sabes que no ha sido así."

"Por supuesto, pero me hace preguntarme sobre el destino y todas esas cosas. Tal vez estabais destinadas a conoceros."

"Tal vez." Quinn estaría mintiendo si dijera que no lo había pensado. Sus caminos se habían cruzado en el momento oportuno de sus vidas y se habían alineado perfectamente como si, efectivamente, estuvieran destinadas a conocerse. Si existía el destino, entonces era éste y ella quería creerlo de verdad. "Estoy bendecida, eso es todo lo que sé con certeza."

"Y ahora podréis disfrutar juntas de vuestras benditas vidas." Lindsey sonrió y le pasó la mano por el cabello. "Hablando de coincidencias, la cita de la otra noche fue rara."

Quinn frunció el ceño. "Pensé que no había aparecido."

"Mmm, sí, sobre eso. Él *estaba* allí. Yo estaba un poco abrumada, así que tuve que entenderlo primero antes de decírtelo. ¿El tipo con el que he estado hablando, el que se hace llamar Marcellus? Resulta que era Martin."

"¿Martin era el farsante?" Quinn miró a su amiga con incredulidad. "¿Por qué? Podría haberte invitado a salir simplemente."

"Eso es lo que dije *yo*." Lindsey suspiró. "Me dijo que le gusto desde hace un tiempo. Tenía un perfil falso en la aplicación de citas, que solo usaba para charlar, pero entonces me vio allí y decidió contactarme." Lindsey hizo una pausa. "Y después de un tiempo, habíamos hablado tanto que tenía miedo de admitir que era él. Dijo que le preocupaba que me riera en su cara si descubría que era el panadero de la ciudad en lugar de algún pez gordo que viaja por el mundo."

"Guau. Eso no lo vi venir."

"Yo tampoco, obviamente. Martin era la última persona que esperaba que yo le gustara. Le conozco de toda la vida."

"Me lo puedo imaginar. ¿Fue extraño?"

"Sí. Estaba allí esperando a mi cita, y cuando Marcellus no apareció, Martin cerró la panadería y confesó. Se disculpó como un millón de veces, así que no pude seguir enfadada. Deberías haberlo visto. Estaba muy angustiado."

"¿Y qué sientes por *él*?" preguntó Quinn, dirigiendo la barca hacia la Casa Aster. "¿Crees que es atractivo? No es mal parecido, ¿verdad? Eso es lo que dijiste."

Lindsey resopló y se encogió de hombros. "Nunca he pensado en él de esa manera. Siempre fue el marido de Rebecca, y después de eso, se convirtió en el pobre Martin, cuya esposa tuvo una aventura contigo. Aunque teníamos una relación amistosa, nuestros mundos no se mezclaban en armonía precisamente."

"Y eso es mi culpa." Dijo Quinn suspirando. "Espero que pueda perdonarme algún día."

"Ya hace mucho que dejó a Rebecca atrás, y ni siquiera creo que siga guardándote rencor. No hemos hablado de eso," agregó Lindsey. "Bueno, acepté que nos reunamos en unos días y, mientras tanto, necesito pensar seriamente en esto."

"¿Qué te dice tu instinto?" preguntó Quinn. "Olvídate de lo absurdo de la situación, solo concéntrate en tu instinto."

Los labios de Lindsey se curvaron en una sonrisita mientras miraba la orilla del río. "Bueno, me gusta como persona. Tiene una sonrisa bonita y hace unas galletas estupendas."

"Las galletas son más de lo que teníais en común cuando él pretendía ser Marcellus," bromeó Quinn, indecisa sobre la situación. Durante años había evitado a Martin en situaciones sociales, pero quería que Lindsey fuera feliz. En cierto modo, tenía sentido los dos juntos y, en el fondo, sabía que Martin era un buen tipo. "Da gracias a que no sea un abogado deportista," añadió. "Te conozco. Habrías pasado el resto de tu vida tratando de ser alguien que no eres."

"Soy consciente de que tiendo a hacer eso," admitió Lindsey. "Hago todo lo posible para que los hombres piensen que soy perfecta para ellos. Es bastante jodido."

"No es jodido, es humano." Desde la distancia, Riley las saludó con la mano y le dio un vuelco el corazón cuando vislumbró esa hermosa sonrisa.

"Bienvenida a tu nuevo hogar." Lindsey le devolvió el saludo.

"Oye, ya te lo he dicho, no es permanente," le recordó Quinn. "Tener mi barca aquí también significa que puedo dormir en ella si alguna de nosotras necesita espacio." En las últimas dos semanas desde que habían sacado el tema por primera vez, ella y Riley habían hablado mucho sobre vivir juntas. Al pasar la mayoría de las noches juntas, nada cambiaría mucho, aparte de que su barca estaría más cerca y tendría sus cosas a mano. Ya había cruzado el río varias veces, pero el tiempo no siempre era favorable para navegar y hasta ese día no había habido electricidad en el embarcadero de la Casa Aster. Hasta que construyera un muelle, los dos postes resistentes que salían del agua serían suficientes para mantener la barca en su sitio. "Piensa en ello como un período de prueba."

"Período de prueba, sí, claro. Una vez estés amarrada, no te irás nunca. Estáis demasiado enamoradas la una de la otra como para estropearlo. Estoy muy feliz por ti," dijo Lindsey.

"Gracias." A Quinn no le preocupaba estropearlo, pero *sí* que fuera demasiado pronto. Sin embargo, Riley tenía razón. Ambas habían perdido años trabajando para alcanzar metas que, echando la vista atrás, no eran importantes en el gran esquema de las cosas, y ya era hora de que comenzaran a vivir sus vidas al máximo y de que disfrutaran cada momento juntas.

CINCUENTA Y OCHO

RILEY

"Bienvenida a casa." Riley atrajo a Quinn para besarla y luego le dio un abrazo a Lindsey. "Lindsey, qué amable de tu parte ayudar a Quinn con esta ardua mudanza," bromeó. Era un día emocionante y había estado atolondrada durante horas mientras las esperaba. No había vivido con nadie desde que se divorció de su ex marido. Siempre había estado bien sola, pero desde que conoció a Quinn, quería estar con ella todo el tiempo. Saber que se despertarían juntas todas las mañanas era una perspectiva gloriosa.

"Gracias." Quinn miró hacia la casa y luego se rió mientras miraba su barca por encima del hombro. "Bueno, supongo que eso es todo."

"¿Quién dijo que mudarse era uno de los acontecimientos más estresantes de tu vida?" bromeó Lindsey. "Por cierto, ¿estoy interrumpiendo un momento romántico? Me acabo de dar cuenta de que este es un gran día para las dos y me estoy interponiendo. ¿Es ahora cuando entraríais por la puerta principal y tendríais sexo salvaje en el pasillo? Porque puedo irme si..."

"No te preocupes, habrá mucho tiempo para tener sexo

salvaje en el pasillo más tarde," la interrumpió Quinn y le guiñó un ojo a Riley.

"Totalmente, así que, por favor, quédate." Dijo Riley riéndose entre dientes, sonrojándose. Señaló la mesa a la orilla del río. "Quinn me dijo que vendrías, así que tengo café listo e hice un pastel de chocolate."

"¿Horneas?" Lindsey se quedó mirando algo de aspecto cuestionable. "Pensé que había olido algo delicioso."

"Ahora sí. Soy consciente de que parece más un truño grande que un pastel. Es mi primer intento, pero prometo que sabe bien." Riley estaba orgullosa de su truño y se sorprendió cuando lo probó. Solía ser una perfeccionista y nunca se le habría ocurrido hornear en su vida anterior, no a menos que fuera capaz de crear una obra maestra. No, habría pedido un pastel a la mejor pastelería de Nueva York, pero ahora, que simplemente estuviera lo suficientemente bueno ya era un logro, y había disfrutado el proceso tanto como el mediocre resultado.

"El mejor truño que he probado en mi vida," dijo Lindsey, cortando un trozo y cerrando los ojos mientras lo saboreaba.

"¡No con los dedos!" Quinn la miró con un cómico horror. "Hay platos y tenedores sobre la mesa. ¿Por qué tienes que meter las manos en todo siempre?"

"Vale, mamá. Tranquila," dijo Lindsey, chupándose los dedos.

"No estoy siendo una madre. Simplemente te pido que respetes la casa y el pastel de Riley y muestres buenos modales."

"No hay necesidad de buenos modales," intervino Riley. "Por favor, atácalo como quieras y esta también es tu casa ahora, Quinn. No es *mi* casa, es *nuestra* casa."

Quinn se encogió de hombros y le sonrió tímidamente.

"Gracias, cariño. Supongo que necesitaré algo de tiempo para acostumbrarme a eso." Sin pensarlo, metió un dedo en el pastel y se lo chupó.

"¿En serio?" Lindsey le dio un codazo. "Eres una hipócrita."

Riley estalló en carcajadas. "¡Parad! Parecéis un matrimonio de ancianos." Las inocentes discusiones entre Quinn y Lindsey siempre la divertían. Sonrió mientras acercaba una silla a Lindsey, le servía café y un enorme trozo de pastel. Aunque técnicamente, hoy no era diferente a ayer porque Quinn se había quedado casi todas las noches, se *sentía* diferente y la Casa Aster tenía una vibra diferente. El jardín estaba precioso en esta mañana soleada y sin viento, el río yacía sereno ante ellas, con el agua golpeando suavemente contra la barca de Quinn. Las enredaderas comenzaban a cubrir la pared trasera de la casa, mezclándose con su entorno. Había algo en la puerta trasera y las ventanas que le recordaban una cara y hoy parecía estar sonriendo, dando la bienvenida a un ser querido perdido hacía mucho tiempo. Ahora podía sentir la energía de la casa, era una energía buena. Estaba feliz de tener a Quinn de vuelta.

"Empezó ella," replicó Quinn en broma, señalando a Lindsey. "Por cierto, cariño, esto está muy bueno." Gimió al darle un gran mordisco al pastel. "Muy, muy bueno."

"Te gusta mi pastel..." Riley la miró fijamente, sonriendo mientras añadía "eso significa que tal vez pueda retenerte."

"¿Retenerla?" Lindsey resopló. "Quinn está tan enamorada de ti que no podrías deshacerte de ella aunque lo intentaras. Habla de ti todo el tiempo, y te lo digo, mi mejor amiga es..."

"Vale, vale." Quinn le arqueó una ceja a su amiga. "¿Puede darle alguien más pastel para que se calle un minuto?" Se volvió hacia Riley, sentada junto a ella, y le puso una mano en el muslo. "Bromas aparte, Lindsey tiene razón. Se necesitaría mucho para mantenerme alejada de ti."

Riley se inclinó hacia ella y no había palabras para describir lo feliz que se sentía en ese momento. Por fin sabía de lo que era tener un hogar real y una vida real, y todo eso era gracias a Quinn. "Lo mismo digo," dijo, sonrojándose aún más cuando Lindsey se dobló y miró por encima de Quinn para encontrarse con su mirada. "Y no me puedo creer que esté diciendo esto, pero tampoco podrías alejarme de Mystic. Me encanta estar aquí y amo la Casa Aster."

Y te amo a ti, quiso añadir pero sabiamente se lo guardó para sí misma. ¿*Amaba* a Quinn? Sentía estas emociones abrumadoras cada vez que la veía y sí, parecía amor. Lo sentía profundamente, este hermoso pero a la vez sentido de admiración y adoración, una sensación que quizás no sabría cómo seguir adelante si la perdía. Sus años de soledad quedaban en el pasado, y aunque el futuro era desconocido aún, estaba emocionada por él. La vida de Riley siempre había estado trazada hasta el último detalle. Ahora, había un camino desconocido ante ellas que explorarían juntas. Caminaría con Quinn, la seguiría, durante todo el tiempo que Quinn se lo permitiera.

CINCUENTA Y NUEVE
QUINN

Todavía no había procesado que estaba viviendo aquí ahora. Todos estos años, Quinn había estado trabajando con un solo objetivo: hacer suya la Casa Aster. En el momento en que había renunciado a su sueño y había aceptado su destino, se enamoró perdidamente de una mujer preciosa y aquí estaba, despertando en la casa de su infancia. Era surrealista, pero la respiración tranquila y constante de Riley la tranquilizaba. Tenía un aspecto angelical en su pureza desnuda, sólo cubierta un poco por las sábanas. Con un brazo abrazando su cintura, un muslo descansando sobre sus piernas y el cabello revuelto, Riley era la visión más impresionante que jamás había visto.

"Buenos días." Riley sonrió dulcemente mientras abría los ojos. "¿Has dormido bien?" se movió y se deslizó bajo las sábanas, poniendo su cuerpo junto al de Quinn.

"Muy bien, cariño." Quinn tomó a Riley entre sus brazos y le rozó la frente con los labios. "¿Lista para ver a tu hermana y a Mindy mañana?"

"Sí. No puedo esperar."

"Bien. ¿Quieres que me quede en la barca? Puedo

quedarme al margen. Para eso está la barca." Quinn sonrió. "Por nuestro período de prueba."

"No, quiero que las conozcas." Riley la besó. "Me siento totalmente cómoda presentándote a Jane y Mindy. En todo caso, será más un ajuste para Jane que para mí, porque ella solo me conoce como la adicta al trabajo, heterosexual y distante."

"Adicta al trabajo, heterosexual y distante... Me cuesta verte de esa manera." Quinn sonrió contra sus labios. "Especialmente la parte heterosexual," bromeó.

Riley se rió entre dientes. "Bueno, la parte de adicta al trabajo es cierta. Solía levantarme a las seis de la mañana todos los días. Iba al gimnasio y luego me iba a la oficina, donde trabajaba unas catorce horas seguidas antes de tener una cena de trabajo, sola, con clientes o con mi asistente. No tenía tiempo para nada o nadie más que no estuviera relacionado con el trabajo y mi hermana siempre me llamó la atención sobre eso." Riley bostezó y se estiró antes de acurrucarse contra Quinn de nuevo. "Eres la parte que me faltaba en mi vida y que no sabía que necesitaba. Jane lo verá y te adorará."

"Estoy segura de que ella también me gustará." Quinn la besó en la mejilla. "¿Qué te parece si invitamos a mi familia a una barbacoa mientras están aquí? El tiempo va a ser estupendo esta semana y Mindy podrá jugar con Lila. Yo lo organizaré si quieres." Dudó por un momento. "¿Tal vez hacia el final de la semana? ¿Para darle tiempo a Jane a que se acostumbre a que tengas una pareja femenina antes de bombardearla con tu nueva familia política?"

"Gracias, eso es muy dulce de tu parte." Riley le acarició el cuello. "¿Sabe ya mi nueva familia política que son *mi* familia política?"

"No, pero voy a tomar café con ellos esta mañana. ¿Vienes conmigo?"

"¿Mientras les cuentas?" Riley se sonrojó. "¿Estás segura?"

"Sí. No creo que se sorprendan. Me han visto contigo y se dieron cuenta de que mi barca había desaparecido del muelle de la ciudad. Mi madre me mandó un mensaje ayer, así que le dije que lo explicaría todo con un café. Todos te aman. No tienes nada de qué preocuparte."

"Entonces, ¿por qué no les pides que vengan aquí?" sugirió Riley. "Así que eres del tipo de mujer que hace barbacoas, ¿eh? Hay muchas cosas que todavía no sé sobre ti."

"¿Quién no lo es?"

"Yo," admitió Riley. "Será la primera vez para mí."

"¿Qué?" Quinn se rió. "¿Nunca has estado en una barbacoa?"

"No. A menos que cuente una barbacoa coreana en un restaurante." Dijo, encogiéndose de hombros. "Así que tendrás que ayudarme."

"Sé cómo hacer una parrillada. No hay nada mejor que brasas humeantes y el olor de las hamburguesas en una agradable tarde soleada. Si no tienes una barbacoa, se la puedo pedir prestada a mi hermano."

"No tengo, pero me encantará comprar una," dijo Riley. "Si tú manejas todo, yo me encargaré de toda la preparación."

"Claro. ¿O podríamos comprar una juntas?" Sugirió Quinn, dándose cuenta de que nunca había comprado nada con una amante. Ni siquiera un juego de tazas de café. Había mantenido las cartas para ella y ahora era el momento de empezar a compartirlas.

"Si no estás harta de ir de compras conmigo." Riley

sonrió. "Ahora que vives aquí, necesitamos hacer de la Casa Aster tu hogar tanto como el mío, así que si quieres un televisor más grande en el dormitorio o un cobertizo para las herramientas en el jardín, lo haremos realidad. Lo que quieras."

Quinn la besó en la frente y sonrió. "Honestamente, un cobertizo para las herramientas sería un sueño. Nunca he tenido un lugar donde guardar mis herramientas en condiciones." Hizo una pausa y se recordó que, aunque le encantaba vivir aquí, no debían apresurar las cosas. "Pero tomemos las cosas con calma y veamos cómo vamos primero. No quiero que sientas que estoy tomando el control de ninguna manera."

"Y yo no quiero que sientas que es *mi* casa," dijo Riley. "Quiero que sientas que es *nuestra* casa." Dudó. "Tienes razón. Veamos cómo va esto, pero más adelante este año, si todavía te sientes bien y quieres estar conmigo, entonces tal vez..."

"¿Qué?"

"Bueno, tal vez podrías poner tu nombre en la escritura, así seremos dueñas de la casa juntas. Si estás interesada en eso," añadió rápidamente. "Sin presiones. No necesito el dinero, pero como ahora tienes el capital y siempre quisiste comprarla..."

Los ojos de Quinn se llenaron de lágrimas mientras miraba a Riley con adoración. Ni siquiera era el hecho de que tendría la oportunidad de que la Casa Aster volviera a su familia. Saber que Riley quería compartir este sueño con ella, la ahogaba.

"Lo que yo quiero es estar contigo," dijo Quinn en voz baja. "Pero sí, por supuesto que me encantaría ser dueña de la casa contigo eventualmente." Su teléfono se encendió y dudó cuando vio que era un mensaje de su madre. "Quiere que nos reunamos a las diez."

"Adelante, dile que está bien y que yo iré también," dijo Riley mirando la pantalla.

"Va a venir mucho por aquí una vez le diga que estamos juntas y que me he mudado contigo. Lo sabes, ¿verdad? No tiene idea de qué hacer con su tiempo ahora que ya no trabaja. Por eso he estado retrasando decírselo. Supongo que solo quería que estuviéramos en nuestra burbuja privada por un poco más de tiempo."

"A mí también me encanta nuestra burbuja, pero es hora de que la explotes. No importa tener a tu madre aquí. Me gusta, e incluso se ofreció a ayudarme con las renovaciones."

Quinn se rió. "¿Lo ves? Eso es lo que quiero decir. Te juro que una vez que se sienta cómoda aquí, no te podrás deshacer de ella fácilmente. Quiero a mi madre, pero a veces se involucra demasiado." El teléfono se encendió de nuevo pero, esta vez, estaba sonando.

Riley movió la cabeza y sonrió. "Terminemos con esto de una vez." Le quitó el teléfono y respondió. "Habla Riley Moore, la novia de Quinn."

"Y así como así, tengo otra nuera." Audrey parecía emocionada mientras abrazaba a Riley con fuerza. "Nunca pensé que llegaría el día."

Su padre tampoco tuvo reparos en darle un apretón, y le acarició el hombro después de, por fin, soltarla. "Bienvenida a la familia, Riley."

"Gracias." Riley se rió entre dientes nerviosa. Por más atrevida que había sido al teléfono, ahora no sabía muy bien qué decir. "Es un placer volver a veros." Levantó dos tazas y sonrió. "¿Café?"

"¡Sí, por favor!" Audrey se acercó a la ventana de la cocina y miró hacia el exterior. "¿Has dejado tu espacio de amarre, Quinn? ¿Sois vecinas ahora o te has mudado? ¿Por qué no nos lo has dicho?"

Riley miró a Quinn, quien resopló cuando su madre comenzó a lanzar todo un arsenal de preguntas. "Te lo estoy diciendo ahora, ¿no? Y no, no he dejado mi espacio de amarre. Simplemente estoy aquí ahora...más o menos."

"Hmm..." Audrey soltó una risita. "Lo sabía. Lo dije, ¿verdad?"

"Sí," dijo su padre riendo. "Lo dijo." Se volvió hacia Riley. "Bueno, ¿cuánto tiempo lleváis saliendo?"

Riley frunció el ceño mientras buscaba en su memoria. Oficialmente, solo llevaban juntas unas cinco semanas, pero las cosas habían comenzado mucho antes. "No estoy segura," dijo. "Ha sido un torbellino y todo está un poco borroso."

"Eso es lo que le hace el amor a la gente." Audrey dejó escapar un suspiro de alegría. "¿No es maravilloso? Estamos sentados en la cocina de la Casa Aster con la encantadora dueña nueva que está saliendo con nuestra hija. Eres especial. Lo noté de inmediato. Quinn tiene suerte de tenerte."

"Yo soy la afortunada." Riley le dedicó una sonrisa dulce mientras dejaba los cafés. Luego preparó dos para ella y para Quinn mientras ésta cortaba el pastel de chocolate que Riley había hecho. Su segundo intento parecía más un pastel y menos un truño, pero estaba tan delicioso como el primero. "Es una mujer increíble y estoy loca por ella," añadió Riley, se mordió el labio y sonrió cuando Quinn se sonrojó y le sonrió tímidamente.

"¡Ooh!" Audrey se llevó una mano al corazón y se inclinó hacia su marido. "Amor de juventud. Esos eran los días buenos, ¿verdad?" dijo, dándole unas palmaditas en el hombro. "A veces desearía poder volver a esa época llena de romance."

"Eh, todavía te compro flores todos los martes," protestó. "Y cocino para ti todo el tiempo."

"Eso es verdad. Me trae flores cuando regresa de los entrenamientos de pickleball los martes," admitió Audrey. "Sé que recibiré rosas blancas a las ocho de la noche y eso es muy dulce, pero falta algo de espontaneidad, ¿no crees? Y tú eres el chef de la casa, así que tiene sentido que cocines." Señaló a Quinn y continuó antes de que su marido tuviera la oportunidad de decir algo. "Disfruta la fase de la luna de miel, cariño. Y trata de evitar la rutina, porque antes de que te des cuenta, recibirás las mismas flores todas las semanas y solo tendrás sexo una vez al mes, durante diez minutos, el sábado por la noche. *Si* tienes suerte," añadió. "Y luego se convierte en algo que simplemente haces para..."

"¡Mamá! ¡No quiero oírte hablar de tu vida sexual!" Quinn le lanzó una mirada incrédula a su madre. "Y Riley tampoco."

"Pero, cariño, solo te estoy explicando lo importante que es mantener la intimidad..."

"Audrey..." Su marido la detuvo. "Quinn tiene razón. Este no es el momento ni el lugar para discutir estas cosas."

Riley escuchaba con fascinación, desconcertada. Quinn le había advertido sobre su madre, pero nunca imaginó que fuera tan directa. Al parecer, ahora que ya era parte de la familia, nada era sagrado.

Audrey levantó una mano. "Vale, vale. Pensé que todos éramos personas de mentes abiertas, pero dejemos el tema." Se volvió hacia Riley. "Bueno, ahora que estás saliendo con Quinn, tendremos muchas oportunidades de hablar entre nosotras."

"Por supuesto, cuando quieras, Audrey," dijo Riley con una sonrisa. No le importaba que Audrey fuera intrusiva. Le gustaba y había sentido una conexión con ella desde el primer momento en que se conocieron. En todo caso, era divertido ver a Quinn encogerse mientras servía el pastel de chocolate. "Solo estoy trabajando en la casa, así que ven cuando quieras."

"No le des ideas," le advirtió Quinn.

"Oh, tú no te metas." Audrey le dio una palmada juguetona en el trasero a su hija, cogió dos trozos del pastel de chocolate y se sentó. "Seguro que a Riley le vendría bien un poco de ayuda. ¿Cómo va la renovación? Por cierto, todo lo que has hecho está estupendo."

"Gracias, está yendo bien," dijo Riley. "Quinn ha sido de gran ayuda. De hecho, ha sido mi salvavidas, pero todavía queda mucho por hacer. No tengo prisa. Todo a su debido momento pero, con el tiempo, me encantaría empezar un bed and breakfast aquí, lo que significa que necesito que todo esté precioso y en perfecto funcionamiento."

"¿Un bed and breakfast? ¡Me encanta la idea!" Audrey aplaudió. "Es brillante. ¿Quién no querría alojarse en una mansión junto al río en lugar de en uno de los hoteles de la ciudad?"

"Eso es lo que pensé yo," comentó Riley. "La Casa Aster es un lugar romántico. Imagino parejas que vienen aquí. Aunque no estoy segura de si estoy capacitada para trabajar en la hostelería. Nunca he hecho algo así."

Audrey rechazó el comentario con la mano. "No es difícil, cariño. Puedo ayudarte. Te enseñaré todos los trucos del oficio, y si alguna vez necesitas un empleado a tiempo parcial, soy tu persona."

SESENTA Y UNO
QUINN

Quinn apretó el nudo y se apoyó en el columpio con todo el peso de su cuerpo para asegurarse de que estuviera seguro. Era como su viejo columpio, que solía colgar exactamente del mismo sauce, lo suficientemente grande para dos adultos o tres niños. Recordaba vívidamente el día en que su abuelo construyó el original. Ella y su hermano estaban sentados en las rodillas de su abuelo, agarrándose de las cuerdas resistentes mientras balanceaban cada vez más alto. Recordaba sus risas y las de él, y a su abuela gritándole que tuviera cuidado. Su hermano había perdido un diente en el columpio y ella se había roto un brazo un verano, pero eso no les impidió volver a hacerlo, siempre rogando a su abuelo para que se uniera a ellos.

Años más tarde, cuando ya era mayor, el columpio se había convertido en un lugar donde retirarse y ordenar sus pensamientos, un compañero silencioso que la acunó. Había encontrado consuelo bajo las ramas del sauce, derramando sus emociones en la brisa que susurraba. Este lugar había absorbido sus risas, había atrapado sus lágrimas y había aliviado el dolor de su corazón. Quizá algún día haría lo mismo por alguien más.

Cuando se sentó en él y empezó a balancearse, la invadió la nostalgia. El ritmo del movimiento, una danza entre el cielo y la tierra, la elevó y dejó se mente a la deriva. Los recuerdos de veranos largos y hermosos y de días memorables con su familia la hicieron sonreír. Con cada arco hacia adelante, sentía una liberación mientras se elevaba en el aire. Quinn no tenía idea de cuánto tiempo había estado balanceándose de un lado a otro cuando Riley salió con una jarra de vidrio con limonada recién exprimida y dos vasos altos.

"Cariño, lo has terminado. ¡Es precioso!"

"Gracias. ¿Quieres probarlo conmigo?" Quinn detuvo el columpio, se echó a un lado y esperó a que Riley dejara las bebidas sobre la mesa. Llevaba un vestido de verano de algodón blanco que terminaba justo por encima de las rodillas y una rebeca de punto gris que le cubría los brazos. Descalza y con el rostro fresco, parecía un ángel frente al sol que irradiaba a su alrededor.

"¿Estás segura de que nos aguantará a las dos?" preguntó.

"Completamente. Ven aquí."

Riley se acercó a ella con una sonrisa burlona y en vez de sentarse a su lado, se subió el vestido y se montó a horcajadas sobre ella. "¿Es esto lo que tenías en mente?"

"No exactamente..." Quinn gimió cuando Riley se acercó más, empujándose contra ella. El sexo de Quinn se puso en alerta con la sensualidad de la escena y la presión de su pelvis contra la de ella. "Pero no me quejo." Pasó una mano por su muslo desnudo desde la rodilla hacia arriba, parándose en el borde de sus bragas. "Quizás debería haber comprado otro para el dormitorio."

"Te lo dije." Riley tomó su rostro entre sus manos y pasó la lengua por sus labios, sonriendo cuando Quinn dejó escapar otro suave gemido. "Supongo que este columpio servirá por ahora." Sus ojos brillaron con picardía y se mordió el labio mientras empujaba más contra ella.

Sus cuerpos se entrelazaron en un abrazo. Quinn mantuvo una mano en la cuerda mientras la otra se deslizaba debajo del vestido de Riley para acariciar su espalda. El cabello de Riley volaba con el movimiento, y cada vez que retrocedían con el columpio, le llegaba el olor de champú afrutado. Se dieron un beso apasionado y cerró los ojos, disfrutando del momento. Se sentía mareada, pero no podía dejar de besarla y, hambrienta de más, tiró del vestido de su amada. "Esto tiene que salir," murmuró contra su boca y sostuvo a Riley para que no se cayera mientras se lo quitaba. Se rieron cuando Riley tiró el vestido detrás de ella y aterrizó en una rama en lugar del césped. "¿No hay sostén?" Quinn arqueó una ceja cuando sus ojos se fueron a los pechos desnudos de Riley e, instintivamente, se inclinó para rodear un pezón duro con sus labios.

"¿Quién necesita sostén? No es como si hubiera alguien aquí..." Riley empujó su pecho hacia adelante y dejó escapar un grito ahogado cuando Quinn la mordió suavemente, provocándola con los dientes. Se agarró a ella mientras arqueaba la espalda. Todo en ella era sensual y seductor y, mientras se echaba un poco hacia atrás para mirarla, Riley encontró su boca de nuevo. Se besaron apasionadamente y Quinn sintió que una fantasía que nunca supo que tenía se estaba haciendo realidad. Una preciosa mujer, casi desnuda, estaba sentada a horcajadas sobre ella, provocándola con sus labios y apretándose contra ella cada vez que se balanceaban hacia atrás. No podía soportarlo más, tenía que tenerla.

"Creo que deberíamos ir al césped," susurró Quinn, frustrada por no poder usar las dos manos.

"Me gusta cómo piensas," dijo Riley.

Superada por el deseo, quería tenerla entera, estar encima de ella, dentro de ella. Rasgando el suelo con la zapatilla, detuvo el columpio y sonrió cuando Riley se bajó de ella y meneó las caderas para alejarse de la sombra del árbol, donde la hierba estaba más espesa y era más verde. Su trasero era exquisito en las bragas blancas de encaje que apenas lo cubrían, y cuando Riley se bajó sobre el césped y se recostó, Quinn no pudo bajarse del columpio lo suficientemente rápido.

Ambas dirigieron su atención al camino de entrada cuando, de repente, oyeron que un coche se acercaba, seguido de otro coche.

"¡Joder!" Riley se llevó una mano a la boca. "Se me olvidó que Gareth y Tammy venían."

"Oh, mierda..." Los ojos de Quinn se abrieron de par en par cuando vio que la camioneta de Gareth se detenía, seguido del pequeño Renault de Tammy. Se volvió hacia Riley, quien se levantó y se cubrió los pechos con una mano mientras se ponía de puntillas debajo de la rama para coger su vestido. Ella también había olvidado que Tammy iba a venir a limpiar y a ordenar la casa antes de la llegada mañana de Jane y Mindy, y que Gareth llegaría a su hora habitual para regar las plantas ni siquiera se le había pasado por la cabeza.

"Ayúdame, Quinn. No te quedes ahí parada." Riley se rió entre dientes, saltando arriba y abajo. "No puedo alcanzarlo."

Poniéndose en marcha, Quinn volvió a subirse al columpio y se puso de pie sobre él, lo balanceó hasta que llegó lo suficientemente alto como para saltar y agarrar el vestido en el proceso. Se rasgó el escote y, aunque el vestido cayó, un trozo de tela blanca quedó colgando de la rama. "Lo siento, lo he estropeado," dijo con una sonrisa tonta cuando Riley se apresuró a ponérselo. "Pero me gusta el escote más bajo."

Riley se rió y movió la cabeza mientras se tapaba la cara con las manos. "Dios, estoy tan avergonzada. ¿Me han visto?"

Quinn notó que tanto Gareth como Tammy se habían bajado de sus coches y pretendían estar ocupados con algo en la parte trasera de la camioneta. Normalmente las saludaban cuando llegaban, pero se estaban esforzando por evitar el contacto. "Creo que sí." Cerró la distancia entre ellas, la abrazó y lo absurdo de la situación la hizo reír. "Tú en bragas, tu vestido en el árbol, yo en el columpio intentando cogerlo. Al menos les dará algo para cotillear."

"¿Vamos a ser la comidilla de la ciudad ahora?" Riley se sonrojó cuando finalmente encontró el coraje para levantar la mirada y saludar a Gareth y Tammy, quienes le devolvieron el saludo.

"Sí," dijo Quinn mientras levantaba la mano y sonreía. "Mañana, todos en Mystic sabrán por qué tienes un columpio en tu jardín."

SESENTA Y DOS

RILEY

"¡Mindy!" Riley se agachó para levantar a Mindy y la hizo girar en sus brazos.

Mindy la estudió con sus adorables cejas fruncidas. "Estás diferente."

"Ah, ¿sí?" Riley sonrió y la besó en la mejilla. "Bueno, ha pasado mucho tiempo. Tú también estás diferente. Ahora eres una niña mayor."

"Sí que pareces diferente," coincidió Jane, cerrando la puerta del coche. "Guau. Vaya una casa." Se protegió los ojos del sol mientras miraba hacia la Casa Aster. "Recuerdo que usaste la palabra "finca", pero nunca mencionaste que era del tamaño de un castillo pequeño. Y el jardín...no acaba nunca."

"Es una locura lo que puedes conseguir con tu dinero una vez que te mudas fuera de Nueva York." Riley bajó a Mindy y abrazó a su hermana, cerrando los ojos mientras la apretaba con fuerza. Lo sintió como un momento crucial, como si fuera una oportunidad para empezar de nuevo y estuviera de alguna manera en libertad condicional. Y ella iba a conseguir su libertad condicional, haría lo que tuviera que hacer. Por el rabillo del ojo vio a Mindy corriendo hacia la casa.

"¡Hay un mar!" gritó la niña.

"No vayas allí, cariño, el río es peligroso." Riley corrió tras su sobrina y la atrapó, haciéndola gritar cuando le hizo cosquillas. "Podemos ir juntas a dar de comer a los patos más tarde, pero primero metamos vuestras cosas."

Jane se la quedó mirando fijamente y frunció el ceño. "No llevas tacones," dijo. "No, tacha eso. Estás descalza. ¿Qué pasa con el nuevo look?"

"Me siento cómoda descalza."

"Ya lo veo. ¿Vives aquí sola?" preguntó Jane.

"No, ya no." Los labios de Riley dibujaron una amplia sonrisa cuando vio a Quinn salir de la casa. Habían estado añadiendo los últimos toques a las habitaciones y Quinn se había quedado para colocar las almohadas y poner algunos juguetes en la habitación de Mindy, ya que Jane y su sobrina habían llegado antes de lo esperado. "Esta es Quinn. Se vino a vivir conmigo la semana pasada." Tomó la mano de Quinn cuando ésta se unió a ellas y se apoyó en ella. "Quinn, ella es Jane, mi hermana, y esta peque es Mindy."

"Hola, Quinn. Encantada de conocerte." Aunque Jane estaba entusiasmada, también estaba algo confundida mientras miraba de una a otra. "Riley nunca me ha presentado a ninguna de sus amigas. Debéis estar muy unidas si vivís juntas."

"En realidad, Quinn y yo *estamos* juntas," dijo Riley, y notó que le había resultado fácil decirlo. No había tenido ningún problema en hablar abiertamente sobre ellas hasta el momento y ahora, incluso con su hermana, parecía muy sencillo. "Es mi pareja," aclaró cuando Jane le dirigió otra

mirada perpleja mientras acariciaba a Mindy, quien se aferraba a su pierna al ver a una desconocida.

Jane dejó escapar una risa incómoda y luego se llevó una mano a la boca cuando se dio cuenta de que Riley hablaba en serio. "Oh, lo siento, no quería reírme. Solo pensé que estabas..."

"¿Bromeando? No, no estoy bromeando." Riley le lanzó una sonrisa dulce para tranquilizarla. "Estoy con Quinn y nunca he sido más feliz."

"¿Así que eres...gay?" susurró Jane.

"Sí."

"Vale...Bueno, estoy súper feliz por ti. Por las dos. Quiero decir, si esto es lo que quieres, entonces..."

Quinn, que sentía la tensión en el ambiente, se arrodilló frente a Mindy. "Hola. Escuché que venía a visitarnos una niña mayor, así que te preparamos una habitación para niñas mayores." Le guiñó un ojo. "La cama es tan grande que apuesto a que no puedes subirte a ella."

"Claro que puedo." Decidió que confiaba en Quinn, así que se alejó poco a poco de su madre y le dedicó una sonrisa sin dientes. "¿Cómo de grande es mi cama? ¿Así de grande?" preguntó abriendo sus bracitos.

"Oh, mucho más grande que eso. Es la cama de un gigante," bromeó Quinn.

"Tiene razón. Hay un enorme dosel," dijo Riley. "Pensamos que le gustaría dormir en él."

"Le encantará." Jane volvió a mirar a Riley y Quinn, movió la cabeza y se rió. "Perdóname si me faltan las palabras. Es como si me hubieras tirado una bala de cañón. Además, pareces totalmente diferente, así que puede que tenga que procesar esto antes de poder tener una conversación normal."

Riley se rió también y puso una mano sobre su espalda. "Está bien, no pasa nada. ¿Por qué no os enseño vuestras habitaciones, os refrescáis y luego podemos comer algo en el jardín junto al río?"

"Si las llevas arriba, yo prepararé la cena," dijo Quinn. "¿Os gusta la pasta, chicas?"

"Gracias, nos encanta la pasta. Y prometo que volveré a mi estado normal en un rato. Estoy sorprendida, eso es todo." Jane sonrió tímidamente. "Mi hermana, estricta y nada romántica, de repente es gay, está enamorada y vive en un castillo. Es mucho que procesar."

"No te preocupes," dijo Quinn con una sonrisa. "Lo entiendo totalmente. Nos pondremos al día más tarde."

"¡Quiero ver mi habitación!" gritó Mindy. "¿Vamos a dormir en el castillo?"

"Desde luego que sí. ¿Quieres ver tu habitación de niña mayor?" Riley tomó su manita mientras entraban. Por mucho que antes odiara la casa, ahora se sentía orgullosa al escuchar los jadeos y los comentarios de Jane sobre lo grandiosa y hermosa que era.

"Es asombrosa." Jane miró la enorme lámpara de araña. "¿Cómo es por la noche?" preguntó, bajando la voz cuando Mindy subió corriendo las escaleras delante de ellas.

"Al principio me daba un poco de miedo," susurró Riley, "pero ahora entiendo mejor la casa y tener a Quinn aquí es una gran diferencia, por supuesto."

"Parece agradable. ¿Cómo ocurrió esto? ¿Siempre te han gustado las mujeres?"

"No, pero supongo que nunca me llegué a conocer bien. Quinn es especial y esto no es una fase, por si te lo estás preguntando." Riley abrió primero la puerta del dormitorio de Mindy, quien soltó un grito de emoción cuando vio la enorme cama con animales de peluche y regalos encima.

"¿Esto es para mí?" preguntó, subiendo por la escalerita que Quinn había colocado al lado de la cama porque era demasiado alta para que pudiera subirse.

"Sí, todo eso es para ti, cariño. Y la habitación de mamá está al lado, así que si te asustas, ella está muy cerca y siempre puedes ir a dormir con ella."

"No, quiero mi propia habitación." Dijo Mindy sonriendo.

"Por favor, no la animes. Necesito dormir," bromeó Jane. "La habitación es preciosa, por cierto. Es muy dulce de tu parte."

"Debería haberme esforzado más en veros hace mucho tiempo. Siento que haya hecho falta un cambio de mi estilo de vida para darme cuenta de eso."

Jane asintió y la estudió atentamente. "Pareces feliz."

"Lo soy." Riley sonrió. "Te lo contaré todo durante la cena, pero deja que te enseñe primero tu habitación." Salió del dormitorio de Mindy y abrió la puerta de al lado, que conducía a uno de los dormitorios más grandes de la casa. Se veía bonito y romántico, y lo había preparado como una habitación de hotel, con artículos de tocador, toallas, bata y zapatillas, y revistas locales en la mesilla de noche. Era una buena práctica para evaluar cuánto trabajo supondría prepararlo para los invitados que pagaran, si eso era lo que decidía hacer, y había disfrutado de todo el proceso.

Jane pareció seriamente impresionada cuando entró. "Dios mío, Riley. Es como una habitación de un resort de cinco estrellas."

"No del todo. Los cuartos de baño todavía necesitan mucho trabajo, pero estoy en ello." Riley se rió cuando Jane se subió a su propia cama alta y se recostó con un suspiro. "Tómate tu tiempo. Voy a ayudar a Quinn en la cocina. No hay prisa si quieres echarte una siesta. Nosotras podemos cuidar de Mindy."

"De ninguna manera. Tengo hambre y puedo oler algo delicioso que se está cocinando." Jane miró por la ventana y vio la mesa ya dispuesta junto a la orilla del río. "Haz lo que tengas que hacer, no tardaremos."

SESENTA Y TRES
QUINN

"¿Vino?" preguntó Quinn levantando una botella.

"Sí, por favor." Jane asintió con entusiasmo, levantó la cara hacia el cielo y respiró hondo mientras parpadeaba con el sol de frente. "Es una maravilla aquí fuera. Por favor, disculpad mi vestimenta. Tenía intención de vestirme después de la ducha, pero este albornoz es tan cómodo que no quería quitármelo." Se pasó una mano por el cabello mojado y se cerró aún más el albornoz blanco. Mindy también iba envuelta en un albornoz. Riley le había comprado uno de su talla que hacía juego con el de Jane y le encantaba llevar uno como su madre.

"No hace falta vestirse en la Casa Aster," dijo Riley. "Aún no es tiempo de bikini, pero eso es todo lo que *usaré* cuando haga más calor. Hasta podría broncearme por primera vez."

"Ah, ¿sí?" Quinn miró a Riley, imaginándola en bikini y las líneas de bronceado debajo. Hoy estaba vestida de manera informal porque no había tenido tiempo de cambiarse todavía, estaba preciosa con sus pantalones de lino con los dobladillos remangados y una sencilla camiseta blanca.

"Ajá." Riley se sonrojó y miró a Mindy, que estaba en el columpio y fuera de escuchar nada. "Acabo de pedir uno para el verano, creo que te gustará."

"Lo siento pero esto es muy extraño," dijo Jane riéndose entre dientes. Se volvió hacia Quinn. "No estoy acostumbrada a ver a Riley flirteando. Está toda embobada y juvenil cuando está contigo. Parece una persona diferente."

"*Soy* una persona diferente." Riley puso una mano sobre el muslo de Quinn y lo apretó. "Han sido un par de meses extraños, surrealistas incluso, pero también han sido los mejores meses de mi vida."

"Ooh, gracias, cariño. Sabes que siento lo mismo." Quinn sintió que una felicidad le recorría el cuerpo. Escuchar a Riley decir eso era muy importante, y que estuviera tan relajada delante de su hermana le dio esperanzas para su futuro. Así era como se sentía una relación real; unión, familia y compartir momentos cotidianos que darían forma a sus vidas y crearían recuerdos maravillosos. Su madre se volvió loca cuando le habló de Riley, y había hecho preparativos para reunirlos a todos el domingo, incluida Lindsey. Jane, que había estado completamente sorprendida al principio, poco a poco se estaba acostumbrando a la nueva Riley y Quinn sospechaba que le gustaba más esta versión de su hermana.

"Se os ve muy cómodas juntas," continuó Jane, no llegaba a entender todavía el cambio en Riley. "Y tengo que decirlo otra vez. Estás descalza. O sea, ¿cuándo te he visto sin tacones aparte de cuando éramos niñas?"

Riéndose de los comentarios de Jane, Quinn sirvió pasta con berenjena y tomate para ella y Mindy, ralló un poco de parmesano sobre los platos y los espolvoreó con albahaca fresca.

Jane se volvió hacia el columpio y alzó la voz. "¡Mindy, ven a cenar, cariño!"

"Como ya te dije, necesitaba un cambio." Riley hizo girar el vino en su copa y sonrió a Mindy, quien se acercó a ellas con lágrimas en los ojos.

"¿Quemada?" preguntó Jane.

"Algo así." Riley tomó un sorbo, evitando su mirada.

Quinn miró a Riley de reojo mientras le preparaba su plato. No quería interferir, pero se preguntaba por qué evitaba decirle a su hermana la verdad sobre su enfermedad cardíaca.

"¿Como qué?" La pregunta de Jane fue interrumpida por Mindy, quien se subió a las piernas de Riley.

"Me quiero sentar aquí. ¿Me puedo sentar contigo, tía Riley?"

"Por supuesto que puedes. ¿Quieres una cuchara?"

"No, puedo comer con tenedor. ¡Tengo cinco años!" Mindy atravesó torpemente la pasta con el tenedor e inmediatamente dejó caer la mitad sobre los pantalones de Riley, antes incluso de que llegara a su boca.

"Lo siento mucho." Jane hizo una seña a Mindy para que se acercara. "Ven y siéntate a mi lado, cariño. Estás arruinando la ropa blanca de la tía Riley."

"No pasa nada." Riley lo desdeñó con la mano y se rió cuando otro montón de espaguetis aterrizó en su regazo. "Lo estás haciendo muy bien, Mindy. No puedo creer lo buena que eres con el tenedor." La besó en la cabeza. El corazón se le derritió a Quinn cuando vio el amor de Riley por su sobrina. Podía identificarse con eso. Amaba a Lila y Tommy con todo su corazón y le encantaba pasar tiempo con ellos y mimarlos cuando sus padres no estaban cerca.

"Si me termino la comida, ¿vendrás conmigo al columpio?" preguntó la niña a su tía.

"¡Por supuesto! Es un columpio muy chulo, ¿verdad?" Riley miró hacia el columpio doble bajo el sauce más grande. "Lo hizo Quinn. Es muy buena construyendo cosas."

Mindy asintió mientras se concentraba en su pasta. "Es grande como mi cama." Miró a Quinn y se quedó sin aliento cuando de repente se le ocurrió una idea. "¿Puedes hacer una piscina?"

"¿Una piscina?" Quinn se echó a reír. "Se necesita mucho tiempo para construir una piscina, pero podríamos encargar una." Sugirió, volviéndose hacia Riley. "Se supone que hará más calor esta semana."

"Por favor, no os liéis mucho," dijo Jane. "He visto que hay una piscina comunitaria en la ciudad. Puedo llevarla..."

"¡Sí, una piscina!" Mindy comenzó a dar saltos sobre las piernas de Riley, haciendo que la pasta de su tenedor cayera por todas partes, incluido su vestido y el pelo de Riley. "¿Podemos tener una piscina? ¿Por favooooor?" suplicó, alargando la palabra y poniendo su cara de ángel bonita más manipuladora.

"Madre mía, allá vamos..." Jane soltó un suspiro y movió la cabeza. "Desde luego que vas a necesitar un chapuzón después de cenar, pero me temo que será del tipo bañera. Creo que la tía Riley también necesitará uno."

Riley se rió entre dientes. "Está todo bien," dijo. "Te diré una cosa. Si te comes toda la pasta, buscaremos piscinas por internet después."

Lo que siguió fue una explosión de gritos emocionados antes de que Mindy empezara a meterse la comida en la boca como si su vida dependiera de ello. Quinn tomó un sorbo de su vino, la observó maravillada y sonrió cuando miró a Riley. Había mucho más por descubrir sobre ella, por descubrir la una de la otra, y mucho más de lo que no habían hablado. Niños, por ejemplo. ¿Quería *ella* tener hijos? ¿Y Riley? Verla con Mindy le generó preguntas y la hizo desear más, pero no estaba muy segura de qué.

SESENTA Y CUATRO
RILEY

Riley entendía ahora lo que Quinn quería decir cuando describía su infancia en la Casa Aster. Era adorable ver a Mindy y Lila jugar en el césped. Habían extendido una manta y estaban jugando a un "picnic familiar" con dos muñecas y un peluche. Se lo estaban tomando muy en serio, insistiendo en que las muñecas comieran sus verduras y bebieran su leche para crecer y estar más fuertes. Lila seguía rogando a Tommy que fuera el padre, pero él se negaba diciendo que era un juego estúpido.

Y no fue solo Riley quien se divirtió. Escuchar a los niños hizo reír a todos en la mesa. Estaba sentada con los padres de Quinn, Mary y Rob, Lindsey y Jane, quienes parecían estar pasando un buen rato y, por supuesto, estaba Quinn a su lado. Le encantaba ver a su hermana tan animada y los pocos días que había estado aquí con su hija habían sido curativos para ella. El gran peso de la culpa fue disminuyendo y ella y Jane estaban conociéndose de nuevo. Su hermana era amable y sorprendentemente divertida y Riley se preguntó por qué nunca antes había llegado a esa conclusión. Siempre había visto a Jane como una obligación, alguien con quien tenía que mantenerse en contacto porque era lo correcto. Qué egoísta y estúpido por su parte.

"Cómete las espinacas, Britney," dijo Mindy, metiendo unas cuantas ramitas de hierba en la boca abierta de una de las muñecas. "No puedes levantarte de la mesa hasta que tu plato esté vacío."

"Ha estado muy mal últimamente," dijo Lila, moviendo la cabeza. "Estoy pasando un momento muy difícil con ella."

Mindy asintió y dejó escapar un suspiro dramático. "Los niños siempre son difíciles a esta edad, pero todo mejorará. Solo dale tiempo."

Al oír eso, toda la mesa estalló en carcajadas. Mindy y Lila estaban tan absortas en su juego que no se dieron cuenta de que eran el centro de atención hasta que Tommy lo señaló.

"Deja de hablar como mamá y papá, Lila. Hablas como una abuela," dijo, levantando la vista de su videojuego por una fracción de segundo.

"Oye, que yo no soy *tan* mayor," exclamó Mary, volviéndose hacia su hijo.

"Y yo soy la abuela, pero seguro que tampoco hablo así," intervino la madre de Quinn. Miró a su hija y entrecerró los ojos. "¿O sí?"

"Deben sacarlo de alguna parte." Quinn sonrió y levantó las manos. "De todos modos, yo me mantendré al margen de esto. Creo que las hamburguesas está listas, así que será mejor que vaya a ver cómo están."

"Evitando la confrontación, ¿eh?" dijo Mary levantando una ceja. "Igual que en el instituto, nunca te ponías de parte de nadie."

"Eh, lo mío es el amor, yo no me peleo." Quinn le guiñó un ojo a Riley mientras se levantaba y ésta la siguió hasta la barbacoa junto a la orilla del río. Era la primera cosa que compraban juntas y a Riley le encantaba el gran espacio que quedaba a un lado para preparar las comidas. Ya sabía que le iban a sacar mucho provecho.

"¿Necesitas ayuda?" preguntó, acercándose poco a poco. "Puedo desenvolver el maíz y las patatas."

"Sí, por favor. Yo pongo platos debajo. Puedes usar esos." Quinn la besó y la rodeó con un brazo mientras ella daba vueltas a las hamburguesas y las inspeccionaba. "Es un buen día, ¿verdad?"

"Sí. Creo que todos se lo están pasando muy bien." La miró a los ojos y sonrió. "Gracias."

"¿Por qué?"

"Simplemente por ser tú, increíble. No tienes idea de cuánto bien me hace tu energía." Riley se sonrojó cuando estaban a punto de besarse. "Vale, quizás deberíamos esperar porque, si empiezo a besarte, será un beso en condiciones." En su lugar, se concentró en el maíz y lo puso en un plato.

"Un beso en condiciones, ¿eh? No diría que no a eso." Quinn la agarró por detrás y Riley gritó, apartando su mano de un manotazo. Detrás de ellas, los niños se reían de la escena y Mindy les gritaba que se portaran bien.

"¡Perdón!" Riley les lanzó una sonrisa. "¿Quién quiere hamburguesas?"

"¡Yo, yo, yo!" gritó Tommy levantando la mano.

"Yo quiero pizza," protestó Lila.

"Hoy no, Lila. ¿Has visto alguna vez una pizza a la parrilla?" le preguntó Quinn a su sobrina, quien frunció el ceño considerando la pregunta. "Exactamente, no lo creo. Y ahora ven aquí y ayúdanos a llevar los platos a la mesa. Britney también puede comer una hamburguesa."

"¡Quiero ayudar!" Mindy se acercó a ellas y con mucho

cuidado llevó el plato con el maíz que Riley le había dado. Se tomó la tarea muy en serio, sacando la lengua mientras se ponía de puntillas para colocarlo en el medio de la mesa. Les dio una pieza a cada uno, incluidas las muñecas, que ahora tenían un asiento privilegiado en la cabecera.

Riley sirvió el resto de las verduras y preparó las ensaladas mientras los niños servían las hamburguesas. Las charlas y risas a su alrededor la emocionaron y, una vez más, se sintió invadida por un sentimiento de pertenencia. Ella era parte de una familia, y eso era algo que apreciaba. Mystic había sido una bendición. Era la comunidad que nunca pensó que necesitaba, el sistema de apoyo que ahora abrazaba y atesoraba. Se sentía como si hubiera estado destinada a terminar aquí, en este lugar elegido al azar por su asistente, y que hubiera estado destinada a conocer a Quinn. Porque, si no, ¿cuáles eran las posibilidades de encontrar esta felicidad? La Casa Aster ya no resultaba intimidante. Era un hogar cálido. Era el lugar donde pertenecía.

SESENTA Y CINCO

QUINN

"Mírala, está agotada." Quinn señaló a Mindy, que estaba durmiendo sobre la manta junto a su muñeca.

"Ha pasado un día muy divertido," dijo Jane, limpiando la mesa después de que hubieran recogido todas las cosas. "Y yo también. Todavía estoy sorprendida por lo bonito que ha sido y estaba pensando...Bueno, estaba pensando que quizás Mindy y yo podríamos quedarnos unos días más, si vosotras estáis de acuerdo. Es bueno para ella estar tanto tiempo al aire libre y no la había visto tan animada en mucho tiempo."

"Por supuesto. Nos encantaría teneros aquí por más tiempo, ¿verdad, Quinn?" Riley le lanzó una sonrisa radiante y Quinn se la devolvió. Por el tono de voz de Riley, sabía que le conmovía saber que su hermana se estaba divirtiendo.

"Absolutamente. Me ha encantado conocerte." Frunció el ceño cuando Riley de repente se llevó la mano al pecho y tragó saliva. "¿Qué pasa? ¿Estás bien?" Su primer pensamiento fue que podría tener relación con su corazón. "¿Es...?"

"¡No!" dijo Riley rápidamente. "Es solo una indigestión." Le contestó con los ojos entrecerrados, una clara advertencia para que no sacara el tema. "He estado comiendo alimentos más pesados desde que llegué a Mystic. Pasta, parrilladas, pasteles, pizzas...Compré pastillas la semana pasada, pero se me acabaron."

"Dímelo a mí." Jane puso los ojos en blanco y le comentó a Quinn. "Solía vivir de sushi y ensaladas en Nueva York. Los pocos kilos de más te sientan bien, Riley. Pareces mucho más saludable." Buscó en su bolso y sacó una caja. "Toma, coge éstas. Tengo una tira de repuesto en mi maleta. También tengo indigestión a menudo. Debe ser hereditario."

"Gracias." Riley tomó una pastilla y suspiró. "Probablemente debería volver a las ensaladas, que por cierto me encantan, pero desde que comencé a considerar la comida como algo placentero en vez de simplemente combustible, he estado teniendo antojos." Se giró hacia Quinn. "Es culpa tuya. Tus barbacoas y tus pastas son adictivas."

Quinn se rió, pero aún no se sentía muy cómoda y agradeció que Jane recogiera a Mindy, así ellas podrían tener un momento a solas.

"La llevaré a la cama. Dios, cada vez pesa más." Jane gimió cuando levantó a su hija, que seguía durmiendo, y se la apoyó en la cadera. La cabeza de la niña cayó sobre su hombro y Jane le apartó el pelo de su cara y la besó en la mejilla con amor. "No tardaré."

Quinn esperó hasta que estuvo lo suficientemente lejos como para que pudiera escuchar nada y acarició el hombro de Riley. "¿Estás segura de que no es el corazón?"

"Totalmente segura. Mis betabloqueantes están funcionando y, además, la indigestión se siente completamente diferente a la taquicardia."

Quinn asintió, algo aliviada. "¿Se lo vas a decir alguna vez?"

"Lo haré." Su mirada se dirigió a la puerta de atrás. "Solo que todavía no. No quiero empañar nuestro precioso momento con algo tan serio y ella empezará a preocuparse por mí cuando no hay nada de qué preocuparse. He estado bien durante meses. Jane se preocupó muchísimo cuando nuestro padre ingresó en el hospital. Supongo que, como enfermera, se siente responsable de que todo el mundo esté bien, y se culpó a sí misma por no haberlo visto antes."

"Lo entiendo," dijo Quinn. "Eso supone mucha presión para ella, pero no deberías guardarte los problemas de salud para ti."

"¿Incluso si eso le causa noches sin dormir? ¿Incluso si eso significa que hará todo lo posible para ver cómo estoy todos los días y que entrará en pánico cuando no conteste el teléfono?"

Quinn asintió.

Riley suspiró. "Vale, se lo diré antes de que se vaya. Te lo prometo."

"Por favor, hazlo. Si yo fuera Jane, querría saberlo."

"¿Qué pasa con Jane?"

Riley se sobresaltó y se irguió cuando su hermana se acercó. "Solo le estaba diciendo lo agradable que ha sido verte a ti y a Mindy," dijo, dibujando una sonrisa. "Siento como que te estoy conociendo de nuevo. ¿No es una locura?"

"Totalmente, yo también. Y me está encantando Riley 2.0." Jane se dejó caer en el sofá junto a la mesa del comedor y apoyó los pies en un taburete. "¿Queréis que nos tomemos una copa juntas? Se está muy tranquilo aquí sin niños gritando, y la vista es preciosa." Extendió los brazos. "O sea, mira esto."

"Lo sé, me siento muy afortunada," dijo Riley, sentándose a su lado y apoyando sus pies junto a los de su hermana. "Sabes que eres bienvenida aquí en cualquier momento, ¿verdad? Siempre que necesites un descanso."

"Gracias. ¿Y sabes qué? Te acepto la invitación. Me siento como si estuviera de vacaciones, pero sin el estrés de estar en algún sitio con una niña y tener que entretenerla."

Jane miró a Riley con cariño y Quinn sonrió al ver el amor entre ellas. Era una noche tranquila y el repentino silencio era realmente un descanso. El río estaba calmado y se oía un suave susurro entre los árboles.

"¿Qué tal una copa de oporto?" sugirió. "Tengo esa bonita botella de cuando la abuela estuvo aquí." Negó con la cabeza cuando Riley estaba a punto de levantarse. "Quédate aquí y deja que esas pastillas hagan su trabajo. ¿Prefieres una taza de manzanilla? Podría irte mejor para tu indigestión."

"Sí, por favor. Eres un encanto." Riley le lanzó un beso y Quinn sonrió mientras se dirigía a la entrada trasera de la casa y escuchó a Jane susurrar. "Me encanta esa mujer. Si me preguntas, es lo mejor que te ha pasado jamás."

Estaba siendo una semana fantástica. Contaba con la aprobación de la hermana de Riley y Mindy también le había tomado cariño, la había estado siguiendo con sus muñecas todo el fin de semana. Más aún, sus padres estaban encantados de que por fin hubiera encontrado a alguien con quien sentar la cabeza. Parecía como si todo estuviera encajando naturalmente, como si estuviera escrito en las estrellas que estaría con Riley. Un viaje destinado de dos vidas entrelazadas. Era casi demasiado bueno para ser verdad.

SESENTA Y SEIS

RILEY

"¿Podemos instalar la piscina ahora, tía Riley?" Mindy se metió el último trozo de tostada en la boca y señaló su plato. "He terminado mi desayuno."

"Claro que podemos, si mamá está de acuerdo."

"¿Por qué no?" dijo Jane. "Va a ser el primer día de calor del año y no me importaría meterme ahí yo misma. Si quepo," añadió con una risita.

Riley se rió cuando Mindy corrió hacia la caja grande apoyada en la encimera. Era demasiado pesada para levantarla, pero siguió intentándolo de todos modos, tirando de ella con todo el peso de su cuerpo. Hoy iba a hacer más calor y la piscina que Mindy había elegido era sin duda lo suficientemente grande como para que cupieran las tres.

Mindy se había levantado al amanecer, esperando la entrega y despertándolas cada vez que escuchaba un ruido. Cuando finalmente llegó por mensajería a las ocho de la mañana, Riley no tuvo más remedio que preparar el desayuno para poder empezar el día. "¿Sabes nadar?" le preguntó.

"Sí puedo con los manguitos." Mindy se volvió hacia Jane. "Mami, ¿dónde están mis manguitos?"

"Están en la maleta grande, cariño. Ve a buscarlos. Tu bañador también está allí." Jane se terminó el café, se levantó y suspiró mientras miraba la caja y a ella. "¿Crees que podemos hacer esto? No, espera," se corrigió. "*Tenemos* que hacerlo. El humor de Mindy depende de ello, y no quiero tener a una niña de mal humor en mis últimos días aquí."

"Venga. He decorado y renovado la mitad de la casa. Estoy segura de que puedo poner en funcionamiento una simple piscina infantil." Riley bostezó mientras levantaba un lado y esperaba que Jane tomara el otro.

"¿Estás cansada?" preguntó Jane. "No dejas de bostezar y me lo estás contagiando."

"Un poco," dijo Riley, notando que le dolía el cuerpo. No eran solo los bostezos, le habían estado molestando leves mareos durante toda la mañana, pero los había ignorado. No tenía motivos para estar cansada. Al contrario, había descansado mucho mientras Jane y Mindy estaban aquí. Una vocecita en el fondo de su mente le decía que fuera a ver a un médico y que se hiciera un chequeo, pero se lo estaba pasando tan bien con su familia que no quería arruinar el buen ambiente que había entre ellas, ahora que por fin habían reconectado.

Aunque había tenido mareos muchas veces antes y se sentía bien al día siguiente, eran señales de advertencia así que, por si acaso, se detuvo a mitad del pasillo. "Espera, he olvidado algo." Riley regresó y cogió su teléfono de la mesa de la cocina antes de salir al jardín. Tal vez tendría un momento de tranquilidad para llamar al consultorio del médico y pedir una cita para la próxima semana, cuando Jane y Mindy se hubieran ido.

"Vale. ¿Dónde la ponemos?" preguntó Jane, jadeando mientras dejaban la caja en el suelo un momento. "¿Y por qué pesa tanto? Pensé que era simplemente una piscina infantil inflable."

"No, es una base resistente a los pinchazos unida a un marco de metal y es bastante grande," dijo Riley, esperando que viniera con un manual de instrucciones claro. Sintiéndose mareada, resopló y dibujó una sonrisa. Nada iba a estropear este precioso día y ella iba a estar bien.

"¡Sííí! ¡Voy a nadar!" Mindy salió corriendo en bañador. Con las prisas, se lo había puesto al revés y estaba adorable, agitando sus manguitos en el aire. "¿Podemos ponerla debajo del columpio, mami? Quiero saltar del columpio a la piscina."

"No creo que eso sea seguro, cariño," dijo Jane con una sonrisa mientras la miraba. "Podrías hacerte daño."

"¡Pero sé nadar!" dijo Mindy haciendo un puchero.

"Sé que sabes, pero también eres un poco mona y no quiero que aterrices en el marco."

"¿Qué tal junto al río al lado de la zona de los asientos?" sugirió Riley. "Así podremos vigilarla mientras vemos la puesta de sol más tarde. Tal vez bajo el..." Se detuvo cuando de repente se sintió temblar. El temblor que crecía en brazos y piernas le hacía difícil mantenerse en pie. *Mierda. Está pasando otra vez.* Le empezó un sudor frío cuando se hundió en el césped y se llevó la mano al pecho. El corazón le latía anormalmente rápido, saltándose aleatoriamente un latido cada pocos segundos. Era malo y lo sabía.

"Riley, ¿qué pasa?" Jane se arrodilló a su lado y la sostuvo con el ceño fruncido de preocupación. "¿Qué ocurre?"

"Es mi corazón," dijo Riley respirando profundamente, casi sin poder pronunciar las palabras. En ese momento, le pasaron muchas cosas por la mente. Sus anteriores problemas cardíacos también habían sido aterradores, pero se había sentido invencible y había afrontado su recuperación como si fuera uno de sus proyectos, sin admitir nunca realmente lo que estaba en juego: su vida. Pero las cosas habían cambiado y no podía morir ahora. No cuando por fin era verdaderamente feliz. Tenía a Quinn, tenía un hogar, y tenía a su familia. Podía ver su futuro con tanta claridad, con tanta viveza, y ese futuro amenazaba con desaparecer. Por encima de todo, amaba a Quinn y necesitaba una segunda oportunidad para decírselo. No podía respirar por el pánico y el dolor que se extendía por su pecho.

"Ambulancia..." susurró, reuniendo apenas la suficiente energía para sacar el teléfono de su bolsillo trasero. Se lo tendió a Jane y lo dejó caer cuando sintió un hormigueo que le entumeció las manos.

Jane le dio unas palmaditas en la mejilla. "Está bien, quédate conmigo, Riley. Voy a llamar a una ambulancia ahora mismo. ¿Hay algo que deba saber? ¿Sería más rápido si te llevara yo al hospital? No tengo idea de dónde está."

Riley no podía responder. Oía la voz de Jane, pero sonaba muy lejana. ¿Se estaba alejando de ella o era ella quien se estaba alejando? Al abrir la boca para hacer la pregunta, no salió ninguna palabra y la mente se le quedó en blanco.

SESENTA Y SIETE

QUINN

Mientras corría por los pasillos del hospital, Quinn no podía pensar con claridad. Seguía preguntando a la gente por el departamento de cardiología, pero el edificio era un laberinto y no podía encontrarlo. Había conducido hasta aquí presa del pánico y seguramente habría recibido algunas multas por exceso de velocidad. Ojalá esto fuera una pesadilla y se despertara y todo estuviera bien. Pero a pesar de su confusión, parecía demasiado real para ser una pesadilla. "Tienes que venir al hospital," le había dicho Jane. "Es Riley. Su corazón." Quinn estaba en el trabajo cuando recibió la llamada y todavía tenía manchas de pintura en las manos y en los vaqueros del trabajo.

"Por favor, necesito el departamento de cardiología," gritó cuando vio a una enfermera.

"Está en él. Intente concentrarse en su respiración. Está a punto de hiperventilar." La enfermera le dio unas palmaditas en el brazo. "Venga conmigo." La condujo hasta el mostrador de recepción, que quedaba escondido en un rincón a la vuelta de la esquina. "Por favor, cálmese para que pueda ayudarla. ¿A quién busca?"

"Riley Moore. Fue admitida hace aproximadamente una hora."

"Está en la habitación diecisiete," dijo una de las otras enfermeras, que había escuchado la conversación. "Pero le están haciendo algunas pruebas y ahora no puede recibir visitas. Pero puede esperar fuera de la habitación. Enfrente hay una zona para sentarse y una máquina de café."

"¿Va a estar bien?" Quinn se volvió hacia la recepcionista. "¿Puede decirme cómo es de grave?"

La enfermera escribió algo en el ordenador y entrecerró los ojos mientras leía las notas en la pantalla. "Me temo que no podemos decirle nada hasta que haya sido examinada por completo. Uno de nuestros cardiólogos le informará en cuanto sepamos más." Le sonrió a modo de disculpa. "¿Es usted familia?"

"Soy..." Quinn tragó saliva. "Soy su pareja. Su hermana, Jane Moore, ya está aquí. Ella fue quien me llamó."

"De acuerdo. Bueno, si toma asiento fuera de la habitación de la señorita Moore, le informaremos tan pronto como tengamos noticias." Señaló el pasillo de la izquierda cuando Quinn estaba a punto de irse por el camino equivocado otra vez.

"Gracias." Quinn contuvo las lágrimas cuando se encontró con los ojos de Jane. Estaba sentada en una silla con Mindy durmiendo en su regazo y parecía como si hubiera estado llorando.

"Hola," dijo con una sonrisa triste.

"Hola." Quinn le dio un abrazo con cuidado para no despertar a Mindy. "¿Qué pasó? ¿Cómo está?"

"No sé más que tú," dijo Jane. "En un momento estaba bien, o al menos pensé que estaba bien, aunque un poco cansada, y al siguiente cayó desplomada sobre el césped agarrándose el pecho. Se desmayó por un momento, pero estaba completamente lúcida cuando llegó la ambulancia."

"¿Estaba hablando?"

"Sí, pero estaba débil y su ritmo cardíaco estaba por las nubes. Soy enfermera, pero por primera vez en mi carrera, entré en pánico porque no podía hacer nada para ayudarla." Las lágrimas corrieron por sus mejillas. "Normalmente estoy muy tranquila en situaciones con peligro de vida, pero es Riley, mi hermana, y no sabía qué hacer..."

"Eh, no podrías haber hecho nada. Necesitaba un cardiólogo, medicación y cuidados intensivos. Eso no es algo que puedas darle en el jardín trasero." Dijo Quinn, rodeándola con un brazo. Estaba agradecida de saber que Riley estaba lúcida, pero eso no le quitó la sensación de angustia en la boca del estómago.

"Tal vez, pero es una mierda sentirse tan impotente. Dijo que era su corazón y a mí me parecía que era su corazón, pero..." Jane vaciló y entrecerró los ojos. "¿Sabes algo que yo no sepa?"

Quinn suspiró y decidió que Jane tenía derecho a saberlo, aunque viniera de ella. Después de todo, era la hermana de Riley y estaba aterrorizada. "Riley tiene la misma enfermedad cardíaca que tu padre," dijo. "Está con medicación y ella pensó que estaba bajo control. Está claro que no era así."

"Oh, Dios mío..." Jane se llevó una mano a la boca, lo que provocó que Mindy se moviera. "¿Por qué no me lo dijo?"

"No lo sé. Supongo que no quería que te preocuparas. O tal vez no quería ponerte una carga extra, porque se sentía culpable por haber estado tan alejada. Sé que eso le preocupaba, no haberse esforzado más en vuestra relación. Se ha lamentado de muchas cosas desde que se mudó a

_." Quinn se encogió de hombros. "Un cambio a un
, de vida más lento puede afectar a la gente. Ha tenido
ho tiempo para reflexionar."

"Así que por eso vendió su negocio..." Jane apoyó su
ano sobre la de Quinn. "Le pregunté un par de veces, pero
iguió dándome respuestas vagas, así que saqué mis propias
conclusiones. Pensé que podría haber sido una relación
acabada lo que la alejó de Nueva York." Negó con la cabeza.
"No podía haber estado más equivocada."

"Sí, tuvo que reducir drásticamente el ritmo, y lo hizo.
Por eso no entiendo por qué..." Quinn se detuvo cuando vio
a un médico salir de la habitación de Riley. "¿Señorita Jane
Moore?"

"Soy yo." Dijo Jane levantando una mano. "Y ella es
Quinn Kendall. Es la pareja de Riley."

Les dirigió un gesto educado y una sonrisa a ambas.
"Hola, soy el doctor Norwich, uno de los cardiólogos de este
hospital. Según su historial médico y sus pruebas iniciales,
parece que su hermana...y su pareja," añadió, volviéndose
hacia Quinn, "ha sufrido un episodio de taquicardia ventricular. En sí mismo, normalmente no pone en riesgo la vida,
pero como probablemente sepa, los episodios de la señorita
Moore son mucho más extremos, y este último ha dejado
algunos daños." Levantó una mano cuando Quinn lo miró
con desesperación. "Sin embargo, es probable que se recu-
pere por completo y haremos todo lo posible para descubrir
por qué ha vuelto a suceder a pesar de su medicación. Por
ahora, por favor esperen aquí o váyanse a casa y traten de
distraerse. Podría tardar un poco. Les llamaremos tan
pronto como sepamos más y ella esté lo suficientemente
fuerte como para recibir visitas. Debemos evitar que se
emocione demasiado."

SESENTA Y OCHO
RILEY

Las lágrimas corrieron por las mejillas de Riley cuando escuchó a Jane y Quinn hablando nuevamente con el doctor Norwich en el pasillo después de cinco largas horas de espera. Las había echado de menos más de lo que se había preocupado por ella misma. Una vez más, estaba en un ala de cardiología, pero esta vez no estaba sola y estaba muy agradecida de estar viva.

No fue el estrés lo que provocó que su corazón sufriera una arritmia extrema. Las pruebas habían demostrado que tenía niveles bajos de electrolitos, específicamente magnesio. Había estado tomando medicamentos para la acidez de estómago, lo que le provocó la hipomagnesemia, y como su corazón ya estaba sensible, eso le provocó un episodio de taquicardia ventricular. La buena noticia era que iba a estar bien y que su corazón probablemente se repararía solo, siempre y cuando dejara de tomar pastillas para la acidez estomacal. Recordaba vagamente que los médicos le habían dicho que tuviera cuidado con ciertos medicamentos, pero esas pastillas le habían parecido tan inocentes, que no lo había pensado dos veces.

"¡Cariño!" Quinn entró en la habitación, estaba llorando. "Cariño... ¿puedo abrazarte?" preguntó, mirando los cables conectados al pecho de Riley y los tubos y la vía intravenosa que estaban en sus muñecas.

"¡Sí! Ven aquí." Riley abrió torpemente los brazos y la abrazó cuando ella se inclinó y rozó su mejilla contra la suya. Con ese abrazo, todos los temores de incertidumbre, que no sabía que tenía, se borraron mientras flotaba en una nube de consuelo. "Me alegro tanto de que estés aquí."

Quinn levantó la cabeza y se secó las mejillas. "Cariño, estaba aterrorizada de perderte." Vaciló por un segundo, la miró a los ojos y tomó su mano con sumo cuidado. "No puedo perderte. Te amo."

Riley la miró fijamente por un momento antes de que ella comenzara a llorar también. "Yo también te amo," dijo, sintiendo sus palabras en lo más profundo de su ser. Sentía mucho amor por Quinn, y lo había sentido por un tiempo. "Te amo," dijo de nuevo. "Y no me voy a ningún sitio."

"No te atrevas, te necesito." Quinn le acarició la mejilla. "¿Cómo te sientes?"

"No demasiado mal. Solo cansada y con dolor." Riley cerró los ojos y se apoyó sobre el contacto de Quinn. Algo iba en contra de todas las reglas de la vida porque, a pesar de su malestar físico después de casi morir, rara vez se había sentido más feliz. Quinn la amaba y eso la llenaba de tanta felicidad que nada más importaba. "¿Supongo que el doctor Norwich os ha informado?"

"Sí." intervino Jane, que acababa de presenciar sus íntimas palabras, antes de mirarlas. "Sois tan dulces juntas. Ahora lo entiendo perfectamente." Se acercó a Riley y la besó en la frente. "¿Cómo te sientes, hermanita?"

"Bien. Contenta de estar aquí todavía." Le dirigió una

gran sonrisa. "Me tendrán aquí unos días para monitorizarme y asegurarse de que mis niveles de magnesio vuelvan a la normalidad pero, si todo va bien, podré irme a casa pronto."

"Me quedaré aquí contigo, si me dejan," dijo Quinn y levantó una mano cuando Riley estaba a punto de protestar. "No hay discusión. No me iré de tu lado."

Riley asintió, las lágrimas le volvían a arder en las comisuras de los ojos. "Gracias." Desvió la mirada hacia la puerta y luego miró a Jane. "¿Dónde está Mindy?"

"Está en el pasillo." Jane revisó su gotero y continuó mientras estudiaba la pantalla al lado de la cama de su hermana. "Se quedó dormida y la recepcionista se ofreció a cuidarla durante diez minutos. No estaba segura de si verte así la traumatizaría, así que pensé que era mejor dejarla fuera."

"¿Tan mal aspecto tengo?"

"No, en absoluto. Solo un montón de tubos." Jane sonrió mientras la miraba. "Así que esta no es tu primera vez, ¿eh? Ojalá lo hubiera sabido. Soy enfermera, por el amor de Dios. Si hubiera sabido que tenías problemas cardíacos, nunca te habría dejado tomar esas pastillas para la acidez." Tomó la mano de su hermana con cuidado para no interferir con los tubos. "¿Por qué no me lo dijiste?"

Riley se encogió de hombros. "Al principio no quería molestarte porque había descuidado nuestra relación. Y luego, cuando por fin nos volvimos a ver, lo estábamos pasando tan bien que no quería arruinarlo con una conversación seria. Eres una persona que te preocupas por todo y no deberías preocuparte por mí."

"Pero yo *quiero* preocuparme por ti y quiero que compartas lo que está pasando en tu vida. ¿No es ese el objetivo de reconstruir nuestra relación? ¿Compartir cosas?

¿Qué pasaría si yo estuviera pasando por un momento difícil? ¿No querrías saberlo?"

Riley hizo una mueca porque su hermana tenía razón. "Por supuesto que querría saberlo, pero no siento que merezca tu apoyo," dijo finalmente entre sollozos. "Yo no estuve presente cuando pasaste por tu divorcio y no me di cuenta de lo sola que debiste haberte sentido hasta que yo me quedé completamente sola. Os he descuidado a ti y a Mindy, lo siento tanto, tanto..."

"No lo sientas. El pasado está en el pasado y hoy estamos comenzando de nuevo. Borrón y cuenta nueva, ¿vale? Sin mirar atrás." Jane le dedicó una suave sonrisa. "Y cuéntame cualquier cosa que esté pasando en tu vida, buena o mala. ¿Lo harás por mí?"

"Te prometo que hablaré contigo y te contaré," dijo Riley, sintiendo que el gran peso de la culpa que tenía sobre sus hombros desaparecía. Nunca se había dado cuenta de lo pesado que era hasta que se evaporó. "Pero eso es todo. Esa es toda la verdad. Mi corazón es la razón por la que vendí mi empresa y me mudé a Mystic. Como sabes, mi condición, en general, no pone en peligro mi vida, siempre que me lo tome con calma y viva una vida saludable, lo cual hago."

"Entonces espero que sigas cuidándote. Con suerte, esto ha sido solo una vez, así que mantente alejada de esas malditas pastillas para la acidez." Jane había entrado en modo enfermera y era agradable verla así. Riley podía imaginársela en el trabajo, hablando a sus pacientes de la misma manera severa. "Me alegro de que Quinn viva contigo. Así puede vigilarte."

"Yo también." Riley miró a Quinn con amor y al instante quedó atrapada en su mirada. No podría haber escapado aunque hubiera querido.

Viendo que estaba a punto de derrumbarse, Jane se

irguió. "Bueno, llevaré a Mindy de vuelta a la casa y Quinn se quedará aquí contigo. Quiero asegurarme de que todo esté ordenado y listo antes de llevarte a casa. Te cocinaré algo saludable y prepararé una zona cómoda para sentarse fuera, donde puedas relajarte y dormir cuando te apetezca."

"Eso es muy dulce de tu parte pero te juro que estaré bien," protestó Riley. "La última vez que me dieron el alta en el hospital, me sentí bien y volví directamente a trabajar."

"Sí, bueno, eso no va a pasar esta vez."

"Tiene razón," dijo Quinn. "Vas a descansar, a recargar energía y a reparar ese hermoso y bondadoso corazón tuyo." Pasó una mano por su cabello y la besó. "Te traeré algo de almuerzo ahora. La comida del hospital tiene una pinta horrible. ¿Qué te apetece?" Continuó antes de que Riley tuviera la oportunidad de responder. "Aquí no se permiten teléfonos ni iPads, pero puedo traerte revistas."

"¿Cómo has logrado provocar ese cambio en Riley?" preguntó Jane, echando tomates picados en un bol. Ella, Mindy y Quinn estaban cocinando juntas mientras Riley dormía arriba. Ella se había hecho cargo, por lo que Quinn estaba gradecida. Jane, enfermera experimentada de pies a cabeza, era el tipo de mujer que sabía cómo manejar situaciones estresantes. Se había asegurado de que Riley estuviera cómoda antes de poner a Quinn a trabajar, dándole instrucciones mientras Mindy estaba en una silla junto a la encimera pelando mandarinas.

"No lo he hecho," dijo Quinn. "Solo he conocido cómo es." Se volvió hacia ella. "¿Es este el momento en el que me dices que me matarás si le hago daño alguna vez a tu hermana? Porque no lo voy a hacer. Lo dije en serio. La amo."

"Lo sé." Jane se rió entre dientes y movió la cabeza. "Y no, nunca te amenazaría. De hecho, quiero darte las gracias. Parece muy feliz y sospecho que eso tiene algo que ver contigo, si no todo."

Quinn sonrió. "Ella también me hace muy feliz." Hizo

una pausa y se volvió hacia Jane. "¿Crees que estará bien? A largo plazo, quiero decir. Tuvo mucha suerte de que estuvieras aquí. No puedo dejar de pensar en lo que podría pasar si tiene otro episodio mientras estoy en el trabajo y ella está sola y..."

"Eh, no puedes pensar así," la interrumpió Jane. "Te volverás loca. ¿Quién sabe? En la vida puede pasar cualquier cosa pero yo no me preocuparía demasiado. Se está recuperando muy bien. Solo asegúrate de que se mantenga lejos de pastillas que no debería tomar, aunque estoy segura de que ya ha aprendido la lección, y que mantenga los niveles de estrés al mínimo." Le dirigió una sonrisa tranquilizadora. "De verdad, estará bien."

Quinn asintió. "Bien. Eso me hace sentir mejor, viniendo de una enfermera."

Jane le dio unas palmaditas en el brazo. "Por cierto, estaba comprando comida en el pueblo esta mañana y estoy bastante segura de que una mujer estaba hablando de ti y de Riley en el pasillo de lácteos." Se encogió de hombros. "Obviamente, nadie sabe que soy su hermana, así que no sospechó de mí cuando me pasé un buen rato fingiendo inspeccionar cada tipo de yogurt de frutas."

Quinn frunció el ceño. Probablemente se había corrido la voz sobre el problema de salud de Riley. "¿Qué dijo?"

"Bueno, estaba hablando del columpio en tu jardín y..." señaló a Mindy y bajó la voz. "Un vestido en un árbol. Es todo lo que puedo decir por ahora."

"¿Un vestido en un árbol? Es raro." Dijo Quinn, tratando de mantener una cara seria.

"Creen que usáis el columpio para ciertas actividades," aclaró Jane y arqueó una ceja. "Ya sabes, del tipo adulto."

"Ah..." Quinn sintió que le ardían las mejillas. Por supuesto que todo el mundo estaba hablando del incidente.

Era imposible que Tammy no se lo hubiera contado a su hermana, que era la chismosa del pueblo, y también era probable que Gareth se lo hubiera contado a su novia, que tampoco se quedaba atrás para compartir una buena historia. "No tengo idea de qué están hablando," dijo. "Probablemente se lo estén inventando. Suele ocurrir. No hay muchas parejas del mismo sexo en Mystic, así que probablemente solo estén especulando."

"Eso es triste. ¿No te molesta?"

"No. Estoy acostumbrada y dudo que a Riley le importe tampoco." Quinn se recompuso y cambió de tema. "¿Qué tal tu padre? ¿Cómo está?"

Jane entrecerró los ojos y la miró fijamente durante un momento, decidiendo si estaba diciendo la verdad o no. "Está mucho mejor, ahora que ha hecho algunos cambios drásticos en su estilo de vida, pero no fue fácil llegar a ese punto. Mindy y yo nos mudamos con él durante tres meses para vigilarlo y asegurarme de que comía sano y hacía ejercicio. No había pasado mucho tiempo desde la muerte de mamá, así que de todos modos necesitaba compañía. Creo que tener allí a Mindy fue una buena distracción para él. Todavía me preocupa, ya no es joven, pero se ha recuperado bien y tiene vida social." Suspiró. "Me alegro de que Riley planee visitarlo por fin. La echa de menos."

"Sí, lo sé. Me pidió que fuera con ella."

Sus ojos se iluminaron. "¡Deberías! Os podéis quedar con nosotras. Vivimos muy cerca de papá."

"Gracias. Solo si no te supone ningún problema." Quinn se rió cuando Mindy dejó escapar un grito de emoción.

"¡Sí! ¿Puede dormir Quinn en mi habitación, mami?" preguntó. "¿Por favor?"

"Creo que Quinn y la tía Riley preferirían la habitación

de invitados, cielo." Jane se rió mientras cogía un pepino del cuenco de las verduras que tenía delante y lo cortaba en cubitos. "No hace falta decir que no es tan elegante como esta casa y los suburbios no son precisamente inspiradores. Tampoco tenemos columpio," añadió con una sonrisa descarada, "pero lo pasaremos bien. Después de todo, se trata de la familia y de estar juntos. Me gusta que seas una persona familiar. Debe ser bonito tener una familia grande."

"Lo es, y los adoro," dijo Quinn, ignorando el comentario del columpio. "Y ahora también tengo una cuñada encantadora. Y tú," dijo, pellizcando la mejilla de Mindy.

"Sí. Siento que nos hemos unido." Jane se rió entre dientes y con la cabeza señaló a Mindy, que había comenzado a diseccionar la mandarina, metiendo los dedos en la pulpa para sacar las semillas. El jugo le corría por los brazos y le empapaba las mangas. Era el único trabajo que se les ocurrió para mantenerla ocupada y que no implicaba cuchillos ni nada que pudiera romper.

"¿Así?" preguntó Mindy, sosteniendo una cuña desinflada unida a un trozo de piel.

"Perfecto." Quinn le dio un plato de picnic de plástico. "¿Por qué no los preparas aquí y se lo das a la tía Riley cuando se despierte?"

A Mindy pareció gustarle la idea y tuvo mucho cuidado al alinear las rodajas de mandarina alrededor del borde del plato. "Es una ensalada de frutas," dijo con rostro serio. "Necesito algo para poner en el medio."

"¿Qué tal unas fresas?" Quinn abrió el frigorífico y le dio una caja. "Quítale lo verde de arriba y haz que estén bonitas."

"Eres buena con los niños," dijo Jane. "¿Has pensado alguna vez en tener hijos?"

"No lo sé. Sería bonito, supongo. Nunca me vi teniendo una familia, pero ahora..."

"¿Lo estás reconsiderando?" Jane arqueó una ceja. "¿Y Riley? ¿Lo habéis hablado?"

"No. Es un poco demasiado pronto para eso. Ni siquiera lo he pensado mucho." Hizo una pausa. "Pero supongo que la idea ha ido creciendo en mí."

"Mmm..."

"¿Qué?" preguntó Quinn, mirándola de reojo.

"Bueno, nunca pude imaginarme a Riley como madre, pero en realidad es muy buena con los niños. Mindy la adora. ¿Verdad, Mindy?"

"Sí. Me compró una piscina." Mindy dibujó una gran sonrisa mientras sostenía su ensalada de frutas que parecía que había sido pre-digerida. "¿Puedo llevárselo a la tía Riley ahora, mami? Quiero ser enfermera como tú."

SETENTA
RILEY

Al salir al jardín, los pasos de Riley eran más firmes, una prueba de que estaba más fuerte. El mundo la había llamado, una sinfonía de cantos de pájaros y el contacto de una suave brisa que entraba por la ventana de su dormitorio la atrajeron a salir. Su corazón latía con vigor y el peso de los últimos días se fue disipando lentamente, sustituido por una renovada sensación de propósito. Con cada paso, abrazaba la vida, prometiendo saborear cada latido, cada respiración, siempre agradecida por todo lo que tenía. Había necesitado sus tres días de cama. Su recuperación estaba siendo mucho más lenta esta vez, pero ya estaba harta del iPad, de la televisión y de mirar al techo.

Respirando profundamente, levantó la cara hacia el cielo. Hilos de nubes con formas de algodón flotaban perezosamente, proyectando sombras sobre el césped. Una nube regordeta parecía un león, con su melena flotando detrás de él, y cerca, un grupo de nubes más pequeñas bailaban juntas contra el fondo azul. El aire transportaba el sabor picante de las hojas recién brotadas y se percibía el lejano aroma de un fuego de leña que venía de una casa vecina. Un sutil cosquilleo le recorrió la piel, como si los rayos de sol la estuvieran acariciando. Riley absorbió el día. Sentía sus sentidos más fuertes, o tal vez era que simplemente era más consciente de las cosas.

Al doblar la esquina, sus labios se curvaron en una sonrisa cuando vio a Quinn junto a la orilla del río. Estaba tomando café y leyendo el periódico. Como si sintiera su presencia, Quinn levantó la mirada. Sintió una agradable calidez en el pecho cuando sus ojos se encontraron, y cautivada por la escena, simplemente la contempló.

"Buenos días, preciosa," dijo Quinn, dando unas palmaditas en el asiento a su lado. "Estás despierta."

"Ya he tenido bastante cama. No es lo mismo cuando tú no estás en ella."

Quinn la besó en la mejilla y la rodeó con un brazo. "Escuché a Mindy corriendo esta mañana temprano y Jane todavía estaba en la cama. No quería que te despertara, así que la traje fuera." Señaló su barca, donde Mindy estaba sentada detrás del volante. "Por cierto, ahora es la capitán Mindy."

Riley se rió. "Esperemos que no salga navegando."

"Es seguro. La estoy vigilando. Prometió quedarse dentro y gritar por la ventana cuando quisiera salir." Quinn estudió a Riley. "¿Cómo te sientes? Sé sincera."

"En realidad, me siento muy bien." Riley ladeó la cabeza y rozó sus labios con los de Quinn. "Esperemos a ver qué dicen durante mi revisión la semana que viene, pero ya no estoy cansada ni mareada."

"Eso es fantástico, pero asegúrate de que no haces demasiado. Te estoy vigilando."

"Eres tan dulce." Riley arrugó la nariz y sonrió. "¿Jane sigue durmiendo?"

"Creo que sí."

"Hmm. Nunca duerme hasta tan tarde." Riley frunció el ceño cuando sus ojos se dirigieron hacia el camino de entrada. "Su coche de alquiler no está."

"¡Oh!" dijo Quinn, encogiéndose de hombros. "Debe haber ido a comprar o algo así."

"Pero te lo habría dicho, ¿no?" Por la forma en que evitaba su mirada, Riley tuvo la sensación de que había algo que no le estaba contando. "¿Quinn? Mírame, Quinn." Le puso una mano en el brazo. "¿Dónde está Jane?"

En ese momento, oyeron abrirse las puertas de la propiedad y el coche de Jane giró por el camino de entrada. "Ahí está. ¿Ves? Todo está bien." Quinn señaló el coche. "Ha traído un invitado. ¿Por qué no vas a ver quién es? Traeré a Mindy de la barca."

"¿Qué?" Riley entrecerró los ojos mientras comenzaba a caminar hacia el coche. Jane salió primero y abrió la puerta del pasajero.

"¿Papá?"

Riley se detuvo por un momento y tragó saliva. Tenía mucho mejor aspecto que la última vez que lo había visto, mucho más fuerte, y un poco bronceado. Se estiró y sonrió cuando la vio.

"¡Riley!" La saludó con la mano y abrió los brazos. "Ven aquí."

Riley hizo algo que nunca pensó que haría. Corrió hacia él, le echó los brazos al cuello y rompió a llorar. "Papá, estás aquí."

"Sí, estoy aquí, mi niña."

"Lo siento mucho," dijo entre sollozos, agarrándolo. "No he estado a tu lado y lo siento mucho, mucho."

"Por lo que he oído, tú también has pasado por momentos difíciles." Dio un paso atrás y se aclaró la garganta. "Deberías habérmelo dicho, nena. Jane me llamó, así que tenía que venir. Acaba de recogerme en el aeropuerto."

"Gracias. Es de verdad muy bueno verte." Riley se secó las mejillas. Sí, debería habérselo dicho a él y a Jane. Debería haber compartido su vida con ellos, lo bueno y lo malo. Debería haber entendido lo importante que era la familia y el apoyo mutuo, lo precioso que era el tiempo y lo preciosa que era la vida. No era demasiado tarde. "Te quiero, papá," dijo.

"Yo también te quiero, cielo." Su padre le sonrió y desvió su mirada hacia la Casa Aster. "Mírate. Mi princesita en su castillo. ¿Cómo te encuentras?"

"Bien. Mucho mejor." Sonrió con valentía. "Voy a estar bien, papá. ¿Cómo estás tú?"

"Tampoco estoy mal." Le guiñó un ojo. "Resulta que uno nunca es demasiado mayor para aprender un nuevo deporte. He estado jugando pickleball."

"¿*Estás* jugando pickleball?" Riley se rió entre dientes. Su primer pensamiento fue sugerirle que podía jugar con el padre de Quinn antes de recordar que él no tenía idea de que estaba viviendo con una mujer. Miró por encima de su hombro cuando escuchó a Quinn y Mindy acercarse y miró a Jane con los ojos muy abiertos.

"No te preocupes, ya le he informado," dijo Jane con una mueca. "Pensé que era mejor contarle sobre ti y Quinn para que no te asustaras cuando él apareciera de repente. Espero que no te importe. He estado leyendo sobre estas cosas y no está bien "sacar del closet" a alguien, pero yo..."

"No, está bien," la interrumpió Riley. "¿Si te parece bien?" Se volvió hacia su padre, sin estar segura de por qué había dicho eso. No era como si necesitara su permiso, pero quería que él estuviera cómodo.

"Todavía estoy en shock," admitió su padre. "Pero me

alegro de que estés bien y quiero conocer a tu amiga." Le acarició el hombro. "¿Supongo que es ella, con la pequeña señorita Mindy a cuestas?"

Riley no tuvo oportunidad de responder porque Mindy gritó a todo pulmón "¡Abuelo!"

Su padre se agachó para coger a su nieta. "Hola, Mindy mejillas regordetas. Pensé en acompañarte en tus vacaciones. ¿Te parece bien?"

Mindy se rió mientras él la besaba en las mejillas y le hacía cosquillas. "¡Tengo una piscina y una barca!" gritó. "¿Vienes conmigo a la barca, abuelo? Es un barco de crucero y yo soy la capitán y Quinn es la co-capitán." Dio unos golpecitos a la gorra blanca que llevaba. Quinn había escrito "Capitán Mindy" con un rotulador. Riley tenía la sensación de que la usaría incluso para dormir.

Su padre se rió y se sintió muy bien al escuchar ese familiar rugido de alegría de nuevo. Riley no lo había oído reír desde que su madre estaba viva, pero hoy estaba de buen humor.

"Bueno, eso suena emocionante." Le sonrió a Quinn. "¿Me presentas a tu co-capitán primero?"

SETENTA Y UNO
QUINN

"Riley tenía mejor aspecto hoy." Lindsey miró a Quinn de reojo mientras conducía hacia el puente levadizo. "Y qué bien que su padre estuviera aquí. Me encantó conocerlo."

"Sí, es un tipo fantástico. La verdad es que se parecen mucho más de lo que pensé. Tienen los mismos gestos, incluso su risa es igual, aunque la suya es un poco más fuerte." Quinn abrió la ventanilla para dejar entrar la brisa del río. "Bueno, ya que me has sacado de allí, ¿vas a decirme adónde vamos?"

"Todavía no. No quiero que salgas corriendo."

"Bueno, eso me llena de confianza," dijo Quinn, arqueando una ceja. "¿Debería saltar ahora?"

"No seas tan dramática, no es gran cosa." Lindsey giró hacia la calle principal y se detuvo delante de la panadería. Normalmente estaba cerrada los domingos, pero Quinn vio que las luces estaban encendidas.

"No. En serio, Lindsey. No puedes hacerme esto." Quinn negó con la cabeza y levantó una mano. "Estoy muy feliz por ti y por Martin. Lo digo en serio, pero él no me querrá ahí."

"¿Cómo lo sabes? Fue idea suya." Lindsey apagó el motor y se volvió hacia ella. "Mira. Quiero que Martin sea parte de mi vida y eso te incluye a ti. Tú eres mi mejor amiga y quiero poder invitarte a cenar a casa y llevarlo a él a eventos sociales sin tener que preocuparme por la tensión. Él está dispuesto a hablar y a hacer las paces porque es un buen hombre y quiere que yo sea feliz." Hizo una pausa. "Así que, por favor, ¿podrías hacer esto por mí?"

Quinn resopló y se cubrió la cara con las manos. "¿Estás segura de que quiere hablar conmigo? Te conozco muy bien. Tiendes a inventar cosas para salirte con la tuya."

"Sí, estoy segura." Lindsey hizo un puchero y Quinn cedió.

"Cinco minutos," dijo. "Pero si la situación se pone incómoda, me disculparé y me iré, ¿de acuerdo? Él tiene todo el derecho a odiarme y lo he aceptado."

"No te odia. Al menos, ya no," añadió Lindsey con una risa incómoda. "Venga, vamos. Cinco minutos."

UNA HORA DESPUÉS, Quinn seguía en la panadería. Martin, por supuesto, no tenía idea de que ella vendría. Creía que él y Lindsey iban a hacer juntos una tarta de chocolate para el cumpleaños de la madre de Lindsey. Como era de esperar, el discurso preparado por Lindsey había resultado incómodo y el comienzo de su conversación había estado oxidado, pero habían dicho lo que tenían que decir y Quinn agradeció que le hubiera dado el tiempo para disculparse sinceramente.

"De nuevo, lo siento mucho," dijo. "Nada de lo que diga o haga podrá hacer retroceder el tiempo. Actué de manera egoísta y no hay excusa para ello."

"No quiero volver atrás," dijo Martin encogiéndose de hombros. "Quiero estar con Lindsey, no con mi ex mujer. Le tengo mucho, mucho cariño a Lindsey. Durante mucho tiempo," se volvió hacia Lindsey con una sonrisa tímida "y aunque también estoy un poco enfadado porque me haya hecho esta encerrona, probablemente ya era hora de que habláramos, porque tiene razón. Si tú eres su mejor amiga y yo soy su..." dudó un segundo "¿pareja?"

Lindsey se rió como una colegiala y asintió.

"Bien, bueno, si soy su pareja," continuó, con las mejillas sonrojadas, "entonces deberíamos mirar hacia adelante y dejar esto atrás."

Quinn se reclinó en su asiento y dejó escapar un suspiro de alivio. "Gracias," dijo, esperando que él viera lo sincera que era.

Martin extendió la mano sobre la mesa. "¿Amigos?"

Quinn se la estrechó. Amigos podría ser exagerado, pensó, pero si Martin estaba dispuesto a ofrecer una rama de olivo, ella lo aceptaría felizmente. "Amigos."

Lindsey, sentada al final de la mesa, sonreía como una presentadora de programa de entrevistas que acabara de resolver una disputa de toda la vida, pero lo único que Quinn y Martin tenían en común en ese momento era que ambos estaban enfadados con ella por mentirles.

"Lindsey me contó que te habías mudado a la Casa Aster," dijo Martin. "Estás saliendo con la neoyorquina, ¿es eso verdad?"

"Sí, Riley Moore. Es mi novia." Quinn se preguntó si a Martin le preocupaba que también le quitara a Lindsey. Obviamente, eso nunca sucedería. Eran amigas y no se sentían atraídas en lo más mínimo, pero no era extraño que él todavía pudiera pensar en ella como una depredadora y quisiera mantener a sus enemigos cerca. Más que nada, quería tranquilizarlo. "La amo," añadió. "Espero que envejezcamos juntas." Lo dijo desde el fondo de su corazón y la expresión de Martin se suavizó.

"Me alegro por ti." La miró con curiosidad. "No te tenía por el tipo de persona que sienta la cabeza."

"Nunca conocí a nadie con quien quisiera sentar cabeza." Quinn se mordió el labio y se regañó interiormente. No quería darle la impresión de que le había robado a su esposa solo por diversión. "Rebecca y yo nunca debió ocurrir," dijo finalmente. "Pero era gay, créeme, y aunque lo que hicimos estuvo mal, habría sucedido tarde o temprano, solo que con otra persona."

"Lo sé." Martin se irguió y respiró hondo. "Y ese capítulo de mi vida ya está terminado. Quiero empezar de cero, con Lindsey." Apartó la silla, rodeó con un brazo a Lindsey, que se estaba derritiendo, y se inclinó hacia ella. "Así que, de parte de su pareja a su mejor amiga, enterremos el hacha."

RILEY

"¿Sabes lo que estoy pensando?" Riley llevó a Quinn al pasillo y le sonrió de manera sugerente. Acababan de despedir a Jane, Mindy y su padre, y un maravilloso silencio se había apoderado de la Casa Aster. Era el silencio que antes había odiado, pero ahora agradecía la privacidad después de un mes de visitas. Debido a sus problemas de corazón, Jane y su padre habían decidido quedarse más tiempo, y, aunque los amaba profundamente, se alegraba de que volvieran a tener la casa para ellas solas, sobre todo cuando Quinn estaba así de bien.

"¿Qué *estás* pensando?" Quinn las giró y la empujó contra la pared.

"Estoy pensando que estás muy apetecible con esos pantalones cortos y ese diminuto top de bikini," dijo, bromeando y metiendo los dedos entre el duro estómago y la cintura de los pantalones. Había echado de menos poder ser tan libre con ella, flirtear y jugar por toda la casa. Era un pecado que Quinn se vistiera así mientras ella descansaba en el jardín y había deseado tocarla durante horas, anticipando el momento en que estarían solas.

"¿Apetecible?" dijo Quinn arqueando una ceja.

"Sí. Te deseo." Se le cortó la respiración cuando Quinn metió una mano debajo de su camiseta y los puso sobre sus pechos, rozando sus pezones sensibles que inmediatamente se excitaron. Se estremeció y sus ojos se cerraron por un instante.

"Yo también te deseo..." Quinn le mordió suavemente el labio inferior y tiró de él. "Aquí mismo, ahora mismo," susurró, dejando besos por su cuello y trazando su camino hasta su clavícula.

La humedad de su boca le dejó una sensación de hormigueo, y necesitando sentir la presión de su cuerpo, se acercó a Quinn y movió sus caderas hacia adelante. Cada vez que estaba con Quinn era como la primera vez, su corazón latiendo con un deseo embriagador.

Quinn tiró del bajo de su blusa y levantó los brazos para poder quitársela. Riley le desabrochó los pantalones y a tientas buscó la cremallera, que se había quedado atascada a mitad de camino. "Quítatelos," le rogó. Necesitaba sentir su piel, sentirla más cerca, pero la empujó hacia atrás para poder mirarla.

Quinn era una visión de fuerza, su cuerpo apenas cubierto por un bikini triangular azul cobalto que acentuaba su forma esculpida. Sus brazos eran fuertes, insinuando un poder sensual que podía desatar en cualquier momento. Su abdomen estaba marcado, su cintura esbelta, su físico era el resultado de años de trabajo físico. Músculos sutiles adornaban sus muslos, firmes y definidos, y Riley no podía esperar a tener esos músculos entre sus piernas. Era una mujer que encarnaba fuerza y feminidad, pero lo que más le gustaba de ella era esa mirada en sus ojos y esa cautivadora aura de energía sexual que le decía que Quinn también la deseaba mucho.

"Dios, me encanta mirarte," murmuró, sabiendo que nunca se cansaría de esa visión.

"Eres preciosa." Quinn le bajó los pantalones y Riley se deshizo de ellos, disfrutando de la sensación de piel contra piel mientras se juntaban y sus labios se encontraban en una colisión sensual.

Riley la agarró por la nuca, apretándola más contra ella mientras sus lenguas se encontraban en un baile apasionado. Cada beso, cada contacto, cada caricia aumentaba su deseo. Tenía muchos años que recuperar. Tal vez por eso siempre se sentía insaciable con Quinn, quien había despertado un lado completamente nuevo en ella, un lado que nunca supo que tenía.

Las manos de Quinn recorrieron su trasero, siguiendo el camino de sus curvas. La anticipación se arremolinaba en ellas cuando Quinn dio un paso atrás para recuperar el aliento y mirarla. "Acuéstate," dijo, señalando la alfombra del pasillo. "¿A menos que prefieras la cama?"

"No." Riley se mordió el labio y sonrió mientras se alejaba poco a poco y se dejaba caer sobre la alfombra. No le importaba dónde estuvieran mientras no tuviera que esperar. Tumbada con el sujetador y las bragas de encaje blanco, los ojos de Quinn acariciaron su cuerpo. Anhelaba la cercanía y la liberación de esa sensación que palpitaba entre sus muslos y que la tenían temblando.

Acortando la distancia entre ellas, los pechos pequeños de Quinn subían y bajaban con cada respiración. De pie junto a ella, miró a Riley de arriba a abajo, tiró de los cordones de su bikini hasta que se deshicieron y cayó sobre el suelo.

Sin aliento mientras la miraba, Riley ardía por tenerla cerca. "Ven aquí."

Quinn se inclinó y gateó sobre ella, apoyándose sobre

sus manos y sus rodillas. "Todavía no me puedo creer que seas mía," dijo, inspirando contra la sien de Riley antes de llevar la boca a sus labios. "Me explota la cabeza cada vez que estoy contigo." Se movió para que su rodilla descansara entre las piernas de Riley, presionando justo donde Riley más lo necesitaba antes de bajar todo el peso de su cuerpo.

Riley dejó escapar un profundo suspiro, disfrutando de la euforia de su amor y de su conexión, que no conocían fronteras ni limitaciones. Ambas gimieron mientras se hundían en un mar de sensaciones maravillosas. Sabía que Quinn podía sentir lo mojada que estaba, cuánto la deseaba, y, cuando Quinn empujó contra ella, todo su cuerpo se sacudió en éxtasis. La deliciosa presión y el profundo beso que siguió la hicieron delirar de lujuria. Quinn tomó su mano y entrelazaron sus dedos, mientras su otra mano bajaba por su cintura y sus caderas, curvándose hacia dentro.

Sentía el trasero de Quinn firme bajo sus dedos y sintió que sus músculos se tensaban mientras se apretaba contra ella. Abrió las piernas y dio la bienvenida a la mano de Quinn, que acariciaba el interior de su muslo, moviéndose lentamente hacia arriba para encontrarla resbaladiza por la excitación. Su ligero contacto la hizo jadear contra la boca de Quinn, y cuando aumentó la presión y pasó los dedos por sus pliegues, Riley clavó las uñas en su trasero y gimió muy alto. Su otra mano apretaba la de Quinn, temblando.

Besándola apasionadamente, Quinn entró en ella, y con cuidado añadió otro dedo y la poseyó lenta y profundamente mientras se frotaba con la pierna de Riley. Se lamió los labios y se le escapó un gemido mientras empujaba.

"Levanta las caderas," susurró Riley y movió su mano entre ellas para acariciar su sexo húmedo e hinchado. Su excitación hizo que Riley se retorciera, nada era más sexy que el placer de Quinn. Su hermoso rostro brillaba con una capa de sudor, sus ojos oscuros y decididos, y detrás de ella, los cristales de la lámpara del techo reflejaban el sol de la tarde, haciendo que motas de luz bailaran sobre su cabello mientras encontraban un ritmo juntas. Cuando Riley rodeó su clítoris, Quinn dejó escapar un grito ronco y empujó contra ella, apretando la mandíbula.

Hambrienta de poseerla toda ella, Riley buscó su boca de nuevo y disfrutó de su intimidad. Su sexo se tensó, estaba flotando y todo a su alrededor se volvió insignificante, todo excepto ellas. Ella estaba a punto, Quinn también. Podía sentirlo por sus movimientos, que se hicieron más rápidos, y podía escucharlo en su respiración errática.

"Córrete conmigo, cariño," murmuró, agarrando el cabello de Quinn.

Quinn asintió y su boca dibujó una sonrisa mientras empujaba más profundamente, penetrándola más fuerte y más rápido hasta que Riley se liberó y explotó, sus músculos se contrajeron con fuerza alrededor de los dedos de Quinn. Se pusieron tensas, abrazándose, y sintió no solo su propio placer, sino también el clímax de Quinn corriendo por sus venas. Amaba a esta mujer más que a nada y, tumbada en el suelo del pasillo con sus dedos todavía dentro de ella, sintió lágrimas de felicidad en las comisuras de sus ojos. Las emociones se apoderaron de ella mientras procesaba la visita de su familia y el momento en que pensó que tal vez no viviría para ver otro día. Había sido bendecida. Tenía una nueva vida, un nuevo amor para siempre y un nuevo sentido de gratitud por cada respiración, por cada momento que estaba viva. Esta vez, iba a hacer que valiera la pena.

SETENTA Y TRES
QUINN

El día de Quinn había comenzado sin incidentes en su viaje al lugar de trabajo, un hermoso edificio en el centro de la ciudad de Mystic que su equipo estaba convirtiendo en tres apartamentos. Había trabajo duro durante todo el día y luego, en su camino de regreso a la Casa Aster, se había pasado por la casa de Lindsey, donde se había tomado una taza de té y pastel con Lindsey y Martin. Parecían muy cómodos el uno con el otro ahora y Quinn, poco a poco, se estaba acostumbrando a ver a Martin como la pareja de su mejor amiga, en lugar de ser alguien que quería que ella desapareciera de la faz de la Tierra.

Como siempre, estaba deseando volver a casa con Riley. Esa era la mejor parte del día, abrazarla de nuevo. Riley no la había acompañado a la casa de Lindsey porque estaba ocupada reuniendo ideas para su bed and breakfast con su madre, que estaba emocionada de formar parte de ello.

El sol ya estaba bajo cuando cruzó el puente levadizo, pero este año, el calor de agosto todavía era sofocante. Eso era inusual en Connecticut, pero le encantaban las largas noches en el jardín a la orilla del río. Incluso habían tenido luciérnagas junto al columpio bajo el viejo sauce y una bandada de patos y dos cisnes habían hecho de la orilla del agua su hogar, exigiendo el desayuno cada mañana. Había mariposas, pájaros y nutrias y recibían visitas regulares de un tejón al que llamaron Lindsey, porque tenía la costumbre de robar galletas de la despensa cuando dejaban la puerta abierta.

Mientras atravesaba las puertas y subía por el camino, notó que había algo diferente. Había un cierto aroma en el aire que la impulsó a mirar más de cerca, y cuando volvió la mirada hacia el césped, vio miles de capullitos de color morado asomando entre el verde. Como siempre, no lo había visto venir.

En años anteriores, cuando pasaba por la casa, siempre se detenía en la puerta para admirar el espectáculo, pero ya no era una extraña. No pasarían más que unos pocos días hasta que el jardín se transformara en un paisaje de ensueño.

"¿Lo has visto?" dijo Riley mientras salía a saludarla. Quinn salió de su camioneta y Riley la rodeó con sus brazos.

"Sí. Ha empezado." Quinn sonrió y la besó suavemente, luego se giró para ver la belleza que había surgido del otro lado del césped.

"Están por todas partes y han aparecido de la nada," continuó Riley. "Esta mañana todavía estaba verde y cuando salí unas horas más tarde, toda la combinación de colores había cambiado. Y no solo unas pocas. Es como si se hubieran despertado las unas a las otras." Movió la cabeza y se arrodilló para examinar los cogollos. Eran morados, rosas y blancos, pero Quinn sabía que predominaría el morado. Siempre había sido así. "Nunca he visto nada igual."

"No has visto nada *todavía*. Espera una semana y quedarás realmente impresionada."

"Es mucho más impactante que en las fotos." Riley tomó su mano y la apretó. "Ya es una obra maestra. Me siento muy afortunada de vivir aquí."

"Yo también." Quinn la tomó en sus brazos y la besó en la frente. "¿Quieres tomar una copa en las escaleras de la entrada?"

"Sí," dijo Riley sonriendo. "Ya puse a enfriar un par de cervezas. Tomaré una contigo." Se secó la frente. "Iba a preparar té de hierbas, pero hace tanto calor, que necesito algo frío." Tenía un mechón de pelo pegado a su frente húmeda y Quinn se lo apartó. Estaba bronceada y tenía un brillo saludable en las mejillas.

"Una cerveza fría suena perfecto," dijo. "¿Está bien que tomes alcohol teniendo tu cita en el hospital mañana?"

"Sí, está bien siempre y cuando no tome demasiado." Riley la soltó y subió corriendo las escaleras hacia la casa. "Deja de preocuparte tanto por mí. ¿Cuántas veces tengo que decírtelo?" gritó por encima del hombro. "Vuelvo en un minuto."

"Vale, vale." Quinn se rió entre dientes mientras se sentaba en los escalones. Siempre se preocuparía por ella, pero saber que ahora se hacía chequeos cada pocos meses en vez de dos veces al año la hacía sentir un poco mejor. "¿Estás nerviosa?" preguntó cuando Riley volvió a salir y le dio una cerveza.

"¿Sobre mañana? Me siento bien, así que no, la verdad es que no, y además, la emoción de esa manifestación..." señaló el césped "me ha distraído de eso." Se apoyó en Quinn. "¿Y tú?"

"Por supuesto. Me ha estado fastidiando." Quinn se encogió de hombros y presionó la botella fría contra su cuello antes de tomar un trago. "Parecías estar bien antes, y entonces..." hizo una mueca. "Entonces casi te pierdo."

"No me vas a perder. Oye..." Riley la miró a los ojos y tomó su mejilla en su mano. "Te prometo que de ahora en adelante te haré saber si siento que algo no está bien. No importa que sepa que te preocuparás por mí. Te lo contaré todo."

"Por favor. Eso me hará la vida más fácil." Quinn la rodeó con un brazo y alejó los pensamientos negativos mientras la acercaba. Todo lo que quería era sentarse aquí con Riley y disfrutar del milagro de la naturaleza que se desarrollaba ante sus ojos. Sería un día memorable y quería que terminara bien. Con esperanza. "¿Cómo te fue la sesión con mi madre?"

"Fue genial. Tuvo muchas ideas muy buenas, cosas que yo misma nunca habría pensado. Moveremos el escritorio grande del despacho al pasillo y lo usaremos como mostrador de recepción, ya que se adapta al estilo de la casa. Y sugirió convertir el despacho en un espacio común para los invitados, así no tenemos que renunciar a nuestra privacidad al permitirles usar nuestra sala de estar. También sugirió firmar acuerdos con restaurantes locales para que puedan realizar entregas y así yo no tenga que preocuparme por prepararles la cena." Riley hizo una pausa. "Quiero intentarlo. Creo que puedo hacer que funcione con su ayuda. Yo no tendré que hacer mucho. Tammy puede encargarse de los cambios de ropa y tu madre puede hacerse cargo de la recepción a tiempo parcial, así que todo lo que me queda por hacer es preparar el desayuno y estar disponible cuando tu madre no esté aquí. Francamente, no puedo esperar para comenzar a dar la bienvenida a los invitados a este lugar tan especial. Debería ser compartido."

"Me encanta," dijo Quinn. "Y mamá sabe de lo que habla. Tiene más de cuarenta años de experiencia y conoce el turismo en Mystic al dedillo. Gracias por permitirle ser parte de esto. Necesitaba algo en lo que concentrarse."

"Yo también la necesito," respondió Riley. "Y es encantadora."

"Bueno, me alegro de que te guste mi madre y de que hayas encontrado algo que te apasione. Pero no trabajes demasiado."

"No lo haré." Riley la acarició y la besó, y Quinn dejó escapar un suspiro largo de satisfacción.

A medida que el día llegaba a su fin, se instaló en el terreno una tranquila quietud, solo rota por el débil canto de los grillos y el trino lejano de un pájaro solitario. El mundo parecía contener la respiración, atrapado entre el día y la noche, y cuando las últimas luces del día se desvanecieron, el color morado desapareció lentamente con la luz moribunda. El espectáculo había terminado, pero solo por hoy.

"Señorita Moore..." La voz del doctor Norwich era tranquila y optimista, lo que tranquilizó un poco a Riley. Parecía que no había dormido mucho, con el cabello despeinado y las bolsas bajo sus ojos, o tal vez simplemente acababa de despertarse. El estetoscopio le colgaba de un lado, casi cayendo, y aunque no habían interactuado mucho la última vez que estuvo aquí, ya que eran las enfermeras y los médicos jóvenes quienes más se comunicaban con ella, se sentía conectada con él y confiaba en él. Después de todo, le había salvado la vida, él era la razón por la que ella todavía seguía aquí. Ayer se había encontrado bien, pero esta mañana se había despertado un poco nerviosa, con numerosos y si... pasando por su mente. ¿Y si necesitaba cirugía? ¿Y si habían encontrado otros problemas? ¿Y si habían encontrado otros fallos en su corazón? Le habían dicho que todos eran escenarios viables.

"¿Sí?" Se preparó Riley, apoyándose en Quinn, que le apretaba la mano con fuerza. Aunque hizo todo lo posible por esconderlo, se daba cuenta de que estaba aún más nerviosa que ella; había estado inquieta desde que habían llegado.

Como su cardiólogo llegaba tarde, ella y Quinn habían estado sentadas en la sala de espera, preocupadas de que algo pudiera estar mal. La espera era lo peor, especulando por las razones del retraso.

Sin embargo, no había señales de malas noticias en la expresión del doctor Norwich. Simplemente se disculpó y les dijo que estaba muy ocupado.

Miró su expediente médico antes de volver a mirar a Riley a los ojos. "He revisado los resultados de las pruebas de hoy y me complace informarle de que todo parece estar estable. Sus análisis de sangre más recientes también son positivos. Repasaré todo en detalle con usted más adelante. Solo quería darle buenas noticias antes de profundizar en los hechos. Su medicación es eficaz y soy optimista de que, junto con un estilo de vida saludable, un seguimiento regular y una buena comunicación con nuestro equipo de atención médica, podrá vivir una vida normal siempre que mantenga sus niveles de estrés al mínimo. Debe asistir a sus chequeos programados y no dude en comunicarse con nosotros si experimenta algún síntoma preocupante o un cambio en su condición. Cualquier cosa, no importa lo pequeño o insignificante que pueda parecer. Estamos aquí para ayudarle en cada paso."

"Gracias." Riley dejó escapar el aliento que había estado conteniendo y sintió el cuerpo tenso de Quinn relajarse contra ella.

"No hace falta decir," continuó, "que deberá estar atenta a la lista de medicamentos que debe evitar. Sin excepciones." Arqueó una ceja. "Y no más de un café al día y evite cualquier tipo de bebida energética. Eso incluye té energéticos de hierbas, para estar seguros."

"Por supuesto." Riley asintió. "Tendré cuidado a partir de ahora."

"Según mis notas, esto es exactamente lo que le dijeron las dos últimas veces que le dieron el alta en la NYU Langone en Nueva York," dijo con toda naturalidad. El mensaje en sus palabras era claro: no había escuchado antes y no estaba convencido de que ahora se estuviera tomando en serio sus consejos. "Ha tenido mucha suerte tres veces, pero su suerte no va a durar siempre."

"Le escucho y tiene razón," admitió Riley. "En aquel entonces no estaba centrada en mí misma, pero las cosas han cambiado." No estaba segura de cómo explicarle al doctor Norwich que sentía que esta vez su vida tenía más valor. Que no tenía que vivir solo para ella y su negocio. Su existencia en piloto automático era cosa del pasado y ahora apreciaba cada momento y cada respiración porque tenía amor, un hogar, una familia y una comunidad. Incluso tenía nuevos pequeños placeres como pan fresco por las mañanas, noches de barbacoa con sus seres queridos, largas caminatas por el río, amigos del género animal que exigían su atención, paneles para crear ambientes que pronto se convertirían en espacios preciosos donde relajarse, y un campo de ásteres justo en la puerta de su casa. Tenía magia en su vida y tenía tiempo, mucho tiempo para disfrutar a un ritmo lento y consciente.

"Tendré cuidado. Tengo que tenerlo." Sonrió mientras las lágrimas asomaban por las comisuras de sus ojos. El peso que la había estado presionando sobre sus hombros había desaparecido y sintió una serenidad que solo el alivio podía brindarle. "Quiero vivir. De verdad que quiero." Mientras lo decía, Quinn le apretó con tanta fuerza que casi no podía respirar. Ella la envolvió en sus brazos y se encontró con sus ojos cargados de emoción.

"Vas a estar bien, cariño," dijo Quinn y se volvió hacia el doctor Norwich. "La vigilaré como un halcón, lo prometo."

"Bien. Tengo la sensación de que usted podría ser la primera persona en hacer entrar en razón a la señorita Moore," bromeó el doctor Norwich. Observó su comportamiento con afecto, luego les hizo señas para que lo siguieran mientras caminaba por los largos pasillos del hospital, que ahora parecían mucho menos intimidantes.

Riley tomó la mano de Quinn y se dio cuenta de que, por primera vez, se sentía más fuerte con alguien a su lado, mucho más fuerte que cuando estaba sola. Siempre había pensado que era invencible, pero necesitaba apoyo. Quinn era su roca, y ella sería su apoyo y le daría su amor de cualquier forma posible. Era una sensación maravillosa saber que no tendría que enfrentarse a sus luchas en soledad. Eran aliadas en un mundo que les lanzarían trabas, pero su amor sería un faro inquebrantable en los tiempos más oscuros. Con Quinn, sus cargas parecían más ligeras y sus desafíos más conquistables. Todo era más fácil y, sobre todo, mejor con amor.

EPÍLOGO – QUINN
1 AÑO DESPUÉS

"Esto es todo. Ahora es tuyo también." Riley tomó la mano de Quinn y miró a la Casa Aster. "¿Cómo se siente?"

"Surrealista," dijo Quinn, siguiendo la mirada de Riley. Era un día muy especial y esperaba que fuera aún más memorable. Acababan de volver de la oficina de su abogado para agregar su nombre a las escrituras. Había comprado su parte de la Casa Aster y ahora eran copropietarias. Todavía le resultaba difícil comprender que el hogar de su infancia estaba nuevamente en su familia.

"Pero se siente bien," continuó. "No solo la casa, por supuesto. Se siente bien hacer esto contigo, para construir un futuro juntas."

"Si nuestro futuro se parece a esto, entonces no podría ser mejor," dijo Riley con dulzura, apoyándose en ella. "Amo nuestra casa y te amo a ti."

Agosto era cálido y tenía cierto aire de melancolía. Mystic estaba lleno de turistas y otros alegres eventos. Siempre había sido el mes favorito de Quinn, el mes en que las ásteres florecían, cubriendo el jardín delantero en un mar de morado. Era una vista espectacular y la apreciaba y admiraba cada mañana que salía de casa. Ambas solían tomar el café juntas en las escaleras de entrada, y en las últimas semanas, habían observado cómo las manchas de color morado se extendían hasta que cada centímetro del jardín florecía, dejando libre solo el camino hecho de piedras para cruzar el césped.

"Yo también te amo." Quinn la envolvió en sus brazos y la atrajo hacia ella. "¿Estás lista para recibir a nuestros primeros invitados?"

"Lo más preparada que puedo estar." Riley se rió entre dientes. "No tengo idea de lo que estoy haciendo, pero las habitaciones están preciosas y el jardín perfecto. Aparte de darles la bienvenida con una gran sonrisa, no creo que haya mucho más que pueda hacer."

"Estoy segura de que todo saldrá bien. Y solo hemos aceptado reservas hasta finales de septiembre. Si no te gusta actuar de anfitriona, no tendrás que volver a hacerlo nunca más," dijo Quinn. Los cuartos de baño estaban listos, al igual que el despacho, ahora convertido en un espacio común para los invitados para relajarse, y alquilarían cuatro habitaciones y la barca de Quinn en las próximas seis semanas para ver si era algo que a Riley le gustaría seguir haciendo. Ahora que estaba todo completo, les sorprendió el abrumador interés, incluso por la barca. Todavía quedaba mucho por hacer en la casa, pero habría mucho tiempo durante el invierno para construir un bar en el sótano y una piscina en el jardín trasero.

Mientras estaban allí, abrazadas y apreciando este momento tan especial, la imagen de sus bisabuelos delante de la Casa Aster el día que se mudaron se le vino a la mente. Fue tomada en la misma fecha hacía ochenta años. Quinn había ampliado la foto y la habían colgado en el pasillo, junto con otras fotos de sus abuelos, su madre y ella misma cuando vivían allí. Había elegido específicamente esta fecha para firmar las escrituras porque la fecha era simbólica.

"Quiero que nos hagamos una foto," dijo, sacando su teléfono del bolsillo trasero.

"Vale. ¿Un selfie?"

"No, pondré el cronómetro. Quédate aquí."

Quinn se dirigió a un árbol cercano, colocó con cuidado el teléfono en una rama y lo giró ligeramente hasta que tuvo una buena vista de Riley delante de la casa. Lo puso en diez segundos, corrió hacia atrás y rodeó a Riley con un brazo, de la misma manera que su bisabuelo había hecho con su esposa. "Sonríe, cariño."

"No hace falta que me lo digas. Ya soy todo lo feliz que puedo ser." Riley apoyó la cabeza sobre su hombro y ambas mostraron una gran sonrisa. Era una foto fantástica, comprobó Quinn cuando fue a buscar su teléfono. La luz destacaba la casa de manera hermosa y las ásteres les llegaban hasta las pantorrillas. Riley llevaba un vestido de verano blanco y vaporoso y Quinn vestía pantalones cortos y una camiseta blanca. No era su mejor ropa de domingo y no estaba organizada como la foto de sus bisabuelos, pero esto era una época diferente y, afortunadamente, una época en la que una pareja del mismo sexo podía establecerse con seguridad en Mystic. Muchas cosas habían cambiado, pero no la Casa Aster. Había resistido décadas de inviernos fríos, veranos cálidos, incontables tormentas y dos inundaciones, pero sus muros seguían siendo tan resistentes como siempre. Las ásteres continuaban floreciendo todos los años sin excepción, transformando el jardín en una exhibición surrealista de pura belleza.

"¿La sientes ahora más como tu hogar?" preguntó Riley. "¿Porque ya es oficial?"

"Siempre la he sentido como mi hogar pero, sobre todo,

porque mi hogar es donde tú estés." Susurró Quinn, acariciando su cabello. Durante el último mes, habían tenido grandes reuniones los domingos, con su familia, sus amigos y su abuela, que ahora venía a la Casa Aster una vez a la semana. Tenía un efecto tranquilizador en ella, y aunque no siempre entendía el contexto de la situación y rara vez los reconocía, se sentía conectada con la casa y le encantaba estar aquí. El padre de Riley también las había visitado unas cuantas veces más, junto con Jane y Mindy. La casa había sido sanadora para ellos, un lugar para conectar y reconectar con su familia, sus seres queridos y consigo mismos.

Había mucho amor entre estas paredes, pero el amor que Quinn sentía por Riley lo eclipsaba todo, era el tipo de amor para toda la vida. Habían hablado de niños y esperaban tener su propia familia. Si los tenían, Quinn se aseguraría de que llegaran a amar la casa tanto como ella. Sería un refugio para ellos, un lugar que echarían de menos cuando fueran a la universidad o se mudaran de Mystic para perseguir sus sueños. Y la casa siempre estaría aquí para ellos cuando regresaran, recibiéndolos con las puertas abiertas, esperando una nueva generación y muchas más por venir.

Solo quedaba una cosa por hacer, algo que Quinn había querido hacer desde hacía tiempo. El anillo de su bisabuela estaba en su bolsillo. Riley jadeó cuando Quinn se arrodilló y tomó su mano.

"Preciosa, maravillosa Riley," dijo con los nervios comiéndosela mientras sacaba el anillo y miraba a la mujer que adoraba. Lo había hecho modificar en secreto para que le quedara bien a Riley y, aunque las semanas de espera para recogerlo habían sido angustiosas, el joyero local lo había devuelto en perfectas condiciones. Le temblaba la mano, pero no le importaba.

"Espero que sepas cuánto te amo. Pasaría la eternidad

contigo si pudiera. Prometo estar siempre para ti, para amarte y apoyarte hasta el día de mi muerte. Prometo proteger y cuidar tu corazón de todas las formas que pueda y pasar mis días decidida a hacerte sonreír." Se atragantó cuando Riley asintió antes incluso de que ella hiciera la pregunta. "Sinceramente creo que estábamos destinadas a conocernos y de que tú eres la única para mí sobre la faz de la Tierra porque, si no, ¿por qué se habrían cruzado nuestros caminos de esta manera tan extraña?"

Quinn tragó saliva, hizo una pausa y levantó el anillo. Le temblaba tanto la mano ahora que apenas podía ponérselo en el dedo a Riley. Se rió nerviosa cuando por fin se deslizó y adornó su mano. "¿Quieres casarte conmigo, por favor?"

"Por supuesto." Riley rompió a llorar mientras examinaba el anillo y volvió a asentir. "Por supuesto que quiero casarme contigo. Pensé que nunca me lo pedirías." Cayó alrededor de su cuello y, sollozando en su hombro, Quinn la abrazó con fuerza, levantándola del suelo y haciéndola girar.

Su futuro era desconocido, pero su amor era tan fuerte como los muros de la Casa Aster. Habría risas y alegría, también habría dolor. Pero, pasara lo que pasara, lo superarían juntas y la Casa Aster nunca volvería a estar dormida.

POSTFACIO

Espero que te haya gustado leer *Siempre Juntas en Mystic* tanto como a mí escribirlo. Si ha sido así, ¿considerarías valorarlo y dejar una reseña? Las reseñas son muy importantes para las escritoras y ¡te lo agradecería mucho!

AGRADECIMIENTOS

Muchísimas gracias a mi amiga y traductora, Rocío. Me emociono tanto cada vez que terminas un libro, son hermosos y traducidos con amor y cuidado. Estoy muy agradecida.

ACERCA DEL AUTOR

Lise Gold es autora de ficción lésbica. Su actitud romántica, su entusiasmo por viajar y su amor por historias que hacen sentirte bien, forman el corazón de su escritura. Nacida en Londres, de madre noruega y padre inglés, al haber crecido entre el Reino Unido, Noruega, Zambia y los Países Bajos, se encuentra como en casa casi en cualquier sitio y tiene una interminable curiosidad por conocer nuevos destinos. Su lema es "escribe sobre lo que conoces" así que es frecuente encontrársela en lugares exóticos, investigando o inspirándose para su próxima novela.

Tanto trabajando como diseñadora durante quince años como cantando semi-profesionalmente, Lise ha sido siempre creativa de corazón. Sus novelas son el resultado de la búsqueda de una nueva pasión, después de renunciar a su trabajo de diseño en 2018. Desde el lanzamiento de *Lily's Fire* en 2017, ha escrito numerosas novelas románticas y también escribe novela erótica bajo el seudónimo de Madeleine Taylor.

Apúntate a su newsletter en www.lise-gold.com

OTRAS OBRAS DE LISE GOLD

Obras en español por Rocío T. Fernández

Verano Francés

Vivir

Nada Más Que Azul

Luciérnagas

Solo Para Socios

Libros en inglés

Lily's Fire

Beyond the Skyline

The Cruise

French Summer

Fireflies

Northern Lights

Southern Roots

Eastern Nights

Western Shores

Northern Vows

Living

The Scent of Rome

Blue

The Next Life

In The Mirror

Christmas In Heaven

Welcome to Paradise

After Sunset

Paradise Pride

Cupid Is A Cat

Members Only

Along The Mystic River

In Dreams

Chance Encounters

Songbirds of Sedona

Red Rock Ranch

Mistletoe Motel

The Turning Tides of Us

Hedonism

Madeleine Taylor (sapphic erotica)

The Good Girl

Online

Masquerade

Santa's Favorite